世界青少年大奖小说丛书

暗夜园丁

The Night Gardener

[加] 乔纳森·奥克西尔 ◎ 著

李颖 ◎ 译

未 来 出 版 社

FUTURE PUBLISHING HOUSE

图书在版编目（CIP）数据

暗夜园丁 /（加）乔纳森·奥克西尔著；李颖译.
—— 西安：未来出版社，2018.5
（世界青少年大奖小说丛书）
ISBN 978-7-5417-6552-0

Ⅰ.①暗… Ⅱ.①乔… ②李… Ⅲ.①儿童小说—长
篇小说—加拿大—现代 Ⅳ.① I712.84

中国版本图书馆 CIP 数据核字 (2018) 第 075508 号

THE NIGHT GARDENER
Copyright © 2014 by Jonathan Auxier.
Published in agreement with Regal Hoffmann & Associates,
through The Grayhawk Agency.
Simplified Chinese edition copyright
©2018 by Beijing Baby-Cube Children Brand Management Co., Ltd.
All rights reserved.

著作权合同登记：陕版出图字 25-2017-0169 号

暗夜园丁

ANYE YUANDING

[加] 乔纳森·奥克西尔◎著
李颖◎译

社 长	李桂珍	
总 编 辑	陆三强	
总 策 划	唐荣跃 牟沧浪	
执行策划	马 鑫 胥 珊	
丛书统筹	柴 冕	
责任编辑	吕振经	
特约编辑	胥 珊	
装帧设计	许 歌 吴思龙	
封面绘制	高 蓓	
内文插图	夏末工房·刘永辉	
技术监制	宋宏伟	
发行总监	樊 川	
出版发行	未来出版社	
	（西安市丰庆路 91 号 电话：029-84289199 84288355）	
经 销	全国各地新华书店	
印 刷	湖南天闻新华印务有限公司	
开 本	880 mm×1230 mm 1/32	
印 张	11	
字 数	219 千字	
版 次	2019 年 5 月第 1 版	
印 次	2019 年 5 月第 1 次印刷	
书 号	ISBN 978-7-5417-6552-0	
定 价	40.90 元	

人类违背了上帝的意愿

摘下禁忌之树的果实

这致命的尝试从此

将死亡与灾祸

带来人间

——约翰·弥尔顿《失乐园》

一旦愿望达成

遗憾便将接踵而至

——《伊索寓言》

C目录
Contents

第二章 追寻

第一章
到 达

隔着玻璃，能看到厚厚的窗帘在轻轻摆动。
好像有什么人，藏在窗帘后面。
好像有什么人，一直盯着他们。

1. 卖故事的老巫婆

　　清爽的阳光洒进地窖谷，树枝上最后的积冰也随之消融。水汽从泥土里升腾起来，如同幽灵一般，带起一直以来蛰伏在冻土之下的秋烟。透过树林，可以看见蜿蜒的小路从村里延伸出来，一直通往南边的密林。这条路一向很少有人经过。在这个恍如寒秋的三月清晨，却有一辆马车在路上吱呀前行。这本是一辆运鱼的马车，不过后轮已经坏了，车上也没有鱼。坐在车上的是两个孩子，一男一女，都长着一头引人注目的红发。女孩叫莫莉，男孩是她的弟弟基普。

　　"这条很少有人经过的路，被称为死亡之路。"

　　这句话，姐弟俩在四处寻访温莎庄园期间，听了不下十二遍。他们每次向人问路时，对方总会含糊地说一些"酸木林不吉利"之类的话，除此之外，再也不肯多说一句。

　　莫莉曾在路上拦下一个身材瘦高的牧羊人。这位牧羊人挂着牧羊用的曲柄杖，将莫莉从头到脚地打量了一番，说："去温莎庄园？这不是羊入虎口嘛！"

　　"就算这样，"莫莉礼貌地说，"我们也要去那儿。我们本应该在上个礼拜就到温莎家报到的。"

　　"既然已经迟了，那再迟一会儿也没关系！"牧羊人咳出一口痰，"呸"的一声吐到地上，"给你一个忠告：从哪儿来，回

哪儿去。酸木林可不是人待的地方。"说完,他慢悠悠地穿过小路,走进了林子,身后跟着一群咩咩叫的羊。

莫莉叹了口气。这是他们今天碰到的第三个牧羊人了。

"你觉得,他们说的'酸木林'是什么意思?"基普问。

莫莉也不清楚,随口说道:"你竟然不知道酸木林?"她装出一副很惊讶的样子,"你怎么会不知道呢!那不就是一大片柠檬树林吗?柠檬叶子柠檬花,柠檬果子柠檬子儿。听说,每到夏天柠檬成熟的时候,光闻一闻空气中的柠檬味儿,就能酸得你眼睛鼻子皱成一团。"她编这样的谎话,完全是为了让弟弟安心。

她与基普顶风冒雨,马不停蹄地赶了四天的路,拉车的马儿想必早已不满。莫莉原以为英格兰的道路一定又宽又直,可来了却发现,这里的路崎岖不平,比老家的路还难走。黑色的泥土贪婪地抱住所有能接触到的东西,包括马车的后轮。就在前一天,车轮的辐条断了三根。更糟糕的是,后座上少得可怜的食物,早已被吃光,只剩下挥之不去的臭鱼味。

"冷不冷?"莫莉看着瑟瑟发抖的弟弟问。

基普摇了摇头,说:"我热!"

莫莉看见他脑门直冒汗,心不由得沉了下来。

基普的病,已经拖了好几个星期,到现在也不见好转。他需要好好吃顿饭,洗个澡,换上干净的衣物,安稳地睡一觉。

基普拿袖子捂住嘴,闷闷地咳了一声:"可能那些人说得对,我们应该回镇上去……要不,咱回家吧!"

莫莉是决不允许自己有这种想法的。他们姐弟漂洋过海，好不容易才来到这里，她是绝对不会回去的。她抬手摸了摸弟弟的额头，感觉有些热。"要是让人听到你说这样的话，还不得说咱爸妈生了两个轻言放弃的懦夫啊！放心吧！我们很快就能找到目的地。到时候啊，我们就能吃上热乎乎的饭，睡个暖烘烘的觉，做一份体面的工作啦！"

他们继续赶路，却迷失了方向。好在到了下午三点左右，他们遇见了一个奇怪的老妇人，得到了她的指点。起先，他们只是隔着树林听到一阵乐曲声，那乐声低回婉转，袅袅不绝。随着马车向音乐声响起的方向靠近，耳边的乐音变得更加响亮。很快，他们就看到了那位弹唱者。那是一位身材极其矮小的老妇人，目测比基普高不了多少，她坐在十字路口怡然自得地唱着歌。她肩上搭着用麻绳捆着的大包裹，包裹里塞满了乱七八糟的东西：帽子、毯子、提灯，还有一些看起来很有意思的东西，比如书籍、鸟笼子，甚至还有避雷针。莫莉觉得老妇人肩上的这个包裹就像一个蜗牛壳。显然，老妇人是一位居无定所、四处漂泊的人。老妇人弹奏的乐器看上去十分奇怪，那乐器几乎与她一样高，一端有曲柄，如果转动手柄，乐器便会发出低沉的乐音，犹如蜜蜂般发出"嗡嗡"的声音。这种乐器，莫莉并不陌生，她曾在老家的集市上，看见过许多流浪者弹奏这种乐器。他们管它叫"摇弦琴"。

莫莉勒了一下缰绳，将马车停在不远处，以便更好地观察老妇人。老妇人所吟唱的歌谣，讲的是一位老人和一棵树的故事。她的声音异常甜美，这令姐弟俩十分意外。"她是女巫吗？"基普悄悄地问姐姐。

莫莉笑了笑说："如果她是女巫，那她脸上一定有疣子……你看仔细了，她脸上根本就没有疣子！不过，我有一个办法能弄清她到底是不是女巫。"莫莉拉了拉缰绳，马车随即朝着老妇人的方向靠近，"您好，冒昧地问一下，您是女巫吗？"

老妇人的手指在琴弦上翻飞，头也不抬地说："恐怕要让你失望了！"

"这么说，您不是女巫？"基普不死心，继续追问道。

老妇人放下乐器，抬眼看着他。"难道又老又丑的家伙全都是坏蛋吗？我敢说，再等若干年，你这位可爱娇俏的姐姐变老了，也不会比我好看到哪里去。到那时，就轮到她去吓唬那些过路的小孩子了。"说完，她咯咯地笑起来。她笑起来的样子真像女巫。随后她扛起包裹，吃力地站起身，干脆利落地行了个屈膝礼。"我叫海斯特·凯特尔，是讲故事的说唱艺人。我四处流浪，没有固定的住处，用故事和歌谣换取食宿以及各式各样奇怪的东西。"说着，她把肩上的包裹抖了一下，抖得里面的叉子和风铃叮叮当当一阵乱响。

莫莉从未听说过还有讲故事这样的职业，不过感觉倒像是一份不错的工作。说到讲故事，这可是莫莉的强项。她靠讲故事，偷偷将弟弟从孤儿院带了出来；她靠讲故事，弄到了一匹马。如果以后找到了工作，遇到什么麻烦，她准备继续用讲故事的方式来解决。不过，眼前的老妇人却让她感到有些不对劲。"您在这种地方讲故事给谁听呢？而且，路况也不好，您是走着来的吗？"

老妇人耸了耸肩，把牙齿上沾着的东西吸溜进嘴里。"我没有马，当然只有走着来喽。我来这里，主要是因为这个地方总有新鲜事发生。你看，不是在哪儿都能遇到穿越山谷的陌生人吧？更何况，还是两个无依无靠的外国孩子，驾着一辆从渔夫那儿偷来的马车一路往南走。"她呷巴着嘴说，"哎呀，这倒是一个未曾听过的好故事。"

莫莉屏住呼吸，极力避开弟弟基普的视线。"谁……谁说我的马车是偷来的？"

"亲爱的，你脸上的表情早就出卖了你！"老妇人咧嘴笑道。

"请收回你的话！"基普突然开口，吓了莫莉一跳，"我们不是小偷！马车是我姐姐从渔夫那儿买来的！那个渔夫加入了海军部队，要去跟大乌贼作战，用不上这辆马车了。"他热切地望着莫莉，"是这样的吧，姐姐？"

莫莉点了点头，含糊地说："差不多就是这样。"然后盯着老妇人，无声地请求她不要再谈这个话题了。

老妇人吹了声口哨，却继续说道："什么？大乌贼？看来实情比假话要精彩得多呀！"她冲莫莉点了点头，"很抱歉，我不该当着你弟弟的面这样说你。另外，你给你的座驾取的名字真不错，恭喜恭喜！"她眨了眨眼说，"我有预感，这名字会很适合你。"

老妇人说的是马车侧面的印字，原本是"圣·约拿鳕鱼店"的字样，但字漆已磨损大半，只剩"S""C""O""P"几个字母（scop 意为"古代盎格鲁 – 撒克逊民族游吟诗人"）。

"这只是碰巧。"莫莉说。

不知为何，莫莉很不喜欢老妇人看她时的那种眼神。那种洞悉一切的眼神，令她心里很不安。

"您不介意的话，我们得走了，我和弟弟还要赶路。"莫莉说。

老妇人走上前，拦住了他们。"你们是要去温莎家吧！我说得对吗？"

莫莉的心里不禁大吃一惊，脸上却装出若无其事的表情："您和温莎家很熟吗？"

"也不算很熟。三十年前，我见过温莎老爷一次，那时他和你一般大。之后，他就被送进城里，住进了亲戚家，真是个可怜的小家伙。"老妇人摇头说道，"去年秋天，他才带着家眷搬了回来。怎么说呢，有些人觉得这件事有些奇怪。"

莫莉可不觉得回到家乡有什么奇怪。就拿她自己来说，在这里待了几个星期，就想不顾一切地回多尼戈尔郡去，才不管大饥荒有没有结束呢！"我们有点儿分不清方向了，一路上碰到的人，都不肯告诉我们到底该怎么走。"莫莉说。

老妇人点点头，看向她背后茂密的树林："大伙儿都觉得，不给你们指路才是为你们好。没人愿意把两个无辜的小孩送进酸木林，就算是外国小孩也不行。"

"酸木林有什么问题吗？"莫莉追问道。

"在地窖谷，人人都知道要躲开那个地方。孩子们从父母那儿得知，父母从他们的父母那儿得知……几乎是世代相传。"

"您的意思是，您也不清楚具体原因？"莫莉问。

"亲身经历过的人确实不多，不过很多人都认识一两个傻头傻脑去酸木林探险的人。"老妇人用手指摩挲着满是补丁的斗篷边缘，犹豫了很长时间才重新开口，"他们说，酸木林会改变人的性情……把人内心最邪恶的东西逼出来。此外，那里还发生过一件惨绝人寰的事。"

基普向前倾了倾身体，问："什……什么事情？"

莫莉咬紧了牙关。她可不希望这老妇人编一些瞎话吓唬弟弟，于是紧紧盯着海斯特的眼睛。老妇人似乎察觉到了莫莉的怒火，对着基普笑了笑，说："都是一些道听途说的鬼话，亲爱的。大部分都是我编出来混饭吃的故事。放心吧，什么事也没有。"

莫莉轻轻点了点头，无声地表示感谢。她知道，无论温莎庄园有什么传言，他们都得去，因为这是他们姐弟俩平安守护彼此的唯一机会。除了这份工作，还有谁会接受两个没人引荐的爱尔兰小孩呢？再说，要是这个地方真的那么糟糕，温莎老爷又怎么会拖家带口地搬回来呢？

"那么，您能告诉我们怎么走吗？"莫莉问。

老妇人海斯特摩挲着下巴，一副认真思考的样子。"我可以给你们指路，但我需要一点儿回报。"

"我们没有钱。"莫莉说。

海斯特摆了摆手："我可没说要你们的钱，亲爱的。我只想请你们回来的时候，给我讲几个发生在那里的故事。自从温莎家搬回来后，整个地窖谷都好奇得不得了。像我这种靠讲故事谋生活的人，能凭这些故事挣足一个月的饭钱。"

"没问题，我可以办到。"莫莉说。

老妇人让到一旁，指了指左边那条路。"从这里到温莎庄园不到三英里。你们朝着这边，跟着水流的声音走。要是遇到岔路，就挑杂草丛生最难走的那条路，因为去酸木林的路走的人是最少的。一直走到一座旧桥，就到了。"

莫莉无法确定老妇人的话是否可信，但她觉得有个方向总比漫无目的的瞎转悠强。她谢过了海斯特，催马前行，走向了更加崎岖的小路。马车沿着山路向下进入一道峡谷。身后，再次响起了老妇人的歌声。随着姐弟俩的前行，那歌声渐渐远去，直至消失。

莫莉不知道位于酸木林的那座大宅子里，会有什么等待着他们，最终她又会给那个奇怪的老妇人带回怎样的故事。但愿是个快乐的故事，她在心中默默祈祷。

2. 寂静的树林

　　莫莉驾着马车走上了越来越崎岖的小路，马车颠簸得更加厉害，基普只好紧紧地抓着长凳。虽然那位像巫婆一样的老妇人警告说酸木林里有不祥的东西，基普还是不清楚会遇到什么。起初，周围的树林生机勃勃，充满了早春的气息，但随着马车进入山谷深处，他渐渐害怕起来。马儿伽利略似乎也觉察到了什么，频频止步，不愿前行。基普抬头看了一眼姐姐，发现她一脸平静地看着脚下的路。"你不觉得这里太安静了吗？"他小声问道。

　　"怎么呢？"莫莉正忙着驾车，显然没有注意到这些。她拽着缰绳，小心地避开地面的沟壑。

　　"这里没有鸟，没有虫子，只有树……"基普不停地看着四周寂静无声的树木，吞吞吐吐地说道，"这森林……像是在等我们进去。"

　　他没有得到姐姐的回答。

　　基普知道姐姐要带他去的地方是温莎庄园，她在城里接受了一位男士的雇佣。那究竟是个什么样的地方，姐姐并没提及，他猜姐姐自己也不清楚。当然，他决不会把这种话说出来。

　　四周寂静无声，他们默默前行。不知过了多久，谷底突然出现了一条很深的河，远远望去，就像山谷身上的一道伤口。不久，他们看到河流中央有块平地，林荫密布，俨然是一座树岛。

"就是那里！"莫莉说道，"我们到了！"

为了不让姐姐扫兴，基普勉强挤出了一丝笑容。在他眼里，酸木林和其他地方相比，并没什么特别之处。但是为了安慰姐姐莫莉，他还是说道："我觉得这座小岛不错，让我想起了咱们的家。"

进出小岛全靠河上的一座古桥。这座小桥由绳索和木头建造，好像一碰就会散架的样子。伽利略一看到这座桥就停了下来。它打着响鼻，踢着腿，拼命想离水远一点儿。莫莉呼喝了半天，好不容易才让伽利略上了桥。马车行进在朽坏的木板上，轧得小桥嘎吱乱响，不时有碎屑掉落河里。基普紧张得大气也不敢喘。

小岛中央是一片开阔的人工草坪，布满了连绵起伏的小山丘，四周则是茂密的树林。微风拂过，荡起的草浪就像基普记忆中大海的碧波。温莎庄园就矗立在草坪的尽头。这座房子与周围融为一体，显然空置了好多年。杂草吞噬了地基，藤蔓爬满了墙角和窗户，屋顶覆盖着黑色的苔藓，摇摇欲坠。

最诡异的是一棵树。

那是一棵古老的大树，不同于其他树的宁静祥和。站在这棵树下，寒气渗入身体，让人不禁冷得打战。

这棵树与房子挨得很近，远远望去，仿佛和房子长在了一起。扭曲盘错的树干犹如黑色的大烟囱伸出了高墙。树枝伸向四面八方，黑压压地压在屋顶上，甚至，有些枝条直接戳穿了墙，插进了墙内。

"这树就像是这栋房子的一部分。"基普轻声说道。

谁会把房子建得离这棵吓人的树这么近？难道这树很难砍掉吗？

莫莉笑了起来，一把拉过弟弟基普，用手揉了揉他的头发。基普最讨厌她来这招。

"也许这家主人会允许我们在树上绑秋千，或修建树屋……"莫莉说。

基普可不认为在这棵树上修建树屋是什么好主意。他耸耸肩，撇开姐姐的手臂，然后麻利地从长凳上滑了下来，熟练地用那条好腿站定。由于坐得太久，他的脑袋有点儿晕，于是他一只手扶着马车的侧栏，另一只手则伸到长凳下，掏出了自己的拐杖。这根拐杖是爸爸用榆树的树枝做的，这种树不仅材质细密结实，还带有微微的弹性，很适合做拐杖。爸爸觉得所有的好东西都应该有个好名字，因此给拐杖取名为"勇气"。基普很喜欢这个名字，他认为勇气的确是每个人都应该具备的好品质。他习惯性地将拐杖夹在左胳膊下。以他现在的身高，这根拐杖已经短了一大截，但他并不在意。他步履蹒跚地绕到了马车后面，放下后挡板，一个破旧的木头行李箱出现了面前。这个行李箱没有提手，用皮带绑着，看起来像海盗用的藏宝箱。事实上，里面只有几件破衣服。这是姐弟俩的全部家当。

"我还是想不通，干吗非要到这个鬼地方来！"基普一边拽开箱子一边嘀咕着，"咱们完全可以留在城里。"

莫莉跳下车，一边帮基普拿东西，一边说："你是宁愿待在孤儿院咯！"

基普愤怒地瞪着姐姐："才不是呢！我根本就不是孤儿！"行李箱摔到了冰凉的地上，差点砸到他的左腿。不过，砸到了也没关系，那本来就是条废腿。

莫莉脸上闪过一丝复杂难明的神色，基普看到了，却看不懂。之前在路上遇到那个老巫婆时，姐姐也露出过同样的表情。这种表情让基普感到揪心而紧张。不过，莫莉脸上很快露出了笑容，她微微屈膝，与基普面对面地站着。"你当然不是孤儿！"她说，"不过在爸妈接我们回去之前，我们得找个地方安顿一下吧！"

基普忍着怒气，祈祷着爸妈早点儿过来。爸爸妈妈肯定不会跑进荒山野岭，在这种难看的老宅子里找工作。

"看这个！"莫莉说着拽下了衣服上最后一颗纽扣，犹如珍宝般捧在手心，"我给你准备了一份礼物，猜猜是什么？"

基普抿着嘴唇，一言不发。他知道莫莉要做什么，却不想配合。"一颗纽扣。"他干巴巴地回答。

莫莉摇了摇头。"这可不是普通的纽扣哦！这是神奇的许愿扣！看好啦！"她把手举到嘴边，轻声说，"亲爱的许愿扣，我希望……我的弟弟马上在我的脸上亲一口！"

基普没有理会。他觉得自己快十一岁了，还玩这种亲亲游戏，实在太幼稚了。

莫莉捧着纽扣使劲摇晃着。"许愿扣，你听到了吗？"她的声音越来越大，"我的要求是这么渺小，这么微不足道，这么……"

基普知道，她会一直唠叨下去，直到自己妥协为止。想到这儿，他只得敷衍地亲了一下莫莉的脸颊。

莫莉倒吸了一口气，紧紧盯着纽扣。"太灵验了！"她跳了起来，两眼放光，"看到没有？真是太灵验了！"

基普小声嘀咕道："你应该换个好点儿的愿望！"

"是呀，真是的呢！"莫莉牵起基普的手，将纽扣放进他的掌心，"现在我把这枚许愿扣送给你。不过，你得答应我，只能用它来实现最伟大的愿望。还有，以后不许哭鼻子，不许发牢骚，不许失去信心！我要你成为坚强勇敢的男子汉。"她耸了耸肩继续说，"我不要紧，最主要的是伽利略特别需要你——你看，一路上它都战战兢兢，一副胆小鬼的样子。"基普抬头看了一眼马儿，这家伙居然冲他喷着响鼻。

"你能答应我吗？"莫莉追问道。

基普点点头，叹了口气，将手心里的纽扣翻了个面，说道："也许小伽害怕是有原因的！马儿的直觉一向很灵！"

"咱们这匹可不怎么灵，"莫莉说，"它连自己的名字都不知道。"她把手搭在基普的肩头，姐弟俩再次将目光投向了温莎庄园。庭院深深，清风徐徐，巨树的枝丫摩擦着墙壁，发出嘎吱嘎吱的声音。

基普突然注意到，在一根树枝背后，三楼的一扇窗户里有动静。"你看到了吗？"他问。隔着玻璃，能看到厚厚的窗帘在轻轻摆动。

好像有什么人，藏在窗帘后面。

好像有什么人，一直盯着他们。

3. 好奇的佩妮小姐

　　基普去找马厩安置伽利略，莫莉则要向雇主报到，于是她做了一个深呼吸，拖着行李箱朝前门走去。这些天，姐弟俩风餐露宿，忍饥挨饿，总算到达了目的地。这里是她唯一的希望。在弟弟基普面前，她总是一副无所畏惧的样子，然而此刻，她要卸下伪装，直面内心的胆怯。这座房子看起来很像故事里的鬼怪城堡，说不定里面有吊桥或巫师用来施咒的大锅。"要勇敢！要勇敢！"她不断鼓励着自己。

　　其实雇佣莫莉的并不是温莎家的人，而是城里的一位代理律师。莫莉应聘时，看见那位律师非常紧张，不断地舔着自己的嘴唇。显然，那么偏远的地方，并不好招人。莫莉原本编好了自己的履历，谁知那位律师什么都没问，当场就许诺，只要她能去庄园，这活儿就是她的了。莫莉听后，喜出望外。现在，她如愿来到了庄园。

　　莫莉整理了一下衣裙，为了让脸上显得红润，她掐了掐自己的脸颊。接着她又把头发向后拢了拢，调整了一下站姿，尽量让自己显得高挑。随后，她才抬手敲门。谁知刚敲了一下，大门就"嘎吱"一声开了一条缝。莫莉犹豫了片刻，不知是否应该进去。她顺着门缝朝里面看，却什么也看不见。"有人在吗？"莫莉朝着漆黑的屋内喊了一声。

"要是你愿意，尽管进来。"屋内传来细小的声音，"这里没有管家，按照规矩，我也不能给你开门。不过要是你自己进来的话，就与我无关了。"

莫莉推开大门，把行李箱拖了进去，随手又关上了门。她眨着眼睛，适应着屋内昏暗的光线。她所站的地方是门厅，依稀可以看出当初的富丽堂皇。空气里弥漫着陈腐的味道，就像普通人家不常用的阁楼发出的那种气味。房间的角落里，堆积着灰尘和枯叶。灯和家具上面挂着蜘蛛网。然而最令人感到不安和惊异的还是那棵树。它仿佛与这栋房子融为一体，弯弯扭扭的枝干直接从石板墙里伸了出来，粗大密集的树根将地板顶了起来，还有一根枝条在高高的天花板下方虬曲盘旋，看起来就像一盏巨大的吊灯。

"我在上面！"一个声音在上方响起。莫莉循声望去，只见一座巨大的弧形楼梯从房间的一头通向门厅的上一层。楼梯上蹲着一个脸色苍白、头发乌黑的小女孩，她的鼻梁上架着一副厚厚的眼镜。小女孩透过楼梯扶手栏杆的缝隙朝下张望着，看起来就像一个小囚犯。"刚才亲你的瘸腿男孩是谁？"她冲着楼下喊道。

莫莉挑了挑眉毛："他叫基普。"

"你的丈夫吗？"小女孩眯着眼睛问道。

莫莉忍住笑意："小姐，他是我弟弟！"

小女孩站起身说："哎呀，真烦人。爸爸说镇上会来人，但他没说来的人会带兄弟！我讨厌兄弟！他们都是害虫！"她并拢双脚，一级级地跳下楼梯。莫莉看着小女孩，不由得松了一口气。有这样的小女孩在屋里，这里应该不会太吓人。

小女孩跳到最后一级，随即纵身一跃，"砰"的一声跳到了莫莉跟前。"你家那个基普，有锡杯吗？"小女孩推了推滑到鼻尖的眼镜问道。

"小姐，您说什么？"

"锡杯。我原来住的地方，见过很多像他这样的小男孩，坐在路边，可怜兮兮地举着锡杯向人讨钱。"

莫莉努力控制着情绪，尽量不让自己为这种天真的问题而动气。"他只有一个杯子，和您的一样，是用来喝水的。"

小女孩点点头，用命令的口气问："你叫什么？"

莫莉行了个礼。她知道，这小女孩是温莎家的孩子，想要赢得主人的欢心，就要先赢得主人家孩子的欢心。"我叫莫莉·麦克康纳齐①。小姐您怎么称呼呢？"

"佩内洛普·埃莉诺·温莎。不过你叫我佩妮就好了，大家都这么叫我。或者就像刚才那样叫我'小姐'也行。我快满七岁了，你多大？"

莫莉不禁有些犹豫。之前她去代理人那里应聘时，担心人家嫌她小，谎报了自己的年龄。于是，她用手捂住胸，装出吃

---

① 麦克康纳齐（McConnachie）：爱尔兰典型的盖尔语姓氏的英文形式，取自父名。"麦克（Mc）"意为"某某之子"，"麦克康纳齐"就是"康纳齐之子"的意思。

惊的样子，说："佩妮小姐，淑女是不会透露自己年龄的。"

小女孩不好意思地低下了头："我不知道这种说法……之前我是不是也不应该告诉你我的年龄呢？能不能假装是你猜到的？"说着，她瞅了瞅莫莉脚下的行李箱，继续问道，"你要搬过来跟我们一起住吗？"

莫莉点点头说："是的，小姐！如果可以的话。"

"很好！我非常希望你留下来！"佩妮说，"你不知道，这里真的很无聊！这个词是阿利斯泰尔教我的，意思是一点儿有趣的事情都没有。"她跳到莫莉的箱子跟前，开始摆弄捆绑着箱子的绳子。"我们原先住在城里的时候，屋里有各种各样好玩的东西——珠宝首饰啦，银制的茶壶啦，陶瓷的塑像啦！"她狠狠地瞪了一眼这座老房子，"这个地方，除了蜘蛛、蜘蛛网，就是讨厌的兄弟。"说着，她解开绳子，掀开箱盖，露出了里面的旧衣服。

"佩妮小姐，请问您在干什么？"莫莉问道。

"想看看你的行李箱里装了些什么。"小女孩把箱子里的每一个物件都拖出来仔细查验一番，然后丢到一旁，再翻下一件。箱子最底下压着姐弟俩的贴身衣物，小女孩对这些东西表现出了极大的兴趣，她拽出一条衬裙套在了头上，就像戴着一顶印第安战帽。

莫莉朝门厅看了看，担心有人进来。要是雇主进来了，看见满地的衣物，那可就糟了。这位佩妮小姐不像一个听话的孩子，得想个办法劝阻她。

自莫莉懂事起，便是大家公认的有语言天赋的孩子。她不会魔法，但她的话却有着某种魔力，她的巧言善辩，甚至能把死的说成活的。她的父母曾教诲她，要善用自己的天赋。

"佩妮小姐，您知道吗？"她走到女孩旁边说，"在我的家乡，把别人的衣服套在头上是不吉利的。"

"你的家乡在哪里？"佩妮问。她正拿着一双袜子，透过袜尖的破洞，眯着眼看莫莉。

莫莉耸耸肩，装作漫不经心地说道："噢，在一座魔法小岛上。"

"不会吧！"小女孩手上的袜子掉了下来。

莫莉假装没听见，自顾自地哼唱着小曲，将衣服一件件叠好，放回到箱子里。佩妮也捡起袜子放到箱子里。"真有魔法吗？"她凑到莫莉耳边问道。

莫莉停止了哼唱。"是啊，但不是大家想的那样。我们那里，所有的东西都是翡翠做的。"她边说边拍拍腿，示意佩妮坐上来，"我得和您好好讲讲我家乡的事儿。"

小女孩立刻爬到了她腿上，不再管行李箱。莫莉一边将剩下的衣物放进箱子里，一边回答着小女孩的问题。

"你家乡有仙女吗？"

"有很多呢，多得您数不清。"

"你们那儿的人会飞吗？会施魔法吗？"

"当然会呀，但谁也不会出去卖弄。"

"会不会有怪物追你？"

"来过一只很小的怪兽，只有癞蛤蟆那么大。"

随着莫莉的讲述，佩妮的眼睛越睁越大——厚厚的眼镜片越发放大了她的大眼。

短短几分钟，小女孩便沉迷在了莫莉的故事里，兴奋地嚷着要去莫莉家乡的小岛拜访，想要被袖珍小怪物们撵着跑。"我们可以去捉小精灵，把它们关到罐子里，拿去喂小怪物。这样一来，怪物就成了我们的宠物。"

小女孩侧过脸来看着莫莉，小脸皱成一团，好像在思考什么重大的问题。"是因为你住在魔法岛，所以才会有这种橙红色的头发吗？"她问。

莫莉从未考虑过这个问题，但她还是顺势回答："我想是这样的，小姐！"说完，她将一绺卷发捋到耳后。

佩妮低头看了看自己的黑发："我好想拥有魔法头发呀！不管妈妈给我绑多少条橡皮筋，我的头发都看起来呆呆的、丑丑的。"

莫莉不得不承认，这是事实。小女孩头上的辫子就像两根柳条直直地垂下来，毫无朝气。不过莫莉知道，厌恶自己无法改变的东西对一个人来说绝没有好处。她将尚未收拾的衣服整理到一旁，笑着对佩妮说："噢，您的头发也是魔法头发呀！"她握住一根辫子，像手里捧着珍宝一般打量起来，"您听过克娄巴特拉女王①的故事吗？"

佩妮摇摇头。

"克娄巴特拉是世界上最美丽的女人，她拥有乌黑的头发，就跟……您的头发一模一样。在她的王国里，所有男人都疯狂地爱着她，连伟大的兰斯洛特爵士②也不例外。"莫莉微笑着说。

"没听说过，什么爵士？"佩妮问。

莫莉只好再换一个名人试试。"那您有没有听说过罗宾汉③？"

小女孩瞪大了眼睛："真的呀？还有谁喜欢她？"

莫莉俯过身悄声说："不要跟别人说是我告诉您的哟，小姐，听说……坎特伯雷大主教④也喜欢她。"

佩妮倒抽一口凉气，惊讶地用双手捂住嘴说："主教大人也喜欢她吗？"

"当然不是！"一个声音突然从背后响起，打断了她们。

莫莉一转身，只见一位高个儿妇人站在门厅处，黑色的头发挽成了圆圆的发髻束在脑后。这位妇人和佩妮一样，有着瓷

---

① 克娄巴特拉（Cleopatra）：古埃及托勒密王朝的最后一任女法老，以美貌智慧闻名，即后世熟知的"埃及艳后"。

② 兰斯洛特爵士（Sir Lancelot）：亚瑟王传说中圆桌骑士中的第一位勇士，传说他由仙女抚养长大，勇猛无敌。

③ 罗宾汉（Robin Hood）：英国民间传说中劫富济贫的侠盗，后由法国文豪大仲马在民间传说的基础上创作出小说《侠盗罗宾汉》，成为脍炙人口的文学名著。

④ 坎特伯雷大主教（Archbishop of Canterbury）：又称坎特伯雷圣座（the See of Canterbury），是全英国教会的主教长，亦是全世界圣公会的主教长，普世圣公宗精神领袖，是天主教中的圣礼事保持者，主持自 1867 年起的每十年一次的全世界圣公会主教会议。首任主教为圣奥斯丁，现任主教贾斯汀·韦尔比为第 105 任。

白的肌肤。但此刻，她却一脸不高兴。

"妈妈！"佩妮跳起来，朝妇人跑去，"她叫莫莉，是从魔法岛上来的。她要跟我们一起住，不过，她还有个弟弟。但是没关系，我非常非常喜欢她！"佩妮一口气说完这些话，便拽住妇人长裙的下摆跪了下来，"我从来没有这样求过您，妈妈，我们可以留下她吗？"

莫莉起身行了个屈膝礼。"希望您能同意，夫人！"

妇人环抱双臂，冷冷地说："那你告诉我，我看起来像是同意的样子吗？"

4. 帮　　助

莫莉贴着墙根站在温莎庄园的厨房里。厨房很大，有一个宽敞的食品间，砖砌的大灶台，有餐用升降机，还有两座侧梯。原本在院外的基普已经被叫了进来，正靠在姐姐身旁。

温莎夫人绷直了双肩，背着双手，来回踱着步。"我们之前见过吗？"她紧盯着莫莉，等待着她的回答。

"没见过，夫人！"莫莉答道。

温莎夫人停下了脚步，用手拂了拂衣袖的蕾丝，仿佛要赶走什么看不见的东西。她身后站着两个孩子，除了佩妮，还有一个稍大一点儿的男孩，一脸不耐烦的样子。温莎夫人说："你到了我的庄园，我可有和你打过招呼，请你进来？"

"没有，夫人！"莫莉的声音有些颤抖，她感觉到一旁的弟弟正满脸疑惑地看着她。她把手伸下去，轻轻握了握弟弟的手。

"那就有趣了！"温莎夫人踱着步子，"我并没有邀请你进来，然而现在，你却在我的房子里，拆开了行李，还跟我女儿讲了一堆乱七八糟的妖怪、教士的故事。"

莫莉感觉到地面上石板的冷气，正从右脚靴子上的破洞灌进来，她挪了挪身体，希望把那个破洞压住。"那只是一个故事，夫人，我并没有在故事里加什么乱七八糟的东西。"

这时，佩妮"咚"的一声从厨台上跳了下来，抗议道："妈妈，您这么说不公平，是我让她进来的。"

温莎夫人严厉地瞪了女儿一眼，小女孩赶紧爬回了厨台。温莎夫人揉了揉太阳穴，一字一顿地说："我想，你应该知道，从我的立场来看，现在是什么状况。"

莫莉张了张嘴，实在不知道该如何回答。此时的她，完全"领会"不到任何东西。她对这个庄园的印象，或者说她想象中的印象，以及对这份工作的期望，在这半个小时内，已经彻底颠覆了。"夫人，请原谅！"她终于开口说道，"我觉得这里面可能有误会，您的丈夫温莎老爷通过镇上的一个代理行把我们招了过来，我们是受雇而来的。"

"是吗？"温莎夫人抿了抿嘴，"恐怕你和那个代理行，还有我丈夫，都弄错了。我对他说过很多次，现在我再跟你说一遍：我不需要，也不喜欢用人。你也看到了，我自己一个人就能把这里打理得很好。"

要是在其他情景下，莫莉一定会对那些勇于同自己丈夫唱反调的女性充满崇拜，但眼下，她只觉得温莎夫人跟她开了个拙劣的玩笑。从进厨房的那一刻，姐弟俩就已经看出这位女主人并不擅长家务：地面上积着厚厚一层灰，污垢遍地；墙面上长着大片霉斑；炉台上则满是食物的残渣和溢出的汤汁，脏乱油腻的锅碗瓢盆在水槽里堆成了山。莫莉从小就帮着妈妈做家务，洗洗涮涮、煎炒烹炸都不在话下。她知道一个干净整洁的房子是什么样的，显然这里不是。

"要我说，把这两个家伙直接抓去坐牢好了。又脏又臭，闻起来好像咸鱼。"说这话的是佩妮身旁那个男孩。他看起来与莫莉年纪相当，有着与佩妮和温莎夫人一样苍白的皮肤、乌黑的头发，不同的是，他的长相极其丑陋。大饼脸上满是粉刺脓包，眼窝深陷，两条眉毛连到了一起，组成了"一字眉"。这会儿，他正从一个袋子里掏着太妃糖，打算全部塞进嘴里。

温莎夫人转身看向他，脸上的表情很复杂，复杂到连莫莉都无法表述。"阿利斯泰尔，我对你说过什么？晚饭前能不能吃甜食？"男孩转了转眼珠子，将满嘴嚼过的糖吐回了袋子。这恶心的一幕，让莫莉简直无法直视。

"你们两个很幸运，"温莎夫人继续训话，"我不会采纳我儿子的建议。这里是宅子的后院，我无权逮捕你们。要是你们马上离开，我不会再追究。我还要照顾孩子，就不送了。相信你们会在城里找到其他工作的。"

莫莉感觉脸颊有些发烫。要是城里好找工作，姐弟俩怎会不辞辛苦、千里迢迢跑到这里来呢？此前，她在城里花了好几周的时间，挨家挨户敲门，低声下气地求人家给个活儿干，差点儿沦落为乞丐。每次，人们都很明白地告诉她，不招像他们这样的小孩子。"城里找不到活儿，像我们姐弟这样的小孩子，是找不到工作的。如果是钱的问题，我们可以不要工钱，只要有饭吃，有地方住，我们可以不要工钱——"

温莎夫人打断道："我们不需要你的施舍。"她说这话时气场十足，莫莉被逼得倒退了一步。究竟是谁施舍谁？

"夫人，我听说您家原先也是住在城里，后来才搬过来的。如果您曾经在入夜后上过街，就一定知道，像我们这种处境的人干的是什么样的活儿。求求您了，如果您知道我们来这里之前过的是什么样的日子，遭过什么样的罪……"她本可以继续说下去，把过往的事情都讲出来，但当着弟弟的面，她不能讲。她摇着头，眼里闪着泪光说，"我的弟弟身体不好，经不起折腾。"她知道基普最恨她说这种话，但她已顾不了那么多了。"请给我们一个活下去的机会吧！"她哀求道。

温莎夫人打量着莫莉，语气柔和了下来："你多大呢？"

"妈妈！"佩妮满脸尴尬，"难道您不知道吗？淑女是不可以透露自己年龄的！"

温莎夫人没有理会佩妮，等待着莫莉的回答。

莫莉低下了头："十四岁，夫人。"在城里，她对那位代理律师报的是十六岁。"我知道我年纪小了点儿，但我发誓，我会努力干活，十个大人加起来也不如我干得多。我和弟弟是在农场里长大的，我从小就会做家务，我弟弟则是种地能手，给他一个月的时间，他能让您家的菜地长成伊甸园。"

"比伊甸园还要好！"基普开口说。他站在姐姐身旁，小身板挺得直直的。莫莉揉了揉他的头发，冲他笑了笑。

温莎夫人静静地看着这对姐弟，眼里流露出同情。或许从一开始，她就感受到了莫莉肩上的重担。"十四岁……"她像是自言自语，又像在问话，"你们的父母呢，他们在哪里？"

莫莉看了弟弟一眼，又转向温莎夫人。她该如何讲，才能让这位女士明白呢？"我们的父母……从爱尔兰跨海过来的途中遇到了一些波折。我们是先过来的，所以现在只能靠自己。"

"那就好！希望他们一切顺利！"

要是莫莉真是个没有见识的小女孩，一定会认为这位女士此刻正诚心诚意地关心着他们一家人。

"噢，他们非常不顺利。"基普睁着大大的眼睛说。

温莎夫人挑眉望向莫莉，等着她继续讲下去。

莫莉突然觉得嗓子干得厉害，不禁咽了咽口水。"呃，夫人，事情是这样的，我们同行的乡亲们遇到了海盗，被抓走了。"

"海盗逼他们入伙，还威胁他们：'如果谁不听话，就得跳进海里。'"基普的脸上露出了骄傲的笑容，"就像圣帕特里克 [①] 年轻时遇到的那样！"

"简直太惊险了！"温莎夫人冷冷地说。

莫莉本想解释一下，他们大老远过来，并不是为了戏弄她，但最终，她什么也没说，只是睁大眼睛看着温莎夫人，试图通过脸上的表情传达那些无法说出口的信息。"求求您了，夫人！"她艰难地开口说道，"我们在这里无亲无故，没有人可以

---

① 圣帕特里克（Saint Patrick）：传说中爱尔兰的守护者，天主教圣人。他出生在威尔士，少年时被绑架到爱尔兰成为奴隶，逃走后进入一所修道院学习，学成后冒着生命危险回爱尔兰传教，成为爱尔兰主教、圣人。逝世后，爱尔兰人为了纪念他，将每年 3 月 17 日定为圣帕特里克节。

投靠。"

妇人眨了眨眼睛，摇头说："孩子，你还不明白这个请求会给你带来什么。这座房子不是你们可以待的地方。"她说这话时很平静，没有露出一丝痛苦的神色。但有那么一瞬，莫莉似乎觉得这妇人其实非常不愿意待在这个地方。温莎夫人低着头，从莫莉身旁走过。"我建议你们，趁着天还没黑，赶紧离开这里。"她打开了后门。

莫莉看着门外的荒野。冰冷的空气从门外灌进来，穿透衣物，寒冷刺骨。基普拄着拐杖，蹒跚地来到她的身旁，准备离开。莫莉看着基普努力控制着冻得发抖的身体，心酸的同时也有些欣慰——为弟弟的坚强和懂事而欣慰。"等一下，"莫莉叫住了基普，转向温莎夫人，"我们会按照您的吩咐离开这里，回到荒野去。但在我们离开之前，您能否听我讲一件事？"莫莉绿色的眸子里闪烁着小小的火花。

"我猜你是想告诉我，我是个恶毒的女人。"她回答。

莫莉摇了摇头："不对，夫人！我想给您讲一个故事。"她咽了咽口水，努力抛开所有的恐惧，眼睛一眨不眨地盯着温莎夫人。"请您想象一下：清晨，您刚刚醒来，一切如往常一样，但又稍有不同。最初您听到一阵模糊的声音，像是哨子的声音在耳边萦绕。那声音越来越大，原来是水烧开的声音，好像在说：'该泡茶了，该泡茶了！'"莫莉语调轻柔，带着催眠的魔力。随着她的讲述，大家耳边仿佛响起了水壶中水烧开的沸腾声，"您睁开眼，窗帘拉开，窗户大开，屋内洒满了阳光。您伸着懒腰，打着哈欠，清新的空气充盈着您的胸膛。您要穿的衣物整齐地放在您的手边。壁炉架上的花瓶里，插着鲜花，那是从您家的花园里刚刚摘下的。"温莎夫人闭上了眼睛，深深吸了口气，仿佛正站在早晨和煦而温暖的阳光下，嗅着看不见的鲜花。"您慢慢坐下，一阵诱人的香味钻入您的鼻子，那是热腾腾的香肠和烤得焦黄的新鲜面包的香味。就在这时，门口响起了礼貌的敲门声，然后——"莫莉故意拖长了声调，语气越来越轻，最后竟没有了下文。

"然后？"温莎夫人等了一会儿，忍不住问道。

莫莉耸了耸肩，说："欲知后事如何，且听下回分解！"

温莎夫人眨了眨眼，诧异地看着莫莉。她的目光从肮脏的地板移到污秽不堪的炉台，又飘过无人问津的陶罐，最终落到自己的两个孩子身上，只见两个小家伙挤在一起，缩在炉台前面。

"您从来没给我们做过香肠！"阿利斯泰尔小声嘟囔着。

佩妮跳到莫莉身边，双手紧紧握在一起。"妈妈，求——"她深吸了口气，"求您，留下他们吧！"

莫莉低头朝着佩妮笑了。别人都不要他们的时候，只有这个甜美可爱的小女孩为他们求情。莫莉伸出一只胳膊，环抱住小女孩，满眼期待地望着温莎夫人。

温莎夫人摇着头，长长地叹了口气，关上了后门。"你们从今晚开始干活！"她皱了皱鼻子，"不过得先洗个澡。"

5. 女主人的画像

　　或许莫莉的故事真的在温莎夫人心里勾起过一丝温情，但很快就消散了。莫莉曾和许多人打过交道，没有人像这位新主人那样，冷漠无情。"八点，早饭；十一点，早茶；六点，晚餐。"温莎夫人一边风风火火地下楼，一边说，"每次开饭之前，必须换上干净的桌布；每餐的菜谱得由我定。你认识字，对吧？"

　　莫莉努力跟上女主人的节奏："我认识字，夫人。"说着，她将尚未干透的头发绑在了脑后。遵照温莎夫人的吩咐，她好好地洗了个澡。虽然水很凉，但总算有水洗澡，她感觉舒服极了。洗完澡，她换上了破旧的女仆装。显然，这套衣服的旧主人年纪和身形都比莫莉大。她将身上的围裙系紧了一点儿，然后跟着女主人走进了大厅。

　　"你也看到了，我一直没时间整理行李，"温莎夫人说着走向靠墙的柳条筐，"你整理一下吧！"

　　"好的，夫人！"莫莉回答道。很快，这句话成了她应付各种命令的口头禅。即便莫莉有些地方不明白，想问清楚，但温莎夫人说话太急，说完后很快就离开，她根本没有机会问。

　　便盆必须在十点钟清理！"好的，夫人。"

　　每周拖两次地板！"好的，夫人。"

每个月给银器抛一次光！"好的，夫人。"

"好的，夫人。"

"好的，夫人。"

"好的，夫人。"

莫莉一遍又一遍地重复着这句话，直至深深地刻进脑子里。她确信，即使自己睡着了，这句话也会在她脑袋里蹦来蹦去，敲打她的神经。

"那个房间需要打扫吗，夫人？"莫莉指着楼梯顶端一扇绿色的小门问道。之前温莎夫人嘱咐她打扫的时候并没有提及那个地方。屋里其他的门都只有一把简单的插销，只有那扇门挂着一把巨大的铁闩——是那种通常用在保险柜或者仓库门上的门闩。

"你不用打扫那间房，我根本就没有那个房间的钥匙，"夫人指着前方卧室门口的泥脚印说，"一定要记得把这些打扫干净。"

除了话少，莫莉对温莎夫人的印象不错。之前莫莉没有接触过上流社会。从温莎夫人的身上，她看到了自己未曾见过的另一个世界的风采。女主人的衣物不仅做工精良，而且华贵得体。衣裙上深色的褶皱沿着她修长苗条的身躯倾泻而下，形成完美的弧度。裙子的下摆也刚好齐地，但一丝也没有拖到地面上。她纤细的脖颈及手腕上戴着的那些闪亮的钻石首饰，都是莫莉从未见过的。在莫莉看来，女主人的一举一动都是那么优美娴雅。"就像画里的人一样。"莫莉暗暗赞叹道。

从温莎夫人的气质来看，她并不属于这个破败凄惨的地方。她精致华贵的形象，反而衬得周围更加荒凉。莫莉猜测，夫人一定很怀念城里的住所，虽然她很少提及。温莎夫人偶尔会问莫莉一些问题，然而她那自以为友好的说话方式，却常常让谈话进行得不顺利。"你的弟弟，"温莎夫人一边上楼一边问，"瘸了多久？"

"他一生下来就是这样，"莫莉咬紧了牙关，胸中憋了口气，却又不得不回答，"先天性的左脚内翻。"

温莎夫人挥了一下手："不管怎样，我可不希望我的孩子得这种病。让他住在马厩里吧！"

莫莉停下了脚步："马厩？夫人？"

莫莉想着，弟弟基普的身体越来越差，他需要躺在温暖的床上，而不是和牲畜挤在漏风的窝棚里。

"住柴房也可以，如果他愿意的话。"温莎夫人又补充道。

"他才十岁呀，夫人！"莫莉知道不该提要求，但她还是没忍住，"用人的房间好多都空着，您就让他住一间吧！"

温莎夫人扭头看了看莫莉，说："不可能！这座房子，不允许任何疾病的传播。以前没有，以后也不会有。"

听了温莎夫人的话，莫莉立刻想起山谷里那个讲故事的老妇人说过的话——关于温莎老爷小时候被送到城里住的事情。"可是——"莫莉几乎喊了出来。"莫莉，"温莎夫人朝莫莉走近一步，"我很不习惯自己的命令受到质疑。下次，你要再这样违抗我的命令，就直接带着你的弟弟离开这里！听清楚了吗？"

莫莉直视着女主人，双颊涨得通红："清楚了，夫人！"

温莎夫人转怒为喜，微笑道："很好，那就跟我来吧！"

临近傍晚，温莎夫人终于在二楼的书房结束了本次训导。温莎庄园的书房很大，里面的家具都盖上了一层灰色的防水帆布。由于年代久远，帆布变得又硬又脆。"我先生大部分时间都待在城里，因此我们很少使用这间书房。"温莎夫人解释道。她拉开厚重的窗帘，房间里顿时亮堂不少，"你看，这里也该打扫一下了。"

这地方的确是很久没有人来过。四面全是高度直达天花板的书架，书架上摆满了古旧的书籍。莫莉一直想拥有一本书，不过这对她来说，简直就是奢望。看着满目的书籍，莫莉震惊得说不出话。过了好一会儿，她才问道："温莎老爷是一位大学者吧，夫人？"

"学者？噢，天哪！当然不是！"温莎夫人语调显得有些激动，"这些书是我先生父亲的。据说，他经常不按常理行事。"

突然屋外刮起了大风，一根巨大的树枝在莫莉身后敲打着玻璃窗。莫莉不安地向旁边挪了挪，尽量离窗户远点儿。这座宅子，到处充斥着巨树的身影。"夫人，我可以让基普把这棵树修剪一下，要不，我们把墙上那些被树刺穿的洞也补一下？"莫莉提议道。

"要是能做的话，我们早就做了。"温莎夫人漫不经心地说，"很不幸，这棵树离房子太近，要是随便动了它，很可能会影响房子的地基。"

"只是修剪树枝而已，肯定不会——"

温莎夫人冷冰冰地打断道："无论怎样，你和你弟弟都不许动这棵树，明白吗？"

"好的，夫人！"莫莉明显感觉到，自己的双颊又涨红了。她只不过想帮帮忙，结果却惹来一顿训斥。她掩饰着自己的沮丧，仔细打量着这间屋子。

这时，她注意到了一幅画像。

那幅画像很大，几乎与莫莉齐肩，斜靠在壁炉架旁。画框外面包裹着防水布，不过那层布就像罗马皇帝的衣服一样，从一侧滑落，露出一大截亮闪闪的金边。莫莉认出画里正是温莎一家四口：温莎夫人、阿利斯泰尔、佩妮，那位男士应该是温莎老爷。不过这幅画里的人却和莫莉看到的不同。画里，四个人面颊饱满，气色红润，神采奕奕；每个人都是栗色的卷发，而不是黑色的直发。莫莉反复看着这幅画，无法理解画者的目的。可能作画的人想要讨好雇主，故意润色了吧，但显然这种修饰太过了。

"有问题吗？"温莎夫人突然问道，把莫莉吓了一跳。

她仔细打量着站在身旁的女主人。嘴巴、眼睛、鼻子，都一模一样，只是皮肤没有了血色，画中的蓝眼睛也变得如墨汁一般漆黑。与画中的形象相比，眼前的温莎夫人显得干瘪而憔悴。"那……那幅画里，是您吗，夫人？"莫莉指着画像问道。

"不然还会是谁呢，孩子？那是我们去年夏天画的。实际上是搬过来之前画的。"温莎夫人回答。

去年夏天？莫莉惊讶得说不出话。才隔了几个月，这家人的变化怎么这么大？感觉到莫莉异样的目光，温莎夫人显得有些不自然。她摸了摸脑后的黑直发，说："你该准备晚饭了。"随即快步走开。

莫莉站在房间里，一阵风呼呼吹了进来。窗外的树枝噼噼啪啪地敲打着玻璃，就像要钻进屋内似的。她慢慢后退一步，然后再次抬头看向那幅画像。画中的四个人都笑盈盈地看着她，那么开心，那么有活力。莫莉想，一定有什么凶邪的东西令这些人发生了变化，而他们却没有察觉。莫莉将画像盖好，然后走回了大厅。

6. 迷雾中的影子

用人房在温莎庄园的地下室。女主人允许莫莉随意挑一间房住，于是她挑了一间蜘蛛网最少，并且有床的房间。这间房阴冷潮湿，天花板上布满霉斑，很多地方都能看到穿过墙壁的树根，在褪色的墙纸下凸起脉络状的纹路，仿似浮雕。莫莉在空旷的房间里添置了一个衣柜，还有一张带镜子的小梳妆台。

以前，莫莉全家都挤在同一个房间睡觉。所以现在，她一想到自己即将拥有一个独立的房间，既兴奋又难过。兴奋的是，她终于有了属于自己的房间；难过的是，爸妈却不在身边。她一边铺床，一边梳理第二天要做的事情。在过去无数个夜晚，莫莉总是饿着肚子，心事重重，琢磨着"明天早上"去哪里弄些吃的。现在好了，她再也不用担心挨饿了。大厅里传来那座落地式大钟的报时声——十二点，午夜了。就像一直等着这一刻一样，屋外"呼"地刮起一阵黑风，吹得残旧的墙壁嘎吱直响。莫莉房间的床头有一扇窗户，刚好可以钻进一个人。她拿着风灯（一种古老的照明工具），放在窗台上，然后像水手对着过往船只打信号一样，用手在风灯前挡了三下。

过了一会儿，她听到有人敲玻璃窗，于是赶紧打开窗户，看到基普正跪在窗外的泥地上。"哇！"基普发出吓唬人的声音，头发在风中乱飞。

"吓唬你自己吧！"莫莉接住弟弟递进来的拐杖，放在床边，然后架住弟弟的胳膊。基普在姐姐的帮助下翻了进来。"记得我们说好的哦！明早要早点起来，天亮前就出去，别让人发现了。"莫莉明白，违逆女主人的后果十分严重，但她必须这样做，因为身体虚弱的弟弟需要干燥温暖的地方休息。"当心你的靴子！"可惜已经迟了，弟弟的脚已经踏到了褥子，"把窗户关上，别让树叶飘进来。"

基普有点儿上气不接下气，小脸涨得通红。他扭头望向漆黑的窗外，说："快过来看看，我发誓，肯定有人跟着我。"他插上窗户的插销，小心地挪到地上。

"哦，你和那个人说过不要跟了吗？"莫莉毫不在意地继续铺床。

基普坐在地板上，脱着鞋子说："我没和你开玩笑！我在马厩外面等你打信号时，突然刮起了一阵风，周围一下子陷入了黑暗，星星、月亮都看不见。这时，我正好看见你亮了灯，就朝着你这边走来。走到半路，我的汗毛都竖起来了。我能感觉到有人在身后跟着我。当我转过身时，看见雾里——"他摇了摇头，"虽然是转眼间，但我确定自己没看错，真的有人在后面盯着我。"

莫莉继续铺着床，尽量保持着镇定。基普会有这种乱七八糟的想法，都是她的错，都怪她老讲一些妖魔鬼怪、女巫巨兽之类的故事给他听。"你不是说周围陷入了黑暗，什么也看不见吗？"莫莉问。

"但是我真的看见了，"基普一边穿睡衣，一边说，"他个子很高，穿着黑衣服黑裤子，还戴着一顶很高的黑帽子。我朝这里走了几步，再回头看时，他就不见了。"

莫莉扶着基普上了床，半开玩笑地说："可能是他看到了你的脸，吓跑了。"

"我说的是真的！"基普一脸认真地说，"这地方到处都不对劲。你也看到了，这家人的脸色白得不正常。"

"英格兰人的肤色都是这样，"莫莉突然很庆幸，自己没和他提书房里那幅画像，"我们很快就会习惯的。"她吹灭灯，躺在了弟弟身旁。

黑暗中，莫莉睁大眼睛看着天花板，慢慢适应着房间里昏暗的光线。她似乎在阴影中看到粗大的树根穿过裸露的房梁。姐弟俩历经了数周的磨难，终于睡到了安全、温暖的床上。但是不知道为什么，莫莉隐约觉得，他们不应该在这个地方待下去。

"姐姐？"基普轻声喊，他正仔细看着莫莉之前送给他的许愿扣，"他们去周游世界，为什么不带上我们？"

莫莉伸了只胳膊枕在头下。"我们不是都知道吗？他们不希望我们受到一点点伤害。"

基普点点头："怕我们淹死！"

莫莉拼命忍住喉咙间的哽咽："是啊，他们不希望我们遭受一点儿危险！"

基普转过来对着她，双眼就像普通小男孩谈起历险故事时那样闪闪发光："你说他们会不会看到龙？"

"肯定会看到，大海里到处都是龙。说不定我们表现好，他们会捉一条回来呢！"她看着弟弟，非常认真地说，"但是现在，我们得完成自己的任务哦！"

"什么任务？"

莫莉笑了，在他的腰上掐了一下："睡觉啦！"

要不是睡意上来了，基普一定会抗议。莫莉发现，小孩子到了特定的年龄，脑子里想什么，就会做什么。她刚把睡觉的念头输入基普的脑子，他已经昏昏入睡了。莫莉静静地看着他入睡的样子，松开的小手里，露出了那枚一直攥在手心的许愿扣。

莫莉翻过身，仰面躺着，缓缓闭上了眼。这么久以来，她头一次全身心地放松，不再像过去那样强撑。她已经筋疲力尽了，手、脚、胳膊、腿，甚至发梢都累得够呛。她没有力气再去揣摩脸色苍白的女主人、怪异丑陋的巨树，还有书房里的画像。

7. 井和口袋的游戏

天还没亮，基普就穿好衣服离开了。吃过了两顿热饭，睡了一夜好觉后，基普的精神好了很多，甚至连晨间作疼的左腿也感觉好了很多。听莫莉说，温莎老爷这个周末就会回来，基普打算抓紧时间干活儿，争取在老爷回来前整理好前院的草坪。

他打算先把沿着地基疯长的藤蔓清理干净。修剪好屋子左右和后面的藤蔓后，他本要继续清理长着巨树的前院，结果却发现，前院就像已经有人清理过了一样，什么杂草也没有。清理完藤蔓，他又砍了些木头，修理好马厩的门，顺便把伽利略的小隔间打扫了一遍。

基普很享受干活的感觉，这让他想起和爸爸一起打理海边农庄的日子。那座农庄很小，有一个小菜园和一小块种植着土豆的菜地，他们还养了一些动物。虽然很小，但爸爸一个人还是忙不过来。基普常想，要是自己健健康康，要是自己强壮一点儿，是不是家里农庄的收成就会好一些。这样的话，爸妈也不用离开爱尔兰出去打工，那现在他们一家就会在一起。

时值午后，基普正从井里打水给伽利略喝，突然听到一阵愤怒的声音从屋子那边传来。"阿利斯泰尔！你那样会毁了我最喜欢的裙子的！"这是那个名叫佩妮的小女孩的声音。她口里的阿利斯泰尔是她哥哥，正倚靠在门前的巨树上。

"在你答应玩这个游戏前就应该想清楚。"阿利斯泰尔毫不客气地说，"快点儿过来，不然你的损失会更大。"

基普见过很多横行霸道的人，所以，他一眼就看出阿利斯泰尔喜欢欺负人，而且是那种最可恨的以欺负弱小为乐的家伙。比如：他看到一张蜘蛛网，就会上去扯下；看到一个鸟巢，就会过去踢翻；那么看到一个瘸腿的小孩又会怎样呢？基普不敢继续想下去。他尽量躲着阿利斯泰尔。对他来说，做到这点并不难，因为温莎家的孩子们大部分时间都在屋里玩，即使出来，也没关系。草坪上到处都是小山丘，基普只要藏身在这些天然的屏障里，就很难被发现。

此时，基普看得见温莎家的孩子们，但他们却没有发现基普。于是，他决定趁着这个机会好好观察一下这两个孩子。他看见小女孩弯腰跳进了巨树树根附近的一个树洞。这个树洞被树叶覆盖着，非常隐蔽，基普以前完全没发现。他暗暗记下具体位置，打算找个机会将那些覆盖树洞的树叶清理干净。树洞并不深，佩妮跳进树洞后，脑袋还露在外面。一看到她跳了进去，阿利斯泰尔立刻将周围的树叶踢进树洞里，很快掩盖住了佩妮。

"阿利斯泰尔，我不想玩这个游戏了。"佩妮说。她的眼镜已经滑到了鼻尖，她的双手被困在树洞里，任凭她怎么努力也无法将眼镜扶到鼻梁上。

"今天玩的是新游戏。"阿利斯泰尔在巨树前背着双手，迈着方步，活像一个警卫队队长，"我给这个游戏取了一个名字，叫'井和口袋'。你已经完成了'井'这个环节，下面是'口袋'的部分了。我在两边的口袋里装了一些东西，一个口袋是糖，另一个口袋是……"他夸张地转身一跳，继续说，"当然是可怕的东西咯！"

佩妮惊叫了一声，虽然声音很小，但听得出她非常害怕。她抬头看着哥哥，眨巴着眼睛，胆怯地说："我挑有糖的那个口袋……"

阿利斯泰尔退后一步说："错了，笨死了，你得这么挑——左边，或者右边。你挑中的东西，不管是什么，你都得吃下去！"

基普虽然不能完全确定，但他从阿利斯泰尔的语气中可以猜到，无论佩妮选择哪个口袋，都不会有好结果。此时，小女孩的脸皱成了一团，她正全神贯注地猜着哪个口袋里装着糖。想了一会儿，她终于下定决心："我……我觉得是左边的口袋。"

"左边，你猜是左边！"阿利斯泰尔把手伸进左边的口袋，掏出一把黑乎乎、滑腻腻的东西。那东西在他的手里恶心地扭来扭去。

基普一眼就认出了阿利斯泰尔手里抓的东西。"蚯蚓！"他轻声说。很快，佩妮的尖叫证实了他的判断。

阿利斯泰尔捏着蚯蚓，在妹妹头上晃来晃去。"我们来看看，哪只蚯蚓会先爬到你身上！"他手一挥，一把将蚯蚓扔在了树洞边缘。

前一刻还在乖乖遵守游戏规则的佩妮，瞬间崩溃了。"阿利斯泰尔，快拉我出去！"她拼命摇着头，希望阻止那些朝她蠕动的虫子。突然，她爆发出一声尖叫，把基普吓了一跳，就连阿利斯泰尔都吃了一惊。"救命！"她尖叫道，"爬到我脚上了，我感觉到了！"

"你中邪了吧！"阿利斯泰尔肯定地说，"我明明看见那些虫子刚钻进去，现在最多也就钻了一层叶子。"他蹲下来，拿两根手指捻起一条蚯蚓，继续说，"你看看，你只需要吃一条，这个游戏就结束了。"

佩妮根本听不进阿利斯泰尔说了什么，她不停地嚷嚷着那些虫子正在她脚踝处乱爬。趁着佩妮张嘴叫唤，阿利斯泰尔抓起虫子，想塞进她嘴里。

基普实在看不下去了，他挂着那根名为"勇气"的拐杖，一瘸一拐地从水井后面走了出来。"快放开她！"他一边大喊，一边快速朝那对兄妹走去。

阿利斯泰尔缓缓转过身来，脸上浮现出戏谑的神色。"这不是我们家新来的园丁吗？难怪有股奇怪的味儿。"

基普仿佛没有听见阿利斯泰尔的嘲讽，径直朝佩妮走去。阿利斯泰尔懒洋洋地伸出一条腿，挡在了基普和佩妮之间。两个男孩之间的距离，只剩下几英尺。在这么近的距离下，阿利斯泰尔显得更加高大了。基普咽了咽口水，下定决心，说道：

"不可以无缘无故地欺负一个小女孩，放她走吧！"

"要是我不让她走呢？"阿利斯泰尔漫不经心地把蚯蚓扔到了一边，"我只要和妈妈说一声，你和你的姐姐就得滚蛋。两个臭烘烘的小孤儿，赶快出去挨饿受冻吧！"

"我不是孤儿，"基普反驳道，"你就是个恶霸！"他的小脸涨得通红，没有拄拐杖的那只手攥成了拳头。他明白，讲道理是没用的，打一架才能解决问题。

基普算不上打架高手，但他从小看过不少打架，也打过不少，所以他懂得一些小小的窍门。第一个要诀：先下手为强。即使打不过，至少得在对方身上留下一击。第二个要诀：沉默是金。冲突加剧时，不要说一些挑衅的话。即使最后免不了挨打，但尽量少说一些刺激对方的话，以免惹怒对方下狠手。最后一点，也是最重要的一点，就是要尽快将对手打翻在地，消除自身腿脚不便的劣势。因为倒在地上的时候，双腿是否健全对于搏斗来说并没有多少差别。虽然，这些要诀并不曾帮助基普打赢过谁，但至少能让他输得不那么难看。

基普扔掉拐杖，从草地上一跃而起，抱住了阿利斯泰尔的膝盖，将他摔倒在地。阿利斯泰尔大呼小叫地同基普一起滚倒在湿漉漉的草地上。基普专门挑那些打起来最疼的部位攻击阿利斯泰尔：腰部、肋骨下方，还有大腿根。很快他就发现阿利斯泰尔根本不会打架，这家伙在基普的肩胛骨和手肘处软绵绵地给了几拳，然后就只会扯头发，咬耳朵。

两个男孩在草地上扭作一团，使尽各种手段攻击着对方，佩妮却依然在树洞里尖叫。这时，只听"咔嚓"一声闷响，基普的前额撞到了阿利斯泰尔的鼻子。基普感到眼前血光一片，瞬间头痛欲裂。他忍着剧痛抬起了头，只见阿利斯泰尔正用双手捂着脸哀号着。基普知道自己击中了对方，等到他从疼痛中缓过神后，不禁咧嘴笑了起来：自己居然打赢了。

这时，有人从背后抓住了他的手臂。"放开他！"莫莉厉声喊道，瞬间将两人分开，"你到底在干什么？"

过了一会儿，基普才反应过来，姐姐莫莉没有训斥阿利斯泰尔，而是在质问他。

随即他发现姐姐惊慌地看了一眼敞开的大门。只见温莎夫人匆匆跑了过来，蹲下身，一把将佩妮从树洞里拉了出来。小女孩搂住妈妈的脖子，像藤壶①一样紧紧粘了上去。"到底发生了什么？"女主人问。

阿利斯泰尔从地上爬起来，朝母亲走去。"是这个瘸子先打我的！他扑过来就像要杀了我似的！"

温莎夫人看着两个男孩，他们都喘着粗气，满身泥巴和草屑，阿利斯泰尔的脸上还有血迹。"是这样吗？"她问基普。

躺在地上无法站立的基普，仰望着温莎夫人，发现自己竟无法反驳阿利斯泰尔的指控。

---

① 藤壶：甲壳纲动物，灰白色，有石灰质外壳，喜附着在海边岩石或船体上，吸附能力极强，任凭雨打风吹也冲刷不掉。

莫莉走向前，挡在弟弟身前："夫人，请恕我无礼，贵公子没有讲实话。我都看见了，我弟弟只是为了保护自己，才和贵公子打起来的。无论是谁，遇到这种情况都会这么做的。"

基普疑惑地看着姐姐，他不知道她是否真的看见了，要是看见了，就应该知道是他先动的手。

"不要听她乱说，妈妈！"阿利斯泰尔捂着鼻子说，"她在包庇她弟弟！你问问佩妮，佩妮清楚！"

然而，佩妮却不停地哭着说关于虫子吃掉脚指头之类的话。

温莎夫人厌恶地瞪了阿利斯泰尔一眼："欺负小女孩和腿脚不灵便的小子？我一定会告诉你的父亲。"

阿利斯泰尔冷笑了一声，从口袋里掏出一个皱巴巴的糖袋子，张大嘴巴："那又怎样，让他来惩……惩……惩罚我啊！"他夸张地模仿着结巴的样子说道。

温莎夫人一把夺过他手里的糖袋，怒目圆睁。"对你的父亲放尊重点儿！"她一字一顿地说，"立刻回到你的房间。"基普一度以为阿利斯泰尔肯定要挨打了。

阿利斯泰尔气得脸通红，他没再和母亲顶嘴，转身朝房子走去。经过基普身边时，他还冲着基普做了个威胁的表情。

女主人转身面对基普。基普以为她是准备替儿子道歉，不过他想错了。"一定要立刻填平这个树洞！绝不能再有人掉进去，受到伤害。"她又看向莫莉，"你不是应该在厨房吗？"说完，她头也不回地带着佩妮离开了。

莫莉捡起基普掉落的拐杖，递给他。"咱们才来这儿一天，你就跟小少爷打架？有了第一次，就会有第二次。你的脑子里到底在想些什么？"

他脑子里在想什么？他不过是照着姐姐平日里的教诲，做了应该做的事情而已。自打基普记事起，姐姐就一直护着他，不让其他孩子欺负他。以前，几乎每个星期，莫莉都得为弟弟的事情和人打上几架。基普刚才只是像姐姐保护自己一样护着佩妮，没想到会让她这么生气。

基普没有伸手接拐杖，他把自己那条酸软得有些发颤的好腿往上抬了抬。"你根本就没看到我们打架，为什么要撒谎？"他哑着嗓子问。

"那也比跟夫人讲'你儿子被个头只有自己一半大的小孩痛揍了一顿'要强。"莫莉扮了个鬼脸，可惜基普不买账。莫莉叹了口气："基普，我这么说，只是为了保护咱俩。你就当是听了个故事。"

"只是个故事？"基普眼神犀利地盯着姐姐，"要是大家都信以为真了，谁还会把故事当故事？"他一把抓过拐杖，朝马厩走去。忽然之间，打架的后遗症在他身上显现出来，他感到非常疲惫，浑身发颤，刚才胜利的喜悦，已被沮丧取代。

8. 男 主 人

刚到温莎庄园时，莫莉或许有些吹嘘姐弟俩的工作技能，但不管怎样，她都在尽力按照之前说的做。一个星期后，她就把温莎庄园里里外外清扫了一遍。她甚至自创了一个游戏：预测出女主人的下一个需求，在她吩咐之前就把事情完成。（佩妮在其中起了很大的作用，她在妈妈身边给莫莉做卧底，传递出"酒瓶子空了"或是"窗户漏风了"这些情报。）到了周末，莫莉的努力有了成效，温莎夫人对她至少表达了三次感谢。

周五的时候，莫莉第一次见到了温莎老爷。那天中午，当听到车道上传来马车的辘辘声，莫莉立刻放下手里的活儿，叫上在院子里的弟弟，一起跑到前门走廊里候着，以便第一时间问候男主人。莫莉认为，获得男主人的认可是非常重要的事情，不过，如果他和女主人脾性相似，那可就麻烦了。

姐弟俩一起恭候在门廊里，学着大户人家仆从的模样，站得笔直。两人的衣服干净而整洁（不过尺码明显偏大），鞋子也擦得干干净净。莫莉甚至还督促弟弟洗了一把脸。但是基普依然没把耳根周围处理干净，脖子上还留着阿利斯泰尔抓出的红印子。莫莉不知道该对弟弟发火，还是为他挺身而出的勇敢感到骄傲。她猜想，爸妈要是在的话，也会和自己一样矛盾。妈妈肯定会为儿子的勇气感到骄傲，而爸爸，铁定会对他的鲁莽感到失望。想到这些，莫莉不禁露出了微笑，但随后便感到深深的伤感。

马车哒哒哒地来到庄园的大门前。一个男人从驾驶室走了下来，莫莉看着他，不禁吃了一惊。他的肩膀或许曾经很宽阔，但现在，瘦削得厉害。他有着圆圆的脸颊，短下巴[①]，脸上的胡须都没修剪齐整。他脸色苍白，眼眸乌黑，这两点倒和家里其他成员一样。他不停地眨着眼睛，仿佛担心有人攻击他。看到温莎老爷本人，莫莉立刻明白为何阿利斯泰尔不怕他了。显而易见，伯特南·温莎——温莎老爷，是一个胆小而懦弱的人。

"我们还以为你会早点儿到家呢！"温莎夫人迫不及待地出来迎接丈夫。刚过晌午，她就坐立难安地等着了，"有什么新消息吗？"

"抱……抱……抱歉，亲爱的！"温莎老爷结巴得厉害，"我出城时间晚了一些。"说完，温莎老爷敲掉了鞋子上的泥巴。"从周一开始，马路就变得越来越泥泞。我敢说，等到了复活节，整座城市都会变成一个烂泥塘。"他看着妻子，似乎期待着她被逗笑，可温莎夫人对他的笑话无动于衷。

"你去开会的事情怎么样？"她急促地问，"有结果吗？"

温莎老爷显然没听到她说的话，他转头看向了莫莉和基普，"天……天哪！"他大叫了一声，"我这两孩子怎么变成这样了！简……简……简直看不出是咱们温莎家的了。"

---

① 短下巴（weak chin）：在西方是俊男美女的象征，另外也象征性格懦弱。

莫莉以为老爷在开玩笑，连忙笑着回复："阿利斯泰尔和佩妮在楼上，正准备吃晚餐。我叫莫莉，这个是我弟弟，基普。"

"我们是过来帮工的。"基普补充道。他夹起拐杖，吃力地朝温莎老爷鞠了一躬。

莫莉接过老爷的帽子和外套，一股浓浓的烟草和啤酒混合起来的怪味呛得她鼻子难受。"晚餐马上就准备好，先生。"

"哈，美餐！"温莎老爷"啪"地鼓了个掌，然后两手合拢搓了搓，"没什么比长途跋涉过后，享用热乎乎的饭菜更惬意了……哦，短途跋涉过后也有美餐就更好了。"他转身对着妻子，深深鞠了一躬，颇为绅士地说，"您先请，亲爱的！"

温莎夫人白了他一眼，径直回了屋，"砰"的一声关上大门，差点撞到温莎老爷的脸。

温莎老爷尴尬地朝莫莉笑了笑，小跑着跟上妻子，一边跑还一边大声讲着龟兔赛跑的故事。

莫莉和弟弟交换了一个眼神。"他看起来……挺好相处。"

基普哼了一声："就像家里的苍蝇那么好相处！要不是怕吓死他，我真想过去和他握个手。"

他一瘸一拐地走到马车边，爬上驾驶座。"这个世界真奇怪，他这样的人也当了'老爷'。"他"啪"地甩了甩缰绳，驾着马车去了院子。

莫莉继续忙活着晚餐。她一边在锅里炖东西，一边想着基普评论温莎老爷的话。她觉得弟弟这么说很不公平。按理说，他们姐弟俩曾经遭受了那么多白眼，弟弟应该比其他人更明白不被人尊重的感受才对。

晚餐是烤得焦煳煳的猪肉，配菜是一份少盐寡味的蔬菜。干了那么多额外的家务，莫莉没时间精心准备，只能做出这种水平的晚餐。吃饭时，佩妮大多数时间关注的是能用叉子叉起多少颗豆子；阿利斯泰尔则趁父母不注意，偷偷从兜里掏出类似于薄荷糖的东西扔进嘴里；温莎夫人似乎对酒杯里的东西更感兴趣，对盘子里的食物爱理不理；温莎老爷是个话痨，说的多吃的少。

"啊！这是你们的家乡菜吧！"莫莉把煮好的土豆舀进温莎老爷的盘子里时，他嚷道。

莫莉冲他微微一笑，忍着没告诉他，自己家乡种出的土豆黑乎乎的，全都患上了枯萎病。

温莎老爷一直讲着从城里听来的笑话："一位……位先生对另一位先生说：'我夫人总是找我要钱。每天早上一醒来，就跟我说，给我五英镑！到了晚上，我一回家，她还是说，给我五英镑！'另一位就问：'你夫人要那么多钱干吗？'先前那位回答：'我也不知道呀，我还没给她呢！'"说完，温莎老爷就自顾自地摇头哈哈大笑起来。

佩妮把眼睛从豆子上移开，指着莫莉说："我还是更喜欢她讲的故事。"

莫莉连忙谦虚地笑道："老爷，您讲的笑话真有趣！"

这样尴尬的局面，持续了一顿饭的时间。温莎老爷全程都在磕磕巴巴地讲他的珠玑妙语、"黄绢幼妇"（这个词是才从城里学来的）。可他越是想卖力地讨好大家，大家越觉得索然无味。其中，温莎夫人表现得最不耐烦，曾多次试图把话题引向更为理性的方向。"我更想听你说说那些银行里的人，"有一次，她终于忍不住打断丈夫，"那些人看起来还可靠吗？"

　　"啊！你倒是提醒了我！"温莎夫人的问题没能成功地转移温莎老爷乏味的话题，反而让他的倾诉欲望更加强烈了，"我无意间听到的一件事，特别好笑，说是有两个银行家，被困在了一间女修道院里。后来怎么样了呢？听我慢慢道来……"

　　"你就慢慢'道'吧！"温莎夫人说着，将她的餐具扔到盘子里，起身离开了餐厅。

　　孩子们望向爸爸，温莎老爷勉强朝他们笑了笑，说："妈妈可……可……可能是消化不良，不舒服吧！"

　　温莎夫人的突然离席，打破了一家团聚其乐融融的假象。孩子们也纷纷找借口离开了餐桌，留下温莎老爷独自进餐。莫莉不知如何应付眼前的局面，只好躲进了厨房。等到老爷吃完饭离开了餐厅，她才出来收拾餐桌。

　　后来，莫莉才明白，为什么女主人表现得心烦意乱。当时，她正在收拾厨房，突然，那架往楼上送菜的升降机里，隐约传来男女主人的说话声。

　　"你的那些商业伙伴们，就是这样消磨时间的吗？"温莎夫人说，"整天都在酒馆里讲这些粗俗的段子吗？"

"怎……怎……怎么能这么说？当然不会整天讲这些呀，亲爱的。但……但……但是这些先生们……你得理解，他们跟咱们有很大的不同，他们本来就是粗俗的人，不过他们却是非常成功的商人。他们做投机倒把的生意很有一套，而且……你得相信我，我们只有靠这些人，才能尽快摆脱困境——他们也许是咱们唯一的希望。"

渐渐地，温莎夫妇的谈话声越来越小，似乎走开了，莫莉无法听清他们后面的对话。突然间，莫莉很想知道他们产生分歧的原因，要是弄清了这点，就能明白这家人为何会举家搬到这座旧宅子。于是，她将水壶灌满水，然后跑出了厨房，爬上了楼梯。这个水壶只不过是她用来掩人耳目的道具，万一主人发现了她偷听他们说话，她也好有个借口开脱。自从开始给人帮佣，她便懂得了这些小伎俩。主人们往往当她是隐形人，她也乐得如此。

莫莉蹑手蹑脚地来到走廊那头，装模作样地为餐柜上的野花浇水。这些野花是基普从树林里摘回来的。她旁边就是起居室，透过装着铰链的门缝，她看见温莎夫妇挨得很近说着话。

温莎夫人的两只胳膊交叠在胸前。"我感觉自己并不是这个家的女主人。我跟你说过，我不想和这座老宅子有任何关系，你不听！我说这里不需要用人，你倒好，给我找来两个孩子。他们还是孩子啊，阿南！"

"呃，他俩不要工钱嘛！这一点很重要！"温莎老爷满脸笑容地将手搭在温莎夫人的肩上，"请……请……请相信我，这么做肯定能成功。只不过，我们需要耐心地等待一段时间。"

"你不是跟我说过已经没时间了吗？"温莎夫人问。

"是……是说过。"他靠近温莎夫人，压低嗓门说，"但是，总有办法能买到时间的。"说完，他伸出了手。

温莎夫人僵住了。莫莉趴在门框上，想看清温莎夫人脸上的表情。只听她叹了一口气，从衣裙的口袋里掏出一个东西，说："你得答应我，这一切都会结束。"

温莎老爷没有答话，只是一把抢过温莎夫人手里的东西。他将这件东西紧紧攥在手心，就像攥着稀世珍宝，随即转身向大厅走去。莫莉连忙藏到了门后，紧贴着墙壁。温莎老爷从莫莉身旁走了过去，她趁机瞥了一眼他苍白手掌里攥着的东西——那是一把钥匙。

9. 楼梯上的房间

莫莉看着佩妮房间满地的洋娃娃、毛绒动物和木偶，头疼地说："好了，乖乖上床睡觉吧。"为了迎接老爷，她忙得四脚朝天，还没来得及收拾这个房间。算了，明天再来打扫吧！佩妮的床上堆着蕾丝花边的垫子，罩着纱帐。命运就是这样不公，这户人家享用着这么多好东西，而莫莉和弟弟却缺衣少食，颠沛流离。莫莉掀开厚厚的被子，梳好了头发、换好了睡衣的佩妮便爬上了羽绒床垫。小家伙抱着双膝问："还有其他关于克娄巴特拉的故事吗？"

在莫莉到来后的这一个星期，佩妮的睡前故事，渐渐变成了某种神圣的日常仪式。每到晚上，其他像她这么大的孩子都不肯睡觉，而佩妮却盼着睡觉时间的到来。时间一到，佩妮便会立刻上楼，换好睡衣，钻进被子，然后等着莫莉给她讲神奇的故事。（星期三那天晚上，为了赶快听到睡前故事，她甚至拨快了落地钟上的时间。事实上，那时才刚喝过下午茶！）

莫莉取下小女孩的眼镜，放到床头柜上。"好吧！"她利用这个开场白争取了一些构思故事的时间，"有些人说，她实际上是一位坠落在凡间的天使。"

"难怪大主教会喜欢她，"佩妮恍然大悟，"她真的有天使的翅膀吗？"

莫莉点点头："但是她来到了人间，就必须舍弃翅膀。在她的翅膀被砍掉的地方，你会看到一道伤疤。"她拿手指在佩妮的肩胛骨上画了一道，"就是这个地方。"小女孩扭动着身子，滚倒在床垫上。莫莉拉起被子给她盖好。"我再给你讲一些克娄巴特拉的事情吧。克娄巴特拉的歌声，简直是天籁。她只要放开歌喉，全世界的人不管在做什么，都会停下来听她唱歌，而且无论你在哪里，都能听到她的歌声。"

"你会唱歌吗？"佩妮问。

莫莉摇摇头："我唱不出这么好听的歌声。"

小女孩叹了口气。"妈妈以前会给我唱歌，她歌里的佩妮公主，就是我。唱完后，她会一直握着我的手，直到我睡着。"

莫莉惊讶不已，她无法想象这位冷峻严厉的女主人温柔慈祥的模样。而且，一想起晚饭时，女主人对待可怜的温莎老爷的态度，莫莉就会忍不住打寒战。

"后来呢？你妈妈就不再哄你睡觉了吗？"莫莉问。

小女孩叹了口气，说："自从搬进这座丑陋的房子，她再也没有哄我睡觉了。她现在整天凶我。我讨厌这个地方，这里都找不到陪我玩的人。"

"你有哥哥呀，我弟弟也能陪你玩。"

佩妮坐起来，一脸嫌恶地说："我怎么可以跟男孩子一起玩呢？"她又"咚"的一声躺到了床上，"阿利斯泰尔从来不跟我玩，他只会欺负我。"

莫莉为佩妮盖好被子，说："我保证，只要有我在，就决不会让他欺负你，好吗？"她在胸口画了一个十字架，以此发誓，表示自己是认真的。

莫莉看了看小女孩的床头柜，发现台灯背后藏着一摞书。这些书的开本十分方正，而且很薄，一看就是那类图片多、文字少的书籍。书脊上印着闪亮的烫金字，看起来像是同一个系列的：

《佩妮公主与野兽》

《佩妮公主吃掉了整个蛋糕》

《佩妮公主访问月亮》

《佩妮公主不睡觉》

莫莉抽出离自己最近的一本。封面图片上，一个戴着眼镜的小女孩正与一条龙作战。"佩妮公主……好像就是你妈妈讲的故事哦！"

佩妮"腾"地从床上坐了起来。"别看！"她伸手拦住莫莉的胳膊，"你不可以看这些！"

莫莉原以为佩妮在开玩笑，但看到佩妮的神情很严肃，于是眨了眨眼睛，说："那好吧，小姐。人人都有自己的小秘密。只是，你应该把秘密藏得更隐蔽一些。"

听莫莉这么说，佩妮放心地躺回到了床上，问道："你和你弟弟为什么要离开爱尔兰？"

莫莉知道，这个问题只是开始，接下来佩妮会问更多关于她和弟弟的问题，但她又无法拒绝佩妮，于是说道："实际上，我来这里是因为我做了一个梦。"

小女孩惊讶地吸了一口气，又从床上坐了起来："是非常不好的梦吗？"听她的语气，像是对这类事情十分熟悉。

莫莉摇了摇头："完全不是，小姐！我梦到一个叫佩妮的小女孩，她家里需要一个用人。"她一边说一边轻抚着小女孩的黑发，"她是那么漂亮，那么有礼貌，所以我决定立刻赶过来。"

佩妮的身子一缩，避开了莫莉的手："才不是真的呢！"

"就像时间一样真，小姐！"莫莉说。

佩妮拽了拽自己的头结说："我也做过那样的美梦。可是，到这里之后，人人都做噩梦，每天晚上都做。妈妈、爸爸，甚至连阿利斯泰尔也做噩梦。我听到他们房间里的动静了。"

莫莉回想了一下自己最近做过的梦，果然如佩妮所说全是噩梦。她深深地看了看佩妮的黑眼睛，心中思量着，也许这就是佩妮如此依赖睡前故事的原因：这些故事就像柔美的烛光，照亮了她的黑夜，可以让她安心入睡。"当然啦，你也知道，不好的梦也仅仅是个梦，又不是真的，不会伤害到任何人。"她说。

佩妮摇摇头说："我不是害怕那些梦。"她朝房间里看了看，仿佛四面的墙都在偷听她们说话一样。"我睡不着的时候，听到了一些声音。我听到他来了。"

莫莉屏住了呼吸。"他？谁？"她问。

佩妮朝莫莉身边靠了靠，用小得像蚊子的声音说："黑夜人！"

莫莉皱着眉打量着佩妮，她怀疑佩妮在编故事。

接着佩妮继续说道："他会巡视这座宅子里的每个房间。我问过妈妈，可她却说我胡思乱想。但是我敢肯定这是真的，因为有很多次，我在第二天早上看到了他的脚印。那些脚印很奇怪，上面全是泥巴，我很不喜欢。"

莫莉的心"咚咚"地跳得很快。她想起了这些天自己冲洗的那些泥脚印，还想起了第一天晚上基普说起的那件事，那个雾里的黑色影子。会不会是基普也给佩妮讲了这个故事，然后小女孩将这个故事又添油加醋地讲了一遍？"这样吧！要是下次，你再听到这个黑夜人来了，能不能叫他进屋前先把靴子擦干净？我每天累得腰都要断了，好不容易把地板擦干净，可不能让他趁我睡觉的时候，把我的劳动成果全都毁掉。"莫莉说着站起了身。

"别走！"佩妮打着哈欠抗议道。

"哄你睡觉的日子还长着呢！"莫莉在心底默默地祈愿此话成真。橘黄色的灯光下，佩妮的脸色依然如墓碑一般苍白，黑色的阴影在她的脸上闪烁跳动，附着在她的眼窝里。莫莉换上一副笑脸，轻唱道：

"你安然入睡，你睡得香甜，

睡在都柏林的下雪天。"

这首曲子是莫莉小时候听妈妈唱过的。她唱着这首曲子的时候，仿佛能听到妈妈的声音在回荡，远远地，若隐若现，似乎在某个地方呼唤着她。唱完，莫莉退出佩妮的视线，悄悄溜出了房间。

莫莉来到大厅时，落地钟敲响，已经九点了。哄佩妮睡觉的时间比原计划长了许多，基普肯定已经在窗户下面等着了。想到这儿，莫莉加快了脚步朝自己的房间走去。在楼梯拐角处，她忽然停下脚步，抬头紧紧盯着楼梯上面那扇绿色的门。在过去一周里，除了这个房间，温莎庄园的所有地方，她都打扫过。温莎夫人说，那个房间的钥匙弄丢了。对此，莫莉曾深信不疑。但今天晚饭后，温莎夫妇在起居室的那番举动引起了她的怀疑。

这会儿，那扇绿色的门是开着的。

门并没有完全敞开，但莫莉分明看到银白色的光亮，从本该紧锁的门缝里透了出来。她瞅了瞅门厅上方的窗户，心想：基普也许正等在外面，说不定正挨着冻。不过，她觉得只悄悄看一眼，应该不会耽误多少时间。于是，她把手里的灯光调暗，轻手轻脚地朝那扇门走去。她听到门那头有声音传来，叮叮当当，窸窸窣窣，哼哼唧唧。这些声音听起来十分好笑，一点儿也不吓人。

莫莉正准备拉门把手，门忽然开了，只见温莎老爷正背对着莫莉，弓着身子，将一只巨大的帆布袋朝过道的方向拽着。那袋子看起来很沉。在温莎老爷的拖拽下，袋子里装的东西在地板上磕磕碰碰，叮当作响。莫莉见他拖得吃力，犹豫着要不

要惊动他。"抱歉，老爷？"她轻声说。

温莎老爷惊叫一声转过身来。在见到莫莉的一刹那，他一个箭步冲出门外，反手关上了房门，苍白的脸上满是惊慌失措的表情。"莫……莫……莫莉呀！"他竭力装出轻松愉快的声调，"我还以为你已经睡了呢！"

"刚刚伺候佩妮小姐睡了。"她伸长了脖子去瞧袋子里装的东西，然而温莎老爷已经把袋口扎了起来，"这袋子看起来很重，需要我帮忙吗？"

"不……不……不！我没……没……没问题，就……就……就不麻烦你了……"他拿出钥匙锁门，却笨手笨脚地两次把钥匙弄掉，最后好不容易才插进锁孔里。锁好门后，他拿睡袍的帽子擦了擦额头。"噢，天哪！"他掩着嘴巴，十分夸张地打了一个哈欠，"今天真是累坏了——你也累了吧，咱们差不多都该睡觉了。"莫莉从他说话的语气中判断，所谓的"咱们都该睡觉了"，其实是指"你该去睡觉了"。

尽管莫莉非常想知道袋子里装着什么，但她明白，今晚肯定没有机会。"晚安，老爷！"莫莉给温莎老爷鞠了个躬，接着便转身下了楼梯，她手中小小的灯散发出来的光照亮了黑暗。

回到房间，莫莉发现基普果然已经在窗外等着了，看起来冻得够呛。基普质问她为何耽搁了这么久才来，她含含糊糊地回答是因为工作得有点儿晚，并保证第二天早上为他准备一顿丰盛的早餐，以示歉意。姐弟俩换好衣服上了床，没有再说话，他们渐渐沉浸到一种少有的、安心舒适的沉默里，彼此心意相通，了解对方甚于了解自己。

身旁的基普已经睡着了，莫莉却在心中反复回想今天在大厅里遇到温莎老爷的那一幕。她发现他在门外的那一刻，神情非常慌张。不只是慌乱——

他看起来非常害怕。

10. 脚 步 声

夜半时分，莫莉猛地惊醒了。她的双手在空中乱舞，浑身冷汗直冒。她感觉喉咙干涩，不自觉地咽了咽口水，让自己冷静下来。她告诉自己：没什么，只是做了个噩梦。自从住进这座宅子，她每晚都会做这样的梦。在梦里，爸妈抓着她的手，带着她一起沉到翻腾的海浪里。莫莉惊声尖叫着，随即他们消失在海浪里。每过一晚，这个梦便会变得可怕一分。今夜的梦境里，翻腾的波浪像小山一样高耸，黑色的闪电诡谲怪诞，爸妈脸色惨白，恐怖阴森。

莫莉猛地一下从床上坐了起来，睁大眼睛，适应着黑暗。基普在她身边不安地辗转着，仿佛和她一样，也被困在了噩梦里。他发出微弱的呜咽，好像在回应着某些令他恐惧的东西。莫莉本想把他摇醒，可又担心他醒后再难以入睡。"勇敢一些，亲爱的弟弟。"她俯在基普的耳边说道，然后将他额前汗湿的头发拨到了一边。

这时，传来了一阵"嘎吱"声，房门竟然自动开了。她掀开被子，踮起脚轻轻关上了房门。她靠在门上，渐渐平复了被噩梦扰乱的心绪。她将一缕卷发捋到耳后，感觉好像发丝上有某种干枯的东西——是一片干枯的树叶。

莫莉举着树叶来到了窗前，只见月光穿透干枯的树叶，映出弯弯曲曲的脉络，看上去像树的形状——一棵树中之树。莫莉看了看四周，发现地板上有很多这样的树叶。可能是房门开着时，风吹进来的吧！

她正准备回到床上，忽然觉得脚下踩到了什么东西。湿湿的，冷冷的，不像是树叶。她弯腰仔细看了看，竟是脚印，而且是那种很大的脚印，和之前她在楼梯上清理掉的那些脚印非常相似。这些脚印太大，不可能是基普留下的。她又仔细看了看地板，发现房间里还有很多这样的脚印，一直延伸到她的床前。她不禁打了个寒战，"腾"地站起了身子。

有人来过她的房间！

就在这时，她觉得耳朵一阵刺痛。她一动不动地站着，屏息听着屋内传来的声响。她能听到楼上某个地方发出的沉重响声——

咚！

咚！

咚！

是脚步声。

听着这声音，莫莉有股想回到床上蒙住头捂住耳朵的冲动。这时，她想起了小时候爸妈对她说的话："如果你怀疑床底有怪兽，就应该趴在地上确认清楚。要是运气好的话，说不定能找到一个青面獠牙、滴着口水、双眼通红的怪兽，那就赶快给它披上毯子，请它喝碗热牛奶，免得它感冒。"正是有着这种与众不同的想法，莫莉披上了围巾，上楼追踪这个神秘脚印的主人。

来到过道，她首先注意到的是风。大宅子多半通风良好，但这样的风却不寻常，简直可以算是一场悄无声息的风暴。莫莉记得自己在休息之前已经闩好了所有的门窗，难道是记错了？她用手护住玻璃灯罩上的火焰，沿着狭窄的楼梯向上走。到了一楼，她发现正门大敞，正在风中嘎吱嘎吱来回晃动。干枯的树叶在她周围飞舞，更多的枯叶在地上打着旋。湿漉漉的脚印在银白的月光下闪闪发亮。

"有……有人吗？"她冲着阴影喊了一声。

没人回答。

莫莉清了清嗓子，又喊了一声。然而，她的声音突然被脚步声打断了——

咚！

咚！

咚！

声音像是从楼上传来的。

莫莉没有去关门。她想起弟弟之前说过迷雾中的影子，忽然意识到，可能基普真的看到了什么人。说不定那是一个小偷，来温莎家偷东西。她担心手里的灯会惊动小偷，于是将它放到了桌上，并顺手操起一座烛台，以防万一。

她沿着楼梯向上走，双手紧握着烛台。一阵狂风刮过，她的睡袍和头发飞扬了起来。爬到楼顶时，她听到了一阵微弱的"嘎吱"声，那扇绿色的门又吹开了。莫莉兴奋地朝那扇绿色的门走过去，突然传来了一些声音，她不由得停下了脚步。

这些声音来自里面的房间。

莫莉离开了那扇门，继续探查。她沿着楼上的走廊走了一圈，看见所有房间的门都敞开着，每个人在自己的卧室里，好像同时做着噩梦，都在梦中辗转呻吟。

温莎夫人的卧室在走廊的尽头，莫莉听见她在梦中呜咽着。这时，沉重而缓慢的脚步声又响了起来。透过门缝，莫莉看见一个高高的影子在房内移动，从身形来看，应该是个男人。

"温莎老爷，是您吗？"莫莉壮着胆子问。

脚步停了下来。

风也停了下来。

莫莉屏住呼吸，擦了擦手心的汗水，调整了一下握烛台的角度，做了个深呼吸，慢慢朝门口移动。突然，一阵撕裂黑夜的狂风，呼啸着向她席卷而来，直接将她掀翻在地。枯叶就像群居在山洞里的蝙蝠，在狂风中疾速翻飞。莫莉赶紧护住了自己的头脸。

突然，身后传来了"砰"的一声巨响，随即一切恢复到黑夜的寂静中。莫莉爬起身，害怕得直打哆嗦。她在黑暗中顺着墙壁摸索着找到了主楼梯。没有脚步声，也没有狂风和枯叶，卧室里静悄悄的，正门也关得好好的。整栋宅子里悄无声息。

她下到一楼时，恍惚得以为自己只是做了一场梦。

正当莫莉打算沿着侧梯下到用人房时，忽然注意到一块阴影。在那里，地板中央，出现了一个原本没有的东西。那是一顶老旧的高帽子，侧翻在地上。莫莉还记得弟弟提过，"一顶高高的黑帽子"。她蹲下来，拾起帽子，触感无比真实。也许是年代久远的缘故，帽檐有些发霉发潮。她将帽子翻转过来，里面的枯叶纷纷滑落，堆积在她的脚背上。

莫莉静静地注视着这座寂静的大宅。就在刚才，枯叶还在屋内飘飞。突然她意识到，这不是梦。基普和佩妮这两个小家伙没有说谎。

黑夜人真的来过。

11. 便　　盆

第二天早晨，基普坐在桥上修补一块坏掉的桥板。莫莉跑来看他，告诉了他昨晚发生的事情。"你确定自己不是做梦？"基普说，"有时候你觉得自己是清醒的，实际是在梦里。"

"绝对不是梦！"莫莉一边说，一边摇晃着陶瓷便盆，把里面的东西倒下河。马车的车斗上还放着三个装着屎尿的便盆，臭味刺鼻。基普顿时皱起了鼻子，他宁愿和臭鱼做伴也不愿洗这些东西！

"其实，我并没看到他，可是那些声音我听得一清二楚。"莫莉澄清道。

基普将那条残废的腿搭在桥边晃荡着，似乎一点儿都不在意桥下湍急的水流。他盯着波涛汹涌的河水，想起半夜的神秘人，脑子也开始有些乱。"耳朵比眼睛更不可信啊！"他说，"很多东西都能发出奇怪的声音。"

"你看看这个，"莫莉拿出那顶黑色的高帽，走到马车旁，"这是他的帽子，掉在了大门口。"

说着，她将帽子递给基普，但他并没接过去，只是若有所思地看着莫莉，怀疑她又在捉弄自己。他记得很清楚，这样的事情，莫莉干过不少，比如扯一只蜻蜓的翅膀，骗他说是小仙女的翅膀；或者在他鞋子里塞一些苔藓和手帕，骗他说是小精灵在里面安家。他仔细地观察着莫莉的表情，确定这次她没有骗人，才说道："你不是说大门开着吗，可能是风把衣帽架刮倒了呢！"

"可是风不会留下脚印！"莫莉说。

基普不置可否地点了点头。早晨回马厩时，他也注意到了地板上那些已经干了的泥印。但那些是不是脚印，基普也无法确定。

"你为什么那么肯定这顶不是温莎老爷的帽子？"他问。

莫莉摇了摇头说："我检查过了，温莎老爷所有的帽子都是圆顶的，而且帽子要大一些。"她蹲在弟弟身边，盯着他的眼睛问，"基普，还记得你跟我说过，在雾里见到的那个男人吗？"

基普点点头。他记得那时莫莉根本不相信他的话，现在看来，她似乎已经改变了看法。"你跟我说，那个人穿着一身黑衣。我现在很想知道，那个人是不是也戴着这样一顶帽子？"

基普接过帽子，手指顺着帽檐抚过。帽子十分破旧，感觉像是在地下埋了很多年。"我也不太确定，"他将帽子还给莫莉，"当时天太黑了。"其实，这正是基普那晚所见到的帽子的样式，只是他不太愿意承认。他隐隐觉得，说出了"是"，这一切就会成真。他抬头看着莫莉，问道："要是真有黑夜人，你觉得他来这里找什么呢？"

莫莉耸了耸肩。"我怎么知道。钱？珠宝首饰？无非就是这些……"她顿了顿，"还有一种可能。我在楼上的时候，所有卧室门都开着，家里人全都在里面。所有人都在噩梦里挣扎。"她直勾勾地看着基普，"我也听到了你的动静。"

基普用锤子将一根钉子钉进桥板里。他的确整晚都在做着噩梦，完全醒不过来。以前在梦里，基普都是一个救人于危难的英雄角色，帮人渡过湍急的河流，将人救出着火的房屋……可自从住进了温莎庄园，他的梦境全然不同了。"我梦到一大帮孩子在踢一只流浪狗。"他说，"我过去救那只狗，谁知我刚靠近，那只狗竟然开始攻击我，狠狠地咬我的左腿。"他瞟了一眼自己的病腿，"它咬着不松口，我大喊救命，那帮男孩子却在我身边怪笑，接着狗将我的整条腿都咬了下来，他们还使劲喝彩。"他一边说一边瑟瑟发抖，仿佛还能听到那些嘲笑和辱骂的声音。

他又拿了一根钉子，却不小心钉弯了。"你呢？"他拔出钉子重新钉了进去，"你做噩梦了吗？"

莫莉盯着桥下的河水说："嗯！"

基普看着她的脸，若有所思地问："是关于什么呢？"

"没什么！"她不想继续这个话题。

基普将视线移向温莎庄园。这个地方太奇怪了，到处都透着诡异：静悄悄的树林、苍白的面孔、神秘的夜半来客、门口的巨树……如果真的有不速之客半夜跑来转悠，恐怕他还是如温莎夫人所愿，睡到马厩里去为妙。

基普架起拐杖站了起来。"姐姐，我知道，为了我俩的生计，你已经尽力了。但如果这个地方太诡异，我们为什么不离开呢？"

"离开？去哪儿？回城里吗？还不是一样无家可归，说不定还会饿死！"莫莉说。

基普看着姐姐，无言以对。"爸妈一定知道该怎么办！"说着，他收拾起工具，"真希望他们在这里。"

莫莉牙关紧咬，盯着水面，说："可惜，他们不在这里，你想这些起不到任何作用。"

"你以为我不明白吗？"他拿起工具箱，蹒跚着朝马车走去。他知道，在这种情况下搬出爸妈来压姐姐是不对的，姐姐对他们的思念一点儿也不比自己少。但爸妈现在不在身边，这是谁也无法改变的事实。

"就当我什么都没说。"基普难过地说。

"你别着急，也别生气。"莫莉在他身后叫道。

"我没生气！"基普一边说，一边抬起工具箱扔进马车。

莫莉将手轻轻搭在了基普肩头，一脸认真地说："我知道你想念爸妈。他们不能在这里告诉我们该怎么办……但是也许……也许咱们可以试着问问？"

基普转过身，问道："怎么问呢？"

莫莉低下头，看了看手中的帽子，抿着嘴，好像并不愿意讲出下文。"咱们可以给他们写信。"她强作欢笑，"嗯，我来写，你的字太丑了！"

基普靠在马车上，知道自己又被姐姐戏弄了，说："可是他们在大海里，咱们根本不知道他们到底在哪儿。"

莫莉耸耸肩："可以把信交给海军的邮递员，他们最擅长办这种事。不然的话，咱们还可以把信装进小瓶子，扔进河里，就像鲁滨孙一样，我记得给你讲过。"她走到基普跟前，牵起他的手，"想想看，基普！我们把想要告诉他们的话都说出来。告诉他们，我们有多么想念他们！"

基普认真想了想，心情好了不少。一封信当然比不上父母的陪伴，但也足以让他得到安慰了。

"这样的话，等他们上岸了，也知道来哪儿找我们。"基普开心地说。

莫莉笑着说："对呀！"

莫莉的笑容一直很有感染力，基普不知不觉也跟着笑起来。"我有件东西可以用来写信。"他从裤子口袋里掏出一张叠得方方正正的纸。那是一幅广告，上面的配图是某位医生发明的金属腿部固定器。"这是我在城里找到的，可以拿来写信。只有这一面有字，背面全是空白的。"他耸耸肩，"我本想留着这个认字用。但现在，用来写信更好。"

莫莉接过纸片看了看。"基普，这个……"她看着弟弟说，"这张纸没法写信。"还没等基普反应过来，她就把纸撕成两半，扔到了桥下。"听我说，太阳下山后，你在马厩里等着。我带着热乎乎的饭菜过来，咱们吃完东西，就开始写信。"

基普点点头。莫莉一把抓住他，狠狠抱在怀里。"把你刷过便盆的手拿开！"基普窘迫地挣扎着。

莫莉在弟弟脸上亲了一口，飞快地跑回了屋。基普牵起伽利略，一瘸一拐地朝马厩走去。一想到可以跟爸妈通信，他就心潮起伏，觉得一切都会好起来。

12. 文 具 盒

　　终于，基普等到了太阳下山。整个下午，他都是一边在花园里除草，一边想着写些什么给爸妈。由于想得太入神，等到最后站起身时，基普才惊讶地发现，自己居然把花园里一半的秧苗拔掉了。他将除下来的杂草装进伽利略的斗车里，拉到庄园的外面，堆成一个和他差不多高的草垛。这些杂草还是湿的，于是他浇上了一些灯油，引燃草垛。浓浓的黑烟在微湿的空气里升腾着，这股煤烟味让基普想起了以前家里的泥煤火。他幻想着，爸妈一定也在世界的另一边生着火。（他不太确定船上有没有火炉，但是他猜想，取暖的法子总会有的。）基普守在火堆旁，一边轻轻拍着马身，一边望着草垛慢慢燃尽，最后只在地上留下一堆黑灰。

　　基普回到马厩，发现空无一人。

　　"姐姐？"他喊道。

　　"在上面。"声音来自头顶。基普蹒跚着退到门外，发现莫莉正坐在屋顶，一双腿搭在屋檐悠闲地晃悠着。她朝下面的基普挥了挥手："要说写信，还有比屋顶更好的地方吗？这上面的新鲜空气，能让你讲出来的话，像唱歌一样好听。"

　　基普绕到马厩的后墙，那里有个排雨沟连到下面的接水桶。他放下拐杖，踩着水桶踏上窗台，爬过排水管道，最后借

着姐姐的一臂之力上了屋檐。

"这里是不是最适合写信的地方？"莫莉问。

基普非常赞同。在这个高度，他感觉自己是森林之王。他的目光越过树梢，投向远处的金色晚霞和赤色天空，然后又回到姐姐身上。他笑了。姐姐永远知道如何让他开心。

莫莉解开随身带着的布包："我知道你已经吃过了，不过我猜这些点心你还是能吃得下的。"布包里是热乎乎的饼干，饼干上已经抹好了黄油。莫莉还带了半罐子鲜牛奶，那可是基普的最爱。

"当心别呛着！"看着弟弟着急喝牛奶的样子，莫莉忙叮嘱道。基普放下鲜奶罐，开始吃饼干。"我带来的可不光是吃的，你看我在书房里找到了什么？"她从布包里掏出一只精致的木头匣子，说，"这是一个文具盒，专门用来写信的。"

基普擦掉脸上的牛奶和饼干屑，打开了盖子。匣子里放着一沓象牙色的纸。他捻起最上面的一张，仔细看了看，这些纸比通常见到的报纸要厚一些，摸上去很有质感。"好像很贵的样子。"说着，他竟有种把这张纸贴在脸上摩挲的冲动。

"我猜这些东西，是属于温莎老爷父亲的。"莫莉说，"上周大扫除时我就看见了。温莎夫人说基本没人进书房，所以我猜他们不会太在意这个东西。"

基普立刻把纸放了回去："你问都没问就直接拿走啦？"

莫莉耸耸肩："要是他们不同意，可以扣咱们工钱啊！"

基普知道他们姐弟做工是没有工钱拿的，因此他以为莫莉的意思是，他们可以从主人家拿些东西充作工钱——当然，这种想法是错误的。基普看着纸张，想象着爸妈看到如此精美的信件时惊讶的表情。只少一张纸，应该没有太大的问题吧？"要不，咱们想点儿其他办法来补偿这张纸的费用吧！"他说。

莫莉打了一个响指："好主意！我呢，就多干点儿活，你呢，就多摘点儿鲜花——全世界的纸都比不上你摘的花，这可是实话哦。"

基普笑了，知道姐姐在逗他开心，但他却喜欢听她这么说。"好吧！"他说，"我们来写信吧！"

"好极了！"莫莉接过那张纸，铺到文具盒的盖子上，又从衣裙里掏出墨水盒和笔，笔尖蘸上墨，"怎么开头呢？"

"亲爱的爸爸妈妈，"基普说着，往姐姐这边靠了过来，他想看着姐姐落笔。写完称呼，莫莉看向弟弟，等着他讲下文。基普想了一会儿。"我们，呃，我和姐姐……"他叹了口气，挠挠后脑勺。他从未写过信，所以希望能写得正式一些。

莫莉拿笔头轻轻叩着自己的下唇，想了想说："要不然先写：见信安康？"

"太好了！这才是真正的书信嘛！"基普趴在姐姐旁边，看着她落笔，"然后跟他们说：'我们在讨厌的英格兰，你们在哪里？'"写到这里，基普终于进入了状态，语言也流畅起来。他向父母讲了孤儿院的事情，讲了他们是如何出城的，讲了遇到的可怕老女巫海斯特，讲了酸木林的传言，讲了这家脸色苍白的主人，讲了温莎家的大宅子，讲了巨树，讲了雾里出现的人影。最最重要的是，他表达了自己对爸妈的思念，想要他们马上回来。

写完信，莫莉签上自己的名字，接着帮基普也签了名。姐弟俩小心翼翼地叠好信纸，并装进信封，用蜡烛上的蜡油将封口封好（蜡烛自然也是莫莉从储藏室偷出来的）。

基普把手垫在屁股下，目光掠过草地，望向远方。太阳已经落山了，星星开始在夜空中闪烁。他牵着姐姐的手，说："真希望他们可以很快收到信。"说着，他开始幻想这封小小的信函即将开始的奇幻历险。

姐姐莫莉将目光投向温莎庄园。那里一片漆黑，只有三楼一扇小窗里亮着灯火。"是啊！"她轻声说，"我也希望。"

13. 菲格与斯塔布斯的来访

温莎夫人一边往自己纤细的手指上戴手套，一边说："半个小时之内，我就会回来。记得沏好茶。"

莫莉替她打开通往花园的厨房门。"好的，夫人！"她鞠躬作答。女主人刚出去，她就关上门，静静地听着屋内的动静。她听见阿利斯泰尔和佩妮在各自的房间里玩耍，温莎老爷则在书房里工作。她拎起炉子上的水壶，下了楼，溜进自己的卧房，关上房门。这是完全属于自己的一刻。她从围裙口袋里掏出一封信，收件人上写着爸妈的名字。看着信封上自己笨拙的笔迹，看着那编造出来的地址，这封轻飘飘的信顿时变得沉重无比。

因为一时的软弱，她把令自己害怕的东西拿给弟弟看了，然后两人一起给父母写了这封信。但是因为种种原因，这封信恐怕无法送到父母手上。虽然一开始，正是因为担心无法与父母取得联系，姐弟俩才选择了写信。但是现在，要想不让弟弟生疑，最理智的做法便是毁掉这封信。但莫莉每次有了烧掉或者扔掉这封信的机会时，又会迟疑不决。她觉得基普将全部心声都倾注到了信中，直接烧掉，就好像要烧掉一份期待一样，太过残忍。

莫莉从衣橱里搬出自己的旧箱子，掀开了盖子。箱子里面藏着她不愿想起的东西，有来温莎庄园之前姐弟俩身上的破烂衣服，还有她在门厅里捡到的那顶旧帽子。从捡到这顶帽子开始，莫莉一直努力不让自己想那个黑夜人。这并不难做到，每当太阳升起，她的全身就会充满勇气，所有的一切便都不再可怕。但见到帽子的一瞬间，即便身处阳光下，莫莉依然打着寒战。她不由得回想起在大厅里回荡的沉重脚步声——

咚！

咚！

咚！

一阵粗暴的敲击声惊醒了莫莉。这声音是外面传来的，不是脚步声，是有人在用力敲门。莫莉把信封塞进箱子，盖上箱盖，急忙上了楼。

门外敲门的人力道极大，每敲一下，整栋房子似乎都跟着震动一下。等莫莉跑到门厅时，墙上挂着的画都被震歪了。莫莉打开门，看到两个男人站在门廊里，一位个头远超莫莉，另一位的身高则到她的下巴。他们胡子拉碴，浑身散发着恶臭。但看他们的衣着，莫莉认出两人并非山间野人，而是从城里来的。

"嘿，看看这个，菲格。屋里有人了！"矮个子说着，放低了手杖。显然，他之前就是在用这根手杖敲门。矮个子似乎将自己定位为绅士，他穿着一件尺码超小、沾满油污的外套，上面有几处还打着补丁。他的右眼上架着一只裂了纹的单片眼镜。他扶了扶镜片，将莫莉从头到脚打量了一番。"哎哟喂，挺漂亮的嘛！"

莫莉强忍心底的厌恶，礼貌地问："有什么可以效劳吗，先生？"

矮个子将帽子掀了掀："我想是的，我是斯塔布斯先生，这位是我的同伴，菲格先生。"他装模作样地指了指身旁那个高个子。高个子冲莫莉抛了一个令人恶心的媚眼。斯塔布斯继续说道："这么说吧，我们是来拜见这座房子的主人的。"

莫莉瞅了瞅两人的模样。当初在城里时，她就碰到过不少这样的家伙，人们称他们为"东区佬"。"很不巧，主人不见客。"莫莉说着，便打算关门。但那个叫菲格的男人提前把脚卡在了门里，这样一来，门就关不上了。

"我们可没那么容易打发，小东西！"斯塔布斯晃了晃肥硕的手指，"我们俩费那么大劲儿跑来这里，可不是为了吃闭门羹的。"

"我懂我懂，先生们！但是，事情是这样的，呃……"莫莉支支吾吾的，想要编个故事把这两个丑恶的家伙打发走。但是不知怎的，她的想象力此刻好像失效了，什么也编不出来。

"没关系，莫……莫……莫莉，"身后响起一个声音，"我认识这两位先生。"

莫莉一转身，就看到温莎老爷站在大厅里，他的脸色似乎愈加苍白了。

斯塔布斯满脸堆着笑："哈！说曹操，曹操就到！"他和菲格就像老友似的，张开双臂朝温莎老爷走去。

"别再过来了!"温莎老爷厉声道,"我警告你,就……就……就待在屋子外面。"他紧张地咽了一下口水。

两个访客交换了一下眼色,装作极为懊恼的样子双双后退。斯塔布斯动作花哨地鞠躬道:"好了,我们已经如你所愿了,希望你也能如我们所愿。"说着,他伸出手,搓搓手指头。莫莉一看便知,这是在要钱。

"难……难……难道已经满一个月了吗?"温莎老爷叹了口气,摇摇头,"东西在楼上。"他走到莫莉身边,拉住她的胳膊嘱咐说,"盯着他们,别让他们进来。"说完,他紧张地瞥了一眼黑漆漆的大厅,"如果,呃,万一夫人提前散步回来了……"

"那我就设法拖延一下时间,对吗?"莫莉机灵地补充道。

温莎老爷点点头,大步朝楼梯间走去,两步并作一步上了楼。

莫莉依旧站在门口,她只觉两颊发烫,一心想要忽略门廊里站着的那两个男人。她能感受到那俩人落在自己身上的目光,这令她毛骨悚然。斯塔布斯倚靠在门框上对莫莉说:"小东西,给你上一课吧!千万别欠人钱,除非你愿意我们这号人找上门来。"

高个菲格朝她俯过身,说:"是呀,除非你愿意我们这号人找上门。"他露出一口烂牙,咧嘴笑道。

这个家伙腥臭的口气差点儿熏得莫莉窒息。她想不明白,这两个家伙怎么会跟温莎家扯上关系,直觉告诉她,这绝对不是什么好事。她看了看楼梯间,盼望着男主人赶快下来。

过了好一会儿，温莎老爷的身影才出现在楼梯上面。他身后拖着一个大帆布袋，就是莫莉上周见过的那个。他气喘吁吁地拖着帆布袋，一步步地下着楼。

"看起来很重啊！"斯塔布斯站在门廊里喊，"要不要这个小丫头过来帮你一把呀？"两个家伙吃吃笑起来。

"我完全没……没……没问题，谢谢你！"温莎老爷喘着粗气回应道。他一手撑在栏杆上，一手往下拖着口袋。每下一级楼梯，大口袋便发出"哐当"的脆响。

"哐当！""哐当！"

"噢，这是我喜欢的声音！"斯塔布斯用手肘捅了捅他的同伙，"听起来就像里面装着王冠上的金银珠宝。"而莫莉却觉得听起来像满口袋的铁链子。

温莎老爷终于将帆布袋拖到了一楼。他直起身，大口地喘着粗气说："谢谢你……莫莉……"又喘了一会儿，他继续说，"这里就交给我来处理吧！"

莫莉站着没动，眼睛紧紧盯着温莎老爷脚边的袋子，果然这就是那晚她见过的袋子。

"您确定这里不需要我帮忙吗？"她问。

"非常确定！"老爷口气坚决。

莫莉还是站着没动。想要知道袋子里装着什么，现在就是大好机会，她可不想轻易放弃。"我想，您可能需要我帮忙守着大厅，以免夫人突然回来。"

"噢，也是！"温莎老爷苍白的脸颊窘得通红。

莫莉鞠了一躬，走到了大厅后面，这里正好可以躲过门口几个人的视线，还可以听到他们的对话。

温莎老爷转身背对门外。"拿去吧！"他用厌恶的眼神示意他们拿走地上的袋子，"拿去，赶快走吧！"

"哈，这东西可不轻。"斯塔布斯搓着双手，"你居然还包得这么好。"他蹲下身，解开袋子朝里面看了一下。莫莉虽然看不见，却听到了轻微的"叮当"声。斯塔布斯抬起头，一脸嫌恶地说："这里面到底是什么东西？"

菲格伸手一探，掏出一把发黑的硬币。"是半便士，可不就是半便士嘛！"他用牙咬了一口硬币，确认道，"见鬼，满袋子全是这种货色。"

莫莉这辈子都没见过这么多钱，但门口那两位客人显然不为所动。斯塔布斯站在那儿，支着下巴，装作思考的样子："那个，菲格啊，这事儿很费解呀！他最开始是拿着钞票来的，然后改成了英镑，再然后是一镑的金币，再然后变成了先令，现在成了这个。"他拿沾满泥泞的靴子踢了踢脚下的袋子，"我要不是跟他打了多次交道，还以为他是在耍我们。"

温莎老爷绷着脸说："我很肯定地告诉你们，即使有人被耍了，那也绝对不是你们。"他昂首挺胸地站着，一副心意已决的样子，"无论面额大小，这些都足以抵消我的欠款。"

斯塔布斯看了看袋子，好像在目测袋子里面钱币的数量。

"这些可不够呀！"他说。

"这儿可有满满一袋！"温莎老爷说。

"你这一袋都是些什么？这些只够买棒棒糖。"他用一根胖胖的手指戳了戳温莎老爷的胸口，"可惜呀！你欠的可不是棒棒糖这么简单。"

屋后传来开门声，门口的对话戛然而止。温莎夫人每天早上都要去花园里散散步，这会儿回来了。"阿南？"她的声音从厨房的方向传了过来，"我好像看到车道那边有人来了。"

温莎老爷转身惊慌失措地看着客人们，脸涨得通红。"拜……拜……拜托各位，"他悄声说，"我太太回来了。你们快拿钱走吧，我只有这么多了。"

菲格和斯塔布斯相互看了一眼，然后齐刷刷地看向温莎老爷。"你只有这么多？"斯塔布斯慢悠悠地重复了一遍。

忽然，菲格挽起双手的袖口，一把将温莎老爷拎了起来，然后抵在门厅的墙壁上。墙上挂的画噼噼啪啪掉了一地。门边桌上摆的一只花瓶滚了下来，摔得粉碎。温莎老爷拼命挣扎着，徒劳地拍打着菲格强壮的手臂。

莫莉看着眼前的这一幕，不由得用手捂住了嘴巴。她明白当前要做的，应该是拦住温莎夫人，然而她实在无法挪开目光。

斯塔布斯悠闲地迈过门槛，掏出一张手帕擦了擦他的眼镜片，擦完便将手帕放回原处。就在他放手帕的时候，莫莉瞥见他的衣服下有一把长长的匕首。她不由得倒吸了一口凉气。"你知道我们为什么会和你这种呆头鹅做生意吗？"斯塔布斯把他的单片眼镜架回鼻梁上，"就因为你有可靠的担保。我不是指你的房产啊家具啊这些，而是指你的老婆、儿女。一个有了家庭的男人，即使在他没有办法的时候，也会竭尽全力保护家人，不让他们受到伤害。"他的声音压得很低，莫莉几乎听不到。"你明白我的意思吗，阿南？"他说。

"求……求……求求你！"温莎老爷不再挣扎，他的声音透着深深的绝望，"你听我说，我还有别的钱——你想要多少，就有多少！只是，我需要时间准备。"他恳求地看着眼前的两个债主。

斯塔布斯想了一会儿。"给你一个月的时间。"他说，"这段时间，不许再玩花招，不许再添新账。还账的时候，一分都不能少。"说着，他朝菲格点点头，高个子便松开了手。

温莎老爷一屁股坐到了地板上。"好……好……好的，谢谢二位。"他起身跪在地上，一副卑躬屈膝的样子。

菲格走到那袋硬币面前，轻松地将袋子扛到肩上，扔到马车后座。斯塔布斯仍然站在门厅，警告着："若是还要劳我们大驾，那对贵府来说可不是什么好事。我说到做到。"他掀了掀帽子，行了一礼，然后关上门离开了。

莫莉冲到温莎老爷身边，把他搀扶起来。温莎老爷身上仅剩的男子气概经这么一折腾，早已荡然无存。他一言不发，任由莫莉搀扶着。莫莉盯着老爷那张吓得惨白的脸，不禁有些同情他。

"阿南，那些是什么人？"一个声音在莫莉身后响起。

莫莉刚转身，就看到了站在大厅里的温莎夫人，也不知道她在那儿待了多久，看到了些什么。

温莎老爷赶紧走到温莎夫人的身边，强颜欢笑。

"没……没……没什么呀，什么人也没有，亲爱的。呃，只是一些，呃，到这儿来，嗯……"他结结巴巴地说。

莫莉见状连忙说："他们是传教士，夫人！"

温莎老爷和温莎太太诧异地看着她。

"他们过来问我们有没有异教徒需要受洗，或者有没有罪孽需要烧掉，我让他们去前面的村子里问问。"莫莉说。

温莎老爷双手扶在胸前，嘿嘿笑道："正是！正是！是传教士！就像我说过的，没什么好担心的……你又不是异教徒。"

温莎夫人看着他们，手指抚摸着脖颈上的钻石项链，无法看出她到底有没有相信这套说辞。她看向莫莉，叮嘱道："下次，不要让门开这么长时间，会把大家冻着的。"说完，她转身向大厅里面走去。温莎老爷紧跟在她身后，似乎又对温莎夫人讲了一些关于异教徒的笑话。两人一边聊着一边进了卧室。

莫莉独自站在门厅里，回想着刚才见到的那一幕。显然温莎老爷是被人追债了。不过事情远没这么简单，她还想到温莎老爷进了楼梯最上面的那个房间，等到他出来时，竟拖出了满袋子的硬币。她记得他对那两个人说，只要给他时间，他能弄到更多钱——

你想要多少，就有多少。

莫莉的目光投向了楼上。透过扶手她看到了那扇绿色的小门。

14. 快来抓我呀

　　莫莉在午后热辣的阳光下转着圈，两手捂着眼睛。"啊呜！"她使出自己最可怕的吼声（不过，基普早就不止一次地告诉过她，这声音一点儿都不可怕）。"我的眼睛被打中啦！"她听到孩子们在身旁的草地上跑，拼命地跑。

　　莫莉转完最后一圈，大吼一声，将手从脸上拿了下来。她站在草坪中央，屈着膝，耸着肩，五指弯曲成兽爪的样子，继续表演她的故事："大怪兽发现自己上当了，但是等他把眼睛上的东西擦掉时，已经太晚了，那些小孩儿全都跑到山里藏了起来，他们还冲着他喊：'快来抓我呀！'"

　　所谓的"山"，就是温莎庄园草坪上的那些小土丘。每个土丘大约有莫莉的膝盖那么高，有七英尺长，刚好跟独木舟差不多大小，十分适合躲藏。躲在土丘后面，就算匍匐着挪动，都不会被"食人巨怪"发现。"我要把你们都吞进肚里！"她大声咆哮，草地上就像刮起了一阵风暴；她每走一步，便地动山摇。

　　莫莉发现一座小山背后，有些不同寻常的阴影。于是，她往那个地方蹦去。等蹦到小山背后，她才发现，那只是基普的帽子，被挂在了光秃秃的拐杖上。"啊呜！又被这些机灵鬼骗了！"她扔掉帽子，转身张望，"但是大怪兽是不会放弃的，"她大喊，"因为他知道，小孩子有一股特别香甜的气味，于是他使劲嗅了嗅空气中的味道，高喊——"

"嗷呜！我闻到了一个英格兰小孩的血肉味！"

莫莉听到身后传来一阵咻咻的笑声。她转过身，看到一对系着缎带的小鞋子从一个小土丘后面伸了出来。她蹑手蹑脚地靠近，低声吼道：

"嗷呜！我闻到了鲜血的味道……"

她跳过小土丘，一把抓住了佩妮——

"是英格兰小孩！"

见到从天而降、施展挠痒痒神功的莫莉，佩妮又惊又喜地尖声乱叫。

抓住了佩妮，这轮游戏就结束了，另外两个小"逃犯"从躲藏的地方钻了出来。"不公平！"阿利斯泰尔从马厩旁的大土丘跳出来，大声说，"我刚找到一个完美的地方躲好，她就跑了出来，被捉住了，她绝对是故意的！"

"我才不是故意的！"佩妮坐起身说，"我是因为身上的香味才被抓到的！"

"你就别欺负她啦！"基普在水井后面喊道，"而且，你藏的那个地方也不算很好啊！"

"你敢再说一遍！"阿利斯泰尔吼道。

玩得正起劲，莫莉注意到前门似乎有动静。她转过身，只见温莎老爷披着骑马斗篷，戴着帽子，正准备着马车，显然，马车是他亲自从马厩里拉出来的。他的一只胳膊下夹着皮箱，

看起来很重的样子。温莎夫人站在门口，双手交叠在胸口，看着忙碌的温莎老爷。虽然莫莉离他们比较远，听不清对话，但她能觉察到，他们又有了分歧。

这是菲格和斯塔布斯造访后的第四天。这四天里，莫莉发现，老爷和夫人的关系发生了明显的变化。温莎老爷不再讲活泼的笑话，脸上的笑容也不见了，而温莎夫人干脆不理温莎老爷，就像没有这个丈夫。无论他们出现在哪里，周围的气氛都会变得紧张，仿佛随时爆炸的火药桶。看着这对夫妇，莫莉不禁想起了自己的爸妈，他们也经常不同意对方的意见，但不会像这样凝重，而是像舞台上的喜剧演员一样，喜欢以半开玩笑的方式互相调侃。或许受到家庭的影响，莫莉更喜欢大家在遇到事情的时候可以敞开心扉地说出来，因为这意味着父母双方都不担心孩子们会听到，也意味着家里没有什么秘密。

佩妮在草坪上朝莫莉滚了过来，用命令的口吻问："你在做什么？你还没把我吞进肚子呢！"

想要忽视一场公共场合发生的私人争执是十分困难的，这就像你明明看到别人扣子没扣好，还要假装没看到一样。莫莉觉得这一幕不应该让孩子们看到，但她自己却控制不住好奇心。

很快，其他孩子也兴致勃勃地加入了围观的行列。"老爷和夫人是准备出门吗？"基普问道，"他们怎么不叫我去帮忙备马呢？"他特别不喜欢有人越俎代庖，做了本应由他来完成的工作。

"我觉得他们不会一起出门。"莫莉说。

阿利斯泰尔大声说："应该是我那位父亲大人，又急着去城里拜会他那些'商业伙伴'了。"他不屑地哼了一声，"去当铺也算是做生意吧！下午的时候，我看到他在餐厅里头偷偷摸摸地搜东西，把烛台、刀叉什么的统统装进了口袋，甚至还把我那把镶着珍珠的小银刀都拿走了，那可是我去年的圣诞礼物。幸好，我把糖都藏了起来，不然，肯定也会被他带走。"说着，他从裤兜里掏出一个皱巴巴的袋子，里面全是太妃糖。

莫莉不明白，温莎老爷楼上的房间里明明有一屋子钱，他为什么还要去当东西。于是，她问道："他在卖你们家的东西？"

"应该说，卖我们家剩下的东西。"阿利斯泰尔朝嘴里扔了一块太妃糖，吧唧吧唧地嚼着，说，"他是为了还债。我们从城里搬来之前他就这么干过。搬过来以后，他放话说，再也不会有人来追债了。结果呢，看看，他说过的话根本就不算数。"

佩妮冲着哥哥的胳膊打了一掌，说道："阿利斯泰尔，不许你这么说爸爸！"

"为什么不能说？"阿利斯泰尔嚷嚷道，"这是事实！"

莫莉看着阿利斯泰尔，不禁深深地同情起他。眼看自己的父亲如此窘迫，换成谁，都不会好受。莫莉想起了自己的父亲，虽说他一直很穷，但他总有办法令莫莉佩服和尊敬。

阿利斯泰尔脚跟支地向后一转，指着爸爸说："看！看！他肯定又在作保证'这是最后一次啦，最后一次啦'！等到下次，他还会这么说。"

温莎老爷的手上仍提着那只袋子，袋口开得很大。只见他走到妻子跟前。莫莉以为他要亲吻温莎夫人的脸颊，谁知他只是解下了妻子脖颈上的钻石项链，随后，又逐一摘下了她的手镯和耳环，扔进了那个袋子里。最后，他的手伸向了妻子左手戴着的戒指。这一次，温莎夫人避开了，她摇着头，把戒指紧紧地攥在胸前。看来，这枚戒指对温莎夫人来说，有着特别的意义。莫莉之前见过这枚戒指，指环颜色暗沉，上面镶着一颗色泽黯淡的小蓝钻。两人争执了一会儿，温莎夫人最后妥协了，她将戒指褪了下来，用力地扔在他身上。温莎老爷蹲下身捡起了戒指。

莫莉感觉有人扯了一下她的围裙。"可以来玩了吗？"佩妮问，"该我当怪兽了！"

"你当不了怪兽。"阿利斯泰尔说，"上一盘的赢家才能当怪兽，所以该我当怪兽！"

"赢家不是你。"基普说。

"对呀！对呀！"佩妮说，"基普才是赢家！他一次都没被抓到过！"

"那我就是差一点点就赢了的赢家！"阿利斯泰尔喊着，"另外，你一点儿都不可怕，不能当怪兽！"

"这样吧！我们给佩妮小姐一次机会。"莫莉建议道。她又跪在佩妮面前问道："你确定自己能扮演怪兽？"

佩妮使出全身力气咆哮了一声，并亮了亮"爪子"。"我要挖出你的眼珠，当葡萄吃掉！"她龇牙咧嘴地咆哮道。

莫莉赞许地点了点头："那好吧，数到三十。"佩妮笑了起来，用手捂住眼睛，开始大声数数。这时，阿利斯泰尔和基普立刻行动起来，很快就消失在了两座小土丘后面。莫莉站着没动，她发现三楼一扇小窗里面有动静，但是重重叠叠的树枝将窗户遮掩着，看不清楚里面。她用手挡住阳光，仔细看着窗玻璃后面的人影。在好奇心的驱使下，她不知不觉地走向了宅子。

等到佩妮数完数时，莫莉已经走进了宅子。为了不惊动楼上的人，她小心翼翼地关上了身后的大门，蹑手蹑脚上着楼，尽量不让鞋子发出声响。刚走到顶楼，绿色的小门便开了，温莎夫人从房间里走了出来。

"莫莉！"温莎夫人惊恐万分，"我……我还以为你在外面呢！"说着，她快速地关上了身后的门。

莫莉朝温莎夫人鞠了一躬，双眼盯着地面，歉疚地说："夫人，我们在玩捉迷藏，我以为有人悄悄跑回来藏在了屋里，所以就……"她抬起头来，瞧见温莎夫人的左手上，戴着一枚小小的戒指，暗色的指环上是闪着冷光的小蓝钻。

"所以就？"温莎夫人问。

莫莉看着那枚戒指，说道："那个……那个戒指真漂亮，夫人！"

"是吗？"温莎夫人看着手指上的蓝宝石戒指在昏暗的房间里闪耀着光芒，"这是很久以前，阿南送给我的……"

莫莉看着女主人。这枚戒指与之前温莎夫人扔向温莎老爷身上的那枚一模一样。"冒昧问一下，夫人……我刚才看到老爷带走了一枚和这一模一样的戒指？"

温莎夫人猛地抬头，脸色一沉。"你肯定看错了！"她从口袋里掏出钥匙，锁上了绿色的门，锁好之后，还拉了拉把手，以确保完全锁住。"我好像听到孩子们在马厩那边，你是不是该去把他们带回来了。"她挤出一丝笑容，"万一来了野蛮的异教徒怎么办？你也不希望看到他们受到伤害吧？"

莫莉低头看着地面，两颊发烫。"是的，夫人！"她鞠了一躬，转身下楼去找孩子们。刚走出大宅，她就觉得世界仿佛变了样，突然间天似乎没那么蓝了，凉风似乎没那么清冽了，连阳光也似乎昏暗了不少。再一次轮到莫莉当怪兽时，她蒙住了眼睛，眼前却似乎有东西在晃动——

那是一枚在苍白手指上闪耀着光芒的戒指。

15. 那件诡异的事

橙红色的夕阳下，地窖谷像是在燃烧。

桥的那头，基普坐在古旧的石头桥桩上，凝视着邻村的方向。桥桩的表面十分光滑，很难攀爬。但基普发现，石桩上缠绕的旧绳可以当梯子用，于是他靠着这些爬上石桩，挑了最右边的位置坐下。这个石桩顶部比较平整，坐着很舒服。自从给爸妈写了那封信后，每天晚上基普都在这里等着爸妈的来信。

基普和莫莉把信寄出去时，莫莉就提醒过他，也许要等上几个星期，甚至几个月，爸妈才能收到这封信。基普也明白，这么快就盼着回信有些犯傻，但他生怕自己错过爸妈的来信，所以无论如何也不愿冒险。他想，万一邮递员因为害怕温莎庄园，不敢过来按门铃怎么办？因此，每天干完活，吃过晚饭，他便坐在这里等着。

尽管天空的颜色如火烧一般，但风吹在身上依然很冷。基普坐在石桩上，冷得发抖。他将两只手插进衣袋里，捏紧拳头，摸到了右侧口袋那枚许愿扣。他知道这枚纽扣其实并没有魔力，但假装相信它有魔力也不失为一件乐事。他闭上眼睛，悄悄许了一个愿，希望能知道爸妈此刻在忙些什么。据他所知，父母正在世界的另一边，那里的日和夜，和这里是颠倒的，这里的夜幕落下时，那边的太阳才刚刚升起。

基普喜欢坐在路边，闭上眼睛，聆听桥下的流水声，这会让他想起最后一次全家在一起的情景：一家四口离开了小农场，坐着船，准备漂洋过海，开始新的生活。当时基普病得很重，所以不记得航行途中发生的事情，他甚至都没和爸妈告别。等他醒来时，发现自己在孤儿院。莫莉告诉他，爸妈和同船的其他人都被海盗掳走了。基普怀疑这个"海盗抓人"的故事是莫莉编出来的，他宁愿相信爸妈很快就会回来。

基普睁开眼时，发现东边那条路上有一个人缓缓地朝这边走着。他赶紧睁大眼睛，却发现不是邮递员，而是他们进地窖谷那天遇到的那个老太婆。他还记得她的名字叫海斯特·凯特尔，在他的印象中，这个老妇人既有趣又吓人。

老妇人径直向基普走来。方圆几英里的地方都没有人家，很显然，她是冲着温莎家来的。基普原本打算赶快跑掉，但后来又改变了主意。他觉得如果她真是个女巫，最好还是不要得罪她。

基普看着她迈着缓慢的步伐一点点靠近，每走一步，背上那一大包行李便"哐当"响一声。老妇人的手上没有拿乐器，嘴里却在哼唱着歌谣。基普听了一会儿，发现这调子与沿路奔流的水声出奇地一致。"哈，看看这是谁！"老妇人走到基普面前，大声叫道，"这不是那个小弟弟吗，你是专门来迎接我的吗？"

"我在这里等邮递员。"基普说。

"那你可要久等了！邮递员一个月才来一次，而且根本不会往这个方向走。我在这里歇歇这把老骨头，你不会介意吧？"说着，她从背包上解下一个三条腿的凳子，放在地面，然后一屁股坐了上去，压得小凳子吱吱呀呀地响。她朝基普咧嘴笑道："不如你的宝座奢华，不过也能坐。"

基普注意到她背包一侧挂着一把锈迹斑斑的园艺剪。"我还以为你决不会来这片林子呢！"基普说。

"你的想法是对的！"老妇人说着，顺手把园艺剪塞回了背包，"但是我看见温莎老爷驾着马车急匆匆地回了城，于是我盘算着，冒点儿险到这里来查验一下我的投资品，是非常有必要的。"老妇人说完冲基普笑了笑。基普明白，"投资品"指的就是他。"你应该还记得，你们答应过要给我讲故事的。"老妇人补充道。

"是我姐姐答应的，我可没答应。"基普说，"我从来不讲故事。莫莉在屋里做晚饭呢，你不介意的话，就去找她吧！"

老妇人瞟了一眼温莎庄园的大宅子，说："我最多只能走到这里了，亲爱的！"基普看得出来，她有些紧张。她讲过的笑话也好故事也罢，都显示出其实她也跟其他人一样，十分惧怕酸木林。"我就不打搅你们工作了！我来只是想找你们随便聊聊，顺便看看你俩是否还——"她沉吟了一下，似乎在搜寻合适的词语，"康泰！"

基普没听过这个词，但他听懂了她的意思，不由得问道：

"难道你以为我们已经死了吗？"老妇人笑了起来。"你一眼就看穿我了呀！平常我可不会这样的，但眼见两个小孩进了这样的地方，"说着她指了指林木葱郁的小岛，"让人不得不往坏的地方想！"

基普死死盯着她，心想她到底对这个地方了解多少？"之前我们在路上遇到你的时候，你说这林子里发生过一件很悲惨的事情。"

老妇人神秘地一笑："要是你姐姐知道我这么吓唬你，她可不会给我好脸色看。"

"我不怕！"基普说，"呃，其实我也怕……但我不畏惧，我想要了解真相。真相就是真相，即使可怕也是真相。所以，我想要听你讲。"

"不管是小男孩还是男子汉，这样的勇气都不常见啊！"老妇人说，"你姐姐把你养育得很好。"基普想要告诉她，不是姐姐养育了他，是爸妈养育了他，但话到嘴边又咽了回去。老妇人从背包里抽出一根陶制的长烟斗，又从腰上的烟草袋里摸出烟叶填了进去，接着点燃了烟斗，像男人那样抽起了烟。这烟味让基普想起了秋天的落叶。"你现在知道了，温莎老爷是在那座房子里长大的。"她开口说。

"他很小的时候就搬走了。"基普说，"他们跟我姐姐说，他的家人全都因为一种可怕的热症离世了，只有他活了下来，却成了孤儿。"

老妇人点点头："他的确是个孤儿……但你所说的其他内容，我却不能苟同。"她深吸一口烟，又缓缓吐出，继续说道，"我还记得事情发生的那天晚上——那是一个很难让人忘记的夜晚。当时，暴雨如注，狂风大作。到了下半夜，突然传来了号哭声。那种尖利的哭号，让人毛骨悚然。大家都跑了出来，发现了温莎老爷，当时他和你差不多大，光着脚丫，穿着睡衣，浑身透湿，脸色苍白得像一张白纸。大家几乎认不出他。他仿佛被吓坏了，不停地对人说，有可怕的恶魔要抓他和他的父母。"

基普后悔了，他不该问老妇人。他想要回马厩，回房子里，反正不管去哪儿，只要不在桥边听老妇人讲这个可怕的故事就行。然而，好奇心却驱使他听了下去。"后来呢？"他问，"到底是什么东西要抓他？"

"本来附近的人是不敢过来的，但人心都是肉长的，于是男人们，有的带着枪，有的牵着狗，有的提着灯笼，有的举着火把，有的则骑着马，纷纷赶了过来。"

基普咽了咽口水："那他的爸妈呢？"

"不见了！"她用长长的烟杆指了指基普，"所以，请你告诉我，什么样的热症能让一座房子里的大活人消失得无影无踪？"

基普无法回答。他努力不去想那个在风雨交加的夜晚凄惨哭泣的小男孩以及带走小男孩爸妈的恶魔是什么模样。他看了一眼老妇人，发现她也在打量着他——也许正等着欣赏这个故事对他产生的影响。"我不信你的话！"基普很快反应了过来，"如果温莎老爷小时候真的经历过这样的事情，那他无论如何也不可能再搬回来。"

老妇人点了点头。"你觉得奇怪吧！你应该还不知道，其实温莎家并不是这片林子的第一任主人——我敢打赌，他们也不会是最后一任主人。"她的目光在庄园上方逡巡，宅子投射在地面的阴影阴森恐怖，"这里有些东西引诱着人们。尽管这些人浑身上下每一块骨头都喊着快跑啊，离开这里……"她的声音越来越小，随之是长时间的沉默。

基普正寻思着，这老巫婆是不是已经完全把他忘到了脑后。没想到，她忽然转过了身，皮笑肉不笑地说："还请恕罪，我得趁月亮出来之前离开这里。"她站起身来，将小板凳重新绑在背包上，又伸出一根手指，朝基普的方向戳了戳："要不然，就不要给你那个姐姐讲温莎老爷的事情了吧，免得吓着她。"

"我不会说的。"基普说，但他却不自觉地交叉着手指，这是乞求上帝保佑的手势。

老妇人行了个屈膝礼，然后转向西面——同她来的方向完全相反。她理了理背包，说道："笔直朝前走，永远莫回头。"说完，哼着小调走开了，背包里的东西依然"哐当"作响。

基普目送着她，只见她在浓重的暮色中拐了一个弯，便消失不见了。他手里仍紧紧攥着那枚许愿扣。

16. 奇异的林中花园

那晚，莫莉回到卧房时，发现床上放着一份礼物。那是一条叠得整整齐齐的深色连衣裙，上面放着一张字条：

莫莉：

这条旧裙子我不穿了，我想你也许愿意做事时穿一穿。裙子可能需要裁剪。

这是温莎夫人的笔迹。温莎夫人并不像那种喜欢赠送礼物、不求任何回报的人。这究竟是谢罪礼还是贿赂物？莫莉怎么也想不明白。她回想起在顶楼遇到温莎夫人的情景，温莎夫人当时看起来十分慌乱。莫莉想，难道她不希望我看到那枚戒指，希望我不要说出去？

不过无论温莎夫人的动机如何，新裙子就是新裙子，莫莉毕竟是个普通女孩，收到裙子让她很高兴。她放下字条，拿起裙子。裙子的确比较陈旧，但质地优良，比莫莉以前穿过的任何一条裙子都要好。她的手指从厚密的面料上抚过，在她印象中，这应该是一种叫"天鹅绒"的料子。裙身黑得发亮，但边缘处在亮光下有些泛绿。莫莉喜欢穿绿色的衣服，因为绿色和她的红头发很配。

她刚脱下沾满油烟的制服和衬裤，寒冷的夜风就冻得她瑟瑟发抖。她快速地套上裙子，感觉十分柔软。这裙子显然是为那些可以使唤仆从的人设计的，莫莉折腾了好久，才在无人帮忙的情况下，系好了背后的绑带。她学着温莎夫人的样子站得笔直，心中只盼能有一串珠宝挂到自己的脖子上。她转了转圈，体会着长长的裙摆在她脚边拂过的感觉。

莫莉走到梳妆台前，看着镜中的自己。原以为穿上这条裙子后，她就能变得挺拔而优雅。然而事实并非如此。只见镜中，衣裙的束胸部分松松垮垮的，裙子下摆则软塌塌地垂在腿边。她还是她本来的样子——穿着贵妇扔掉的旧衣服的十四岁小女仆。

莫莉寻思着，加一个"裙撑"会不会好看些——这是妈妈说过的。她把破旧的行李箱从衣橱里拖了出来，想找一条衬裙把裙子撑起来。箱子里的衣衫比印象中的更破旧。翻到箱子底部，她摸到了写给父母的信，那封信依然夹在之前藏好的地方。她本以为会摸到那顶高帽子，然而除了衣服之外什么都没有。莫莉皱了皱眉头，她把箱子竖起来，两手并用，把衣物全部扒拉出来，堆在地面上——

那顶高帽子不见了。

莫莉跌坐在地上，看向四周，难道有人翻过她的私人物品，拿走了那顶帽子？她把宅子里的每个人都在脑子里过了一遍。佩妮？阿利斯泰尔？温莎老爷？温莎夫人？她猜测着，目光落到了脚边散落的衣服上，伸手从衣堆里拣出了一片干枯的树叶。难道还另有其人？

这时，突然响起了敲窗声。莫莉不由自主地吓了一跳。

莫莉一转身，便看见基普正蹲在草地上。她没料到基普今晚会过来。因为天气刚一转暖，基普就坚持要睡在宅子外面，所以，最近他都跟伽利略一起住在马厩里。莫莉瞅了瞅树叶，心想，难道基普回心转意了？不过，关于帽子不见了这件事她还不想跟他讲，以免他担心。莫莉迅速把东西塞回行李箱，包括那封未曾寄出的信。她站起来整理了一下天鹅绒的衣裙，然后打开了窗。

"是不是天气太冷了？"她问。

基普并没有从窗口爬进来，只说了一句："伽利略不见了！"

"那个小坏蛋！"莫莉抱怨道。

"巧了，我也是这么说的，"基普向后跳了几步，"走吧，快去找找！"

莫莉恼火地叹了口气，扯过一件外套披在肩头，然后套上靴子，踩着床头爬了出去。跳出窗户投身黑暗之前，她回头看了一眼自己的房间。

庄园周围的空气阴冷潮湿。山谷里已经开始起雾了，视线渐渐模糊。"你确定不能等到明天再找吗？"莫莉试了三次，终于点亮了灯笼。她提起裙摆，以免它拖到湿漉漉的草地上。

"我已经在院子里找了两遍。"基普完全无视莫莉的问题，"现在得去林子里找找！"

莫莉尽量把灯笼伸向前面，以便透过雾气，看清前方的路。虽然已是春天，气温却依然很低。她暗暗懊恼出来之前没有换身厚点的衣服。"要是我生病发烧死掉了，都得算到你头上。"她一边唠叨着，一边跟着基普朝林子里走。

"你不该开这种玩笑！"基普蹒跚着从两座低矮的小土丘之间走过，"再说，又不是我要你穿得这么单薄——你穿的这是什么呀？"

"温莎夫人送给我的旧裙子。"莫莉解释道。

基普放慢脚步，斜眼瞅着莫莉："他们开始送你礼物了？"他的语气怪怪的，莫莉分辨不出是出于关心还是嫉妒。

"要是你喜欢，我可以帮你要一件。"说着，她用手揉了揉弟弟的头发。

基普迅速逃离了她的魔掌，重新戴好帽子。"小伽跑丢了，都是我的错。我去晚了，没有按时给它喂燕麦，它一定是饿了，自己找吃的去了。"

不用问莫莉就知道弟弟为什么去晚了。每天太阳下山的时候，他便会去小路上守着，等的时间也一天比一天晚。有时，透过楼上的窗户，莫莉能看到基普独自坐在桥头，等候着一封永远也不会到来的信。

"邮递员还没来吗？"她尽量平复着自己的情绪，不流露出负罪感。

"还没呢！"基普回答，"但今天不是邮递员的原因。那个老巫婆海斯特来过了，她是来找你的。"

莫莉愣了一下，过了一会儿才意识到基普说的是之前他们在路上遇到的那个讲故事的老妇人。反应过来后，莫莉很不高兴。那个老妇人仿佛一眼就看穿了自己，一想到她和基普单独待在一起，莫莉就觉得不安。

"她为什么来这里？"她问。

"你不是答应了人家要回去给她讲温莎家的事情吗？"他说，"你不会不记得了吧？"

莫莉不喜欢基普这种语气，听起来像是在责怪她。"我当然记得，只是我不知道老爷和夫人是否乐意我在外面传他们家的闲话。"

"那你就不应该答应人家呀！"基普一边说一边朝树林走去。

以往都是莫莉放慢脚步等着基普，今晚的基普就像换了一个人，走得非常快。莫莉跟在基普后面，差点儿就要跑起来了。来到树林时，她有些窃喜，因为进入了树林基普就走不了这么快。树林里的地面和温莎庄园门前的草坪一样崎岖不平，头顶的树枝遮住了月光，唯一的光亮就是莫莉手中的灯笼。她一边紧跟着基普大喊着伽利略的名字，一边用灯照亮脚边的地面，寻找着马蹄印。基普没有拿灯笼，他宣称自己能在黑暗中看到东西，不过莫莉知道，其实真正的原因是他一只手拄拐杖，另一只手要是提着灯笼，就腾不出手做其他的事了。

"照一照这里。"基普指着前面说。莫莉举起灯笼，只见黑色的泥地上有许多马蹄印。这些蹄印一直沿着小路穿过了荆棘丛。基普扶着拐杖站了起来，沿着蹄印走着。

莫莉将一只手拢在嘴边，冲着浓雾深处唱了起来：

噢，你在哪里哦，亲爱的伽利略？

你的燕麦已备好，我们想你想得受不了！

很简单的曲调，姐弟俩编歌时常常用到。一人起头唱上句，另一个接下句，只要押韵，越无厘头越好玩。不过，眼前的基普似乎没有心情唱歌。

"你可不要想不开哟！"莫莉笑着调侃道。

"我没有想不开，只是在想事情。"基普蹒跚着绕过一块岩石，"那个老巫婆跟我说了温莎老爷小时候发生的事情，说了他们家的真实情况。"

"他家里人都是死于热症嘛！"莫莉把温莎夫人告诉她的那些话重复了一遍，"这没什么可奇怪！"

基普摇了摇头，边走边说："那个老巫婆说，他们根本就不是得热症死的。他们是突然间被杀死的，被一种邪恶的东西杀死了。"

一股阴风扫过树林，吹得树木吱呀作响。莫莉不禁打了一个寒战。她将外套往上提了提，长裙的边沿早已沾满了烂泥。应该阻止那个老太婆往弟弟的脑子里灌输这些乱七八糟的想法。"她是在吓唬你。"她快走几步跟上了基普。

"是吓唬我，还是提醒我？"基普问。

"她吓唬了你，现在你又想来吓唬我，你们两个都该感到羞耻。"莫莉说。

突然姐弟俩的对话中断了，因为伽利略熟悉的身影出现在了他们的视线中。马儿站在林中空地的中间，正在努力挣脱脚下绊着的东西。

"它的腿好像被陷阱之类的东西困住了。"基普喊着，快步赶到伽利略身边，"赶快把灯笼拿过来。"

莫莉赶紧跑过去，跪下身帮忙。原来，缠住马腿的是纠缠交错的树根。"它的腿受伤了，还好没伤到骨头。"莫莉说。

基普小心地扯着树根，谁知马腿上的树根刚被扯掉，伽利略就焦躁地直立后腿站了起来，逼得姐弟俩连连后退。慌乱中，莫莉的灯笼掉到了地上，火焰熄灭了，四周顿时陷入一片黑暗。"真是良辰美景啊！"莫莉嘀咕着伸手去摸索身前的灯笼。很快，她找到了灯笼，并把它扶正，接着从外套口袋里摸出火柴，掀起灯笼的挡风罩。

基普忽然拦住了她，轻声说："别点灯。"

莫莉顺着他的视线望去，只见黑暗中——

有了一丝光亮。

她站起身，仔细看了看。只见月光下，林中的地面发出了柔和的光芒。随之，她便清晰地看见了形态各异、大小不等的花朵从岩石间、树丛中伸展出来。她俯身跪下，轻轻抚摸脚边那些巨大的花朵。花瓣是银白色的，就像一瓣瓣明月。

　　"你听说过哪种花是在夜里开放的吗？"她问。

　　基普摇摇头："我白天在林子里来来回回跑了好多趟，从没见过花苞之类的东西。但是现在你看看这里，简直像是在你的故事里才会出现的情景。"说着，他看了伽利略一眼，发现它正在一簇闪闪发光的泪滴状的花朵前开心地咀嚼着。"我敢打赌，这就是伽利略离家出走跑这么远的原因。伽利略最喜欢吃金银花和风铃草——要不是有这些花，它准会把夫人的花圃啃个精光。"说完，他吃力地站了起来，双手在裤子上擦了擦，继续说，"你没想过，是谁种了这些花吗？"

　　"种的？"莫莉不解，"它们是野生的吧！"

　　"现在是野生的了。但你没看出它们的排列规则吗，它们是有序的。这些是百合花形状的，这些是长得老大带刺儿的，这些是花朵下垂悬吊式的——全是按类别排列的。"他歪着脑袋，整了整帽子，"肯定是有人按顺序依次种下的。在黑夜中居然能看到这样一座银光闪闪的花园，是不是很奇妙？"

　　莫莉觉得基普说得对，这些花朵的确都是按照某种规律来排列的。但这里又不太像他们以往见过的花园。这里杂草丛生，已经荒废多年了。"即使是有人在这里种下的，那也应该早就离开了。"她牵起伽利略的缰绳，"我们也该走了。"说完，她最后看了一眼闪光的花朵，重新点亮灯笼，和基普一起往回走。

姐弟俩在黑树林里摸索着寻找出路，花园里怪异的气氛一直伴随着他们。走错几次之后，姐弟俩找到了一些来时的脚印，他们沿着这些脚印走出了树林。伽利略虽然是一匹马，行为却更像一头蠢驴。刚靠近草坪，它就开始抗拒迟疑，又是嘶叫，又是喷响鼻，还使出了全身力气跟马嚼子较劲。等到把它送回马厩时，莫莉新得的天鹅绒长裙已经沾满了污泥，还扯破了三处。"蠢东西！"她一边抱怨着，一边按照父亲教过的方式把缰绳打了个特殊的双结，重新系好。

"别冲它发火！"基普扶住门，"走吧，我送你回房间。"

莫莉知道弟弟和自己一样疲惫，这种情况下他还坚持送自己，实在是让她感动。姐弟俩一言不发地穿过草坪。莫莉一边走，一边在脑海中不断回想那些散发出淡光的花朵。显然基普也在想同一件事。"你不需要靠漂亮衣服打扮自己。"快到马道时，他对姐姐说，"就像林子里的那些花，不需要装在花瓶里一样。"

莫莉将胳膊放在基普的肩膀上，心里暖暖的，觉得世上任何礼物都比不上基普的赞美。她抬头看着温莎庄园，想看看自己是否忘了吹灭卧房的灯烛，却忽然停下了脚步。

"姐姐？"基普不解。

莫莉没有回答，依然一动不动，眼睛定定地看着前方的大门——

"门开了。"她说。

自从那晚的帽子事件之后，莫莉每晚都会检查大门是否锁好，今晚也不例外。然而，此刻，她呆呆地看着敞开的大门，大风像潮汐一样呼啸而入，又呼啸而出。门板随风摇晃着。

基普朝姐姐身边挪了挪。"也许……是风太大，把门吹开了。"他怯怯地说。

莫莉点点头，牵住基普的手，说："可能是吧！"两人不约而同都把声音压得很低。

也许是光影产生的错觉，里面好像有什么东西在晃动。黑黑的，高高的，很像莫莉最不想见到的那个身影。

一股狂风从草坪上扫过，门开得更大了，莫莉屏住了呼吸。一个身影走上了门廊，干枯的树叶在他四周回旋飘飞，月光照出他白森森的脸和手。他穿着一件黑色的长斗篷，头上戴着的帽子让莫莉觉得非常眼熟。莫莉咽了咽口水，思绪有些慌乱，差点儿说不出一句完整的话。

"是黑夜人，"她低声说，"他回来了。"

17. 黑 夜 人

莫莉抓住基普迅速躲到一座小土丘后面，贴着地面安静地趴着。离他们不到一百英尺的地方，就是基普在迷雾中见过的那个男人，也是自己在走廊上跟踪过的那个黑影，那个她无数次安慰自己说"根本不存在"的黑夜人。

莫莉听着他的脚步声，缓慢而沉重地在砂石铺就的马道上响起。她闭上双眼，脑子里却一片混乱。他从哪里来？他究竟想要做什么？

脚步声在距离庄园不远的地方停了下来。莫莉从土丘顶上探头张望，但天黑雾浓，根本看不清楚。她缩回了头，悄声对基普说："我出去看看，你待在这里别动。"

莫莉身子贴着地面，匍匐着从土丘的间隙中爬过。她估摸着那个人也无法透过浓雾看到她，于是，她鼓足勇气继续向前爬去。她至少要前进五十英尺，但这短短的距离于她而言，却显得无比遥远。

终于，莫莉爬到了马道旁的旧井口。她觉得这个地方相对比较隐蔽，于是她坐起身，将脑袋从井旁探了出去。她发现那个人正在树根附近忙活。他身上的衣服破烂不堪，皮肤苍白。看着他的手，莫莉想起了自己和弟弟在树林里见到的那些花。那张瘦骨嶙峋的脸半掩在蓬乱的长胡须之中，两个眼窝漆黑恐怖。

那人随身带着一套园艺工具。莫莉看见除了修枝剪和铁锹以外，还有一个耙子和一把铲子。

"他要干吗？"耳边传来了一个声音。

莫莉猛然回头，发现基普正蹲在她旁边。"不是让你待在那里不动吗？"她压低嗓门说。

"然后看着你被抓走吗？"基普摇摇头说，"麻烦你往旁边挪一挪。"

这时责骂基普没有任何意义。莫莉往旁边挪了挪，这样基普就可以藏到井后。"小声一点儿！"说着，她抓住了基普的衣领，以防他暴露自己。接着，姐弟俩一起朝着庄园的方向张望。

只见那人手里拿着一把锈迹斑斑的剪刀，跪在巨树面前，小心地修剪着树根附近的藤蔓。"那是你的工具吗？"莫莉小声问道。

基普摇摇头。

那人斜靠在大树上，温柔地抚摸着树干，轻声絮语。莫莉似乎听到了风中传来的絮语声。

她听不懂具体的内容，只觉得声音优美而感伤。

那人对着巨树说了一会儿话后，就捡起一只巨大的金属水壶离开了。

"他要来水井这边打水了！"莫莉慌乱地说。

"没有，他不会过来。"基普小声说，"看见他拿水壶的动作了吗？显然壶里已经装满了水。"

莫莉再细看，发现弟弟说得没错。那人带着水壶朝巨树走去，走得小心翼翼，就像壶里装着的不是水，而是其他什么珍贵得多的东西。他动作轻柔，将水壶斜倾，水从壶口倾泻而出，润泽了树根及其周围的土地。不知是不是因为月光的漫照，那水闪着诡异的银色光芒。

那个人摇了摇水壶，倒出最后几滴水，然后站定，抬起手臂，伸展开来。一阵狂风从莫莉身旁刮过，围着那个人盘旋，他脚下的树叶立刻被吹得四散飘飞。他拿起那把旧铲子挖起了洞，铲出的黑色泥土堆积在他身后的草地上。

基普推了推莫莉。"那个地方之前就有一个洞，就是埋佩妮的那个洞，已经被我填平了。"说着，他朝莫莉身边挪了挪，"你说他为什么还要挖一个？"

那人忽然抬头张望，似乎有所警觉。

莫莉赶紧拉着基普一起躲回水井背后。黑夜人一直朝着莫莉所在的方向张望。莫莉紧张极了，担心地想：他能听见我们说话吗，他究竟看到我们没有？冷风在她四周呼啸，庄园的门嘎吱乱响，巨树哗哗晃动，树叶沙沙作响。莫莉几乎能用肉眼看到，刺骨的寒风如幽灵一般从小土丘之间滑过，在每一根树枝、每一块石子、每一片草叶上搜索，寻找猎物。

冷风挟裹着莫莉，她只觉得浑身发冷，便牢牢抓住基普，紧紧闭上了眼睛。她以为只要不呼吸，黑夜人就找不到她，于是她屏住了呼吸。

突然，风停了，枯叶飘落在草地上，万籁俱静，仿佛天地间只有一个声音——

那是踩在碎石路上缓慢而沉重的脚步声。

黑夜人径直向着水井的方向走来。莫莉将基普抓得更紧了，她甚至都不敢扭头，不敢看向那个越来越近的身影——二十英尺、十英尺，现在只有五英尺远了。莫莉似乎感觉到了那人投下的影子，禁不住打了个寒战。脚步声在她身旁停了下来。顺着眼角的余光，莫莉看见黑夜人正踩在她头顶上方的土丘上，他的脸朝向树林。莫莉死死盯着他脚上的靴子，那靴子上沾满了污泥，破旧不堪，甚至两只都不一样。莫莉太熟悉这双靴子了，她每天早上都会清扫泥脚印，而这双靴子就是罪魁祸首。每次清扫时，她都会安慰自己"这没什么，什么事也没有"。然而事实证明，真的有事发生，有诡异的事情发生。那人对着天空喃喃低语，微微动着手指，就像阅读风中传来的信息。莫莉知道，风会告诉他，她躲在哪儿，他只需要转过身就能看到他们姐弟俩。莫莉闭上眼，无声地祈祷：不要转身，不要转身，不要转身，不要——

马儿的嘶鸣声陡然响起。

这声高亢的嘶鸣从草地那头破空而来，打破了四周的寂静，惊得莫莉差点儿无法继续屏住呼吸。她猛然睁开眼，发现那人正看向马厩。马厩的门开着，伽利略在里面又踢又叫，死命地扯着缰绳。又是一声嘶鸣，伽利略猛地踢向围墙，想要挣

脱。莫莉不由得笑了起来。此时，她真想亲一下这匹笨马。

黑夜人挥了挥手，一阵狂风"呼"地向马厩吹去。"砰"的一声巨响，门被粗暴地关上了。他垂下手，朝大宅走去。莫莉听着他的脚步声渐渐消失在黑夜里。她绝望地想要逃走，不过她知道自己无处可逃。他们被困住了。

基普挪动了一下身体，他睁大双眼，定定地看着莫莉，眼里满是恳求。"怎么办？"他用蚊子般细小的声音问道。

莫莉看着基普，平生第一次，她无法对着弟弟笑着编故事。"你是对的，基普。"她的声音有些发抖，"你一直都是对的。我们不该来温莎庄园，明天我们就跑吧！"

然而，距离"明天"还有很久很久。黑暗中，她把弟弟搂在怀里，打着寒战，听着那人拿着铁锹一下一下地挖着地，发出尖锐而刺耳的声音。

咔——

咔——

咔——

18. 粗暴地叫醒

黑暗中，基普听到有人说话。

"我跟你说过，"第一个声音说，"他们死了！"

"笨蛋，他们没死！"第二个声音说，"瞧，他们还喘着气呢！"

"他们是死了！呼气只是表明他们的鬼魂正在离开身体。我觉得咱们可以来玩葬礼的游戏。你来当护送灵柩的人，我来致悼词。"

"他们只是在睡觉！看这里，我证明给你看！"

基普听到有人用力咳了一下，随之一股浓烈的甘草糖味灌进了他的鼻孔。他睁开眼睛，发现一坨黑色的痰液正在自己鼻尖上方晃荡。再一看，阿利斯泰尔和佩妮正俯身看着他，他们背后是湛蓝的天空。

"快拿开！"基普一边叫着，一边用力推开了阿利斯泰尔。

阿利斯泰尔跌坐到草地上，那坨痰液便顺势沾到了他的衬衣上面。一旁的佩妮开心地大笑起来："要是妈妈看见你把衣服弄得这么脏，需要办葬礼的人就是你了！"

基普站起身，对着清晨的阳光眨了眨眼睛。他躺在草地上睡着了，背上和身体两侧都被晨露打湿了，左腿已经冻僵。莫莉在他身旁，挨着井口蜷缩着身子，还没醒来。基普碰了碰莫莉的手臂。

"不要！"莫莉猛然惊醒，满眼恐惧。

"是我！"基普跪了下来，双手扶着莫莉的肩膀，学着父亲的样子平静地说："没事了，姐姐。"他记得每次自己被风暴吓到的时候，父亲就会这样冷静地安慰他。

"我们在外面睡着了。但是我们都很好，没事了！"他对莫莉说。

莫莉眨了眨眼睛，长长舒了一口气。

"那……那个人呢？"她问。

基普十分清楚"那个人"指的是谁。他强忍剧痛，抓起拐杖，站起了身。他用双手撑在井边，随着莫莉一起眺望大宅的方向。白天，一切看起来很正常，甚至很平和。树根附近新挖的大洞，不知何时已经被一层树叶盖住了。

佩妮探着头，看着姐弟俩，问："你们干吗睡在外面？"

莫莉和基普交换了一下眼神，笑着对佩妮说："小姐，您从来没在星空下睡过觉吧？再没有比傍晚的雾气更柔软的毯子啦！"她夸张地伸着胳膊，打着哈欠说，"我在外面睡了一晚，现在精力充沛极了。"

阿利斯泰尔瞥见了她敞开的外套下露出的绿色天鹅绒裙子。裙子已经被完全扯坏，没有办法修复了。"这不是我妈的裙子吗？是不是你偷的？"

基普跳到他面前，狠狠地说："是夫人送给我姐姐的礼物。

要是我再听到你污蔑我的姐姐，可不仅是把痰液沾到衣服上那么简单了！"

莫莉赶紧站起身，扶住基普的肩膀。"我没事儿，基普！"她拉紧外套，看着大宅问，"现在几点了？"

"快十点了吧！"佩妮说，"我们都没吃早饭，也没有热水喝，衣服还是我自己穿的。"这时，基普才发现她的裙子穿反了。佩妮继续说道："妈妈发了好大一通火，在屋里来来回回找了你两遍。"

"她一定会把你俩统统炒掉的！"阿利斯泰尔说。

"炒掉就炒掉！"基普回击道。他还记得莫莉昨夜说过的话。他们要离开这个地方了，走得远远的，再也不会回来。他看向姐姐："告诉他们吧，姐姐！"

莫莉靠近基普，压低嗓门说："不能就这样走掉！我们不能像土匪一样说来就来，说走就走。我得先征得夫人的同意，这是我欠她的。"

基普疑惑地看着莫莉，他原以为天一亮他们就会出发，远远地离开这里。然而现在莫莉却说还要等一等。当然，他也知道，莫莉只有这样做才不会愧对温莎夫人。但这么一耽搁，至少得到中午才能备马。不过，只要能在傍晚之前离开这里就不会有什么问题。

"必须今晚走！"他对莫莉说。

"就今晚！"莫莉点点头。

19. 树　　根

　　"快来，伽利略！"基普推开马厩那扇又厚又重的门。他在心里盘算着，在离开之前得好好研究一下那棵巨树。他洗了一把脸，换下湿衣服，把所有可能用到的工具都装上了马车：一把铁锹、两只肥料袋、一把木头耙子、一只水壶、绳子若干，还有几个插着鲜花的陶罐。

　　伽利略不太愿意靠近这棵巨树，于是，在快靠近巨树时，基普就解开了它。马儿如释重负，跑回了马厩。基普从马车里取出工具，小心地放到草地上。现在，一切都准备好了。

　　基普在树根附近捡起一片枯叶。叶子很脆，是星形的，他认不出这是什么树的叶子。一阵微风拂过，将他手中的叶子吹走了。他盯着树上这些褐色的叶子，有些不解。此时正是草木繁茂葱郁的时节，唯独这棵树一丝绿意都没有。"你为什么会在春天掉叶子呢？"基普对着巨树小声问道。

　　基普以前就注意到，这棵树的树根附近寸草不生。原以为是这栋房子挡住了阳光，但现在，他觉得还有其他的原因。他用铁锹挖了一个拳头大的洞，然后从一只陶土罐里倒出一捧花，种进了那个洞。

　　他拄着拐杖去取水壶，返身回来时，不由得大吃一惊。刚刚种下的花全部倒伏在了地上，红色的花瓣变成了褐色。"坏蛋！"他气愤地说，丢下水壶，跌跌撞撞地跑过去，跪下来，轻抚着这些枯死的花茎。毫无疑问，这些花都死了。

整个上午，基普不断地重复着这个试验，结果都是一样。他总共种下了十多种不同种类的花，无论坑挖得多深，水浇得多勤，这些花一株都没有存活。到了晌午，巨树周围已经围上了一圈陶罐。最奇怪的是，这些花是怎么死的，基普一次也没能亲眼看到。每当他起身取工具，再回过头来时，那些花就已经死了。

"绝对不正常！"当发现第十三株，也是最后一株花儿凋零之后，基普不禁感叹道。他抬头望着巨树，仿佛所有笼罩在它阴影之下的东西都会死。究竟是怎么回事？他疑惑不解。

基普一瘸一拐地走到树干前，仔细研究着巨树粗糙的黑色表皮。他摸了摸树皮，一股狂风吹来，然而当他的手刚从树干上拿开，风就停了。这一切似乎在警告他，基普不由得打了一个冷战。

他留意到树根周围有许多低矮的树枝，于是想顺着它们爬上更高的地方看看。然而走到树枝旁摸了一下，他便打消了这个念头。这根"树枝"颜色发黑，十分光滑，还有轻微的弧度。这根本不是树枝——

而是一把斧头的手柄。

那手柄看起来十分老旧，已成为这棵巨树的一部分。树皮吞噬斧头的地方鼓起一个大包。基普抬头打量着其他从树干上向四周开散的"树枝"，发现有粗糙的短柄小斧，有猎刀，有锈迹斑斑的木锯，还有一个手柄看起来像是一把大砍刀。其中有些手柄仿佛已存在了几百年，也有一些看上去日期较近。"看起来就像一个战场！"基普喃喃低语。

基普蹒跚着离开了巨树。他不知道这些手柄背后有什么故事，不过他能看出来，曾经有很多人都想砍倒这棵树，但都被什么事情，或什么人阻止了。

目前，只有一个地方可以找到答案。这个地方，基普每天早上都会绕道而过。而此刻，这个地方就在他的脚下，呼唤着他，嘲弄着他。他咽了咽口水，转身面向阿利斯泰尔和佩妮曾经做游戏的那口"井"。他想起昨晚，他和莫莉都看到了黑夜人挖地。黑夜人挖地的动作缓慢而稳定，仿佛和着哀乐的节奏。黑夜人为什么要挖洞？他是在种什么，还是在找什么，又或者是在藏什么？基普心里充满了疑惑。

基普用耙子清理了附近的地面，找到了黑夜人挖的那个洞。和第一天下午发现的洞一样，里面全是干枯的树叶。他看着那些枯叶，想象着枯叶下面到底是什么。他握着耙子，开始慢慢地清理洞里的枯叶。

很快，基普身旁的枯叶堆得和他差不多高了。再看这个洞时，基普发现它看起来更像是一个战壕，深度大概是宽度的两倍。基普放下耙子，朝洞内张望。这个洞看起来十分普通，要是给他一把好铲子，再给他足够的时间，他也能挖出一个一模一样的洞。不过，洞内的阴影却让他感到浑身不舒服。

基普坐到地上，把手伸进了洞里。其实这个洞并不深，他甚至可以直接下到洞底，但他却不愿意这样做。他想了想，拿起了拐杖，扔进了洞里，那是唯一一件父亲亲手给他做的东西，这根拐杖给了他很多勇气，他非常珍惜。而现在，它正静静躺在洞底。"这下，我必须得下去了！"他对自己说。

基普闭上眼睛，猛地跳了进去，重重地跌到了洞底。他捡起拐杖，站了起来。这个洞和他差不多高，只要他将那只好腿的脚尖踮起来，就能将头探出洞口，看到草地。从他的角度看向洞外，庭院四周的小土丘像山峦一样高大，基普霎时觉得自己十分渺小。

基普蹲下身，检查泥地，发现地上满是黑夜人的脚印，他在莫莉的房间看到过这样的脚印。他用手摸了一下洞壁，冰冷的泥土纷纷坠落，散发着浓烈的陈腐之味。这股气味令他想起了家乡的农场。突然，他看到了泥土里躺着什么东西。仔细一看才发现，竟是巨树的根须。基普继续扒开泥土，以便更好地观察这些根须。他发现这些根须是黑色的，十分纤细，扭曲而纠结，看起来病恹恹的。他想拿起根须的一端看看，然而当他的手指刚触碰到根须时，诡异的一幕发生了——

它动了！

基普吓了一大跳。他赶紧甩掉根须，稍作镇定后，又去摸了摸树根。这次，它又动了！那树根末端的小纤维迅速地缠住了他的指尖。他环顾四周，发现到处都是这种小根须，它们悄无声息地从泥土里伸了出来。这棵树以肉眼可见的速度生长着。"你是有生命的，你会动！"他轻声说。

突然，那根须收紧，紧紧勒住了基普的手指，他感到一阵剧痛。基普想抽出手摆脱根须，却被它紧缠不放。他加大力度猛力一抽，随着"哎呦"一声痛呼，他的手终于拔了出来。

一股狂风从头顶刮过。基普抬起头，发现枯叶和飘散的泥土正往洞内灌。他试图从洞里爬出去，风却将他吹倒，落叶和尘土涌了进来，将他整个人埋了起来。"救命！"基普大喊。但他知道，谁也听不见他的声音，莫莉和温莎一家都在屋里，伽利略也跑得不见了踪影。越来越多的细小根须从泥土中伸了出来，缠住了他的双腿、双手，勒住了他的脖子。

他尖叫着，拼命挣扎。然而，他的尖叫声被层层阻隔，小得可怜。他被泥土与落叶的重量压得无法动弹，整个人陷入了令人窒息的黑暗之中。

基普在黑暗中扭动着身体，忽然感觉一个硬硬的东西抵到了脸上——

那是他的拐杖！

那是他的"勇气"！

他拼尽全力，将右手挣脱出来，握住了拐杖。借着拐杖的支撑，他猛地向上挣扎，另一只手也挣扎了出来。他拄着拐杖，一点点往上挪，终于站了起来。

他的头从落叶中探了出来，终于呼吸到了新鲜空气。狂风拍打着他的脸，刺痛了他的眼睛，想把他重新吹进洞里。基普顶着狂风，将"勇气"举过头顶，横架在洞口，然后用那条健康的腿撑在泥壁上，用力将身体挪出了洞口。

终于，基普翻滚到了草地上，他大口喘着气，浑身发抖。风停了，树也不动了，一切又恢复了祥和的模样。他的四肢和脖子火辣辣地疼，就像刚刚在荆棘地里打了滚一样。

他坐起身，检查了一下刺痛的手指，用另一只手挤了挤，手指上竟有一个小小的红色针眼——

那是一滴血。

他将血吮吸干净。头顶的巨树，枝干虬结，彼此纠缠，像是一张黑色的网。他摇了摇头，心怦怦直跳，嘴里喃喃自语道："为什么会有人把房子盖在你的旁边呢？"

20. 绿门里的秘密

当天早上，莫莉回到大宅时，温莎夫人的态度令人诧异。她看起来有些不高兴，但并未发火。"莫莉！"她大叫着，差点儿一把抱住了莫莉，"我们到处都找不到你，我还担心你和你弟弟会不会……"她后退一步，勉强挤出笑容说，"我还担心你们是不是走了呢！"凭直觉，莫莉觉得温莎夫人担心的可不止这些。

"他们在星星底下睡觉！"佩妮大声宣布，"我们怎么就不可以呢？"

莫莉跪坐下来："要是那样的话，您漂亮的头发可就全毁啦，小姐！"

"没错！"温莎夫人顺着莫莉的话说道，她又特意盯着莫莉，"你们胆子也太大了！天黑后树林里可不是年轻姑娘能去的地方。"这句话让莫莉想起来这里的第一天，温莎夫人曾说过"这个宅子可不是你们能待的地方"。

温莎夫人也许早已注意到了莫莉脏兮兮的头发和破烂的裙子，不过她并没有提起，反而放了莫莉一天假，要莫莉好好休息。虽然很累，莫莉却不想休息。她害怕自己一闭上眼睛，那些关于爸妈的梦魇就会出现——也可能是更可怕的关于黑夜人的梦魇。

于是莫莉决定，在正式提出离职之前，把这座房子最后打扫一遍。她不知道自己和基普接下来会去哪里，她唯一知道的是：必须离开这里。

莫莉洗完头发，换上干净衣服，便开始擦洗门厅。她将沾满肥皂的刷子在地板上来回刷着，心里却想着帽子、脚印、黑夜人。她强迫自己忘掉这些可怕的记忆，想一些开心的事情——基普、爸妈、家……

"你到底还动不动呀？"一个声音从头顶传来。莫莉一抬头，看见佩妮正双手吊在楼梯栏杆上晃荡着，就像一只正愁找不到乐子的红毛猩猩。"我看过门厅里的大钟，你在那儿待了整整十一分钟了！"佩妮补充道。

莫莉将身子向后靠了靠，把一缕披散的头发别到耳朵后面。"我准是在做白日梦呢，小姐！"她解释说。

佩妮松开栏杆，像往常一样蹦下楼梯。"你为什么要刷地板？"她问道，"妈妈不是说了吗，今天你可以休息，好好去玩儿！"

莫莉耸了耸肩："那我选择刷地板玩啊，反正对您来说也没啥区别。"

"当然有区别！"佩妮两手叉腰，"我想要你跟我一起玩，给我讲故事。"

莫莉疲倦地叹了一口气，把刷子扔到桶里，在围裙上擦了擦手。"好吧！"说着，她拍了拍膝盖，"给您讲个故事吧！"

佩妮高兴地拍着手跑了过来。"是关于勇武金鸡^①的故事吗?"说着,她跳到莫莉膝盖上坐下,"我要听勇武金鸡的故事!"

莫莉双手搂住小女孩,轻轻摇晃着说:"我要讲的这个故事,是关于两个小孩子的。他们一个是弟弟,一个是姐姐,都长着耀眼的红头发。他们跟一个小女孩一起,住在一座大房子里。而那个小女孩,其实是一位隐姓埋名的小公主。"

"是我最喜欢的公主的故事!"佩妮叫嚷道,"另外,你确定这不是一座由食人魔守卫着的高塔吗?换成高塔吧!"

"不是高塔,只是一座房子。"莫莉将下巴轻轻抵在佩妮的头顶上,"姐弟俩负责伺候小公主,他们都非常喜欢小公主。但是有一天……"她深深吸了一口气,"有一天,这两个红头发的孩子必须离开这栋房子,再也不能回来了。他们很难过,心都要碎了,但又必须得走。"说着,她把佩妮搂得更紧,"从此以后,每个晚上,无论两个小孩儿走到哪里,他们都会抬头看月亮。因为他们知道,月光会照进房子里,照在小公主的身上。这样想着,他们就好像依然在一起,没有分离一样。"

佩妮伸长了脖子,想把莫莉看得更清楚些。

"这个故事真可怕!"她说。

---

① 勇武金鸡:勇武金鸡"强啼克利尔"(Chanticleer)源自英国作家乔叟所著《坎特伯雷故事集》中"女修道院教士的故事",讲述了骄傲自大的大公鸡强啼克利尔听信狐狸的吹捧,飘飘然中不慎被狐狸咬住脖子拖走,后凭借机智逃生,再也不敢自大的故事。1959 年凯迪克大奖作品《金嗓子和狐狸》也改编自此故事。

莫莉不由得垂下了眼睑："只是一个故事而已，小姐！"

"肯定不是一个故事！"佩妮挣脱莫莉站了起来，"你讲的是你和基普的事，你们就要走了！"

莫莉朝走廊里望去。她可不希望在正式通报温莎夫人之前，就将这消息闹得人尽皆知。"我什么时候说过我要走了……"

"你说了，就说了，就在刚刚那个故事里！你们要走了，把我一个人丢在这个又大又丑的房子里！"接着，小女孩又想起一件更加可怕的事，"你走了，谁来给我讲睡前故事？"

莫莉看着佩妮，不知该如何回答。"您已经长大了，"她说，"应该不需要睡前故事了。"

"才不是呢！长得再大都可以听故事，连上帝都喜欢听故事。这还是你说的！"佩妮气呼呼地瞪着莫莉，"你得向我保证，你永远也不会走！"

"佩妮小姐……"莫莉想要解释。

"你保证！"小女孩跺了跺脚，紧紧咬着嘴唇，急得都快要哭出来了。

看着眼前的情景，莫莉心都要碎了。她很想向佩妮保证，说她永远都不离开，永远跟小家伙在一起。但她知道，这样的保证没有任何意义，天下没有不散的筵席。她低着头，轻声说："我不能向您保证！"

"那你走好了！"她尖声叫道，"我自己给自己编故事！"她一脚踢翻了莫莉的水桶，走廊里顿时脏水四溅。

"佩妮，等一等！"莫莉在后面追着佩妮。

然而小女孩已经气冲冲地跑了。莫莉只好扶起水桶，开始擦拭地上的脏水。她真的不希望在这种不愉快的情况下离开佩妮。于是，她安慰自己：小女孩过一会儿就会回来，两人又会和好如初，在这一天剩下的时间全部用来讲食人魔和公主的故事。然而即使这样想着，莫莉也高兴不起来。她知道，再多的故事也改变不了眼前的现实，佩妮困在了一座可怕的庄园里。莫莉努力将这个念头从脑海里赶走，安慰自己，佩妮不会有事的。她有家，有家人。她的这一生都会衣食无忧，有吃不完的糖、戴不完的珠宝和数不清的故事书。

几个小时过去了，佩妮并没回来。莫莉继续干着活儿，却不时地到小女孩喜欢躲藏的地方看一看。她去厨房的储物间找，去楼梯壁橱找，还去阿利斯泰尔的床底找，甚至连餐用升降机里都找了一遍，还是没看到佩妮。

收拾书房时，莫莉终于听到了一声含糊的笑声。"佩妮小姐？"她喊了一声，期待着对方的回答。

但佩妮没有回答。过了一会儿，莫莉又听到了受惊的吸气声。她爬下梯子，来到走廊。"佩妮小姐？"她穿过大厅，一边走一边喊，"我知道是你！"

她听到有人在鼓掌，原来小女孩躲在三楼。她缓步向楼顶爬去。"出来吧，出来吧，不管你藏在哪儿。"她唱着来到了楼顶，继续寻找着小女孩。

突然她的背后传来了一阵笑声，莫莉吓了一跳，差点儿跌下楼梯。

原来笑声是从那扇绿色的小门里传来的。

这时，莫莉才发现，那扇小门并没完全关上。佩妮咯咯的笑声从门里传来。莫莉的一只手紧紧地抓着楼梯扶手，悄悄地朝那扇小门靠近。她等了很久，想亲眼看一看小门背后的情景。然而不知为什么，她很害怕，始终无法挪动脚步。

"万岁！"佩妮的叫声从里面传了出来。

莫莉不再迟疑，她一把抓住门把手，推开了那扇绿色的小门。

房间很小，里面空荡荡的。佩妮背对着莫莉，坐在地板上。她的膝头放着一本大书，上面画着五彩缤纷的图画。她翻到最后一页，发现是空白的。"不会就这样结束了吧！"她嚷着把书扔到了一边，"后面的故事还没有讲完呀！"

小女孩跳了起来，朝房间那头的墙壁冲去。那堵墙由巨树的树干组成，从地板一直通向天花板。这堵墙的中间有一个南瓜大小的洞。佩妮将两只手背在身后，对着树洞说："我还要一个故事！"莫莉有点儿摸不着头脑，难道这傻丫头在和树说话吗？

佩妮气恼地"哎呀"了一声。她踮起脚尖朝树洞里张望。"有人吗？"她朝着漆黑的树洞喊道。

莫莉蹲下来捡起佩妮扔掉的那本书，书名是《佩妮公主和食人魔护卫的高塔》。这本书看起来和她来温莎庄园的第一晚在佩妮房间里看到的那几本是同一系列。那时，佩妮还把书藏了起来，很神秘的样子。

莫莉翻开书，看着彩色的图画。画面上，一位戴着眼镜的黑发小女孩在一座满是怪物的高塔中战斗。与她并肩作战的还有两个人，一个男孩，一个女孩，都有着醒目的红头发。莫莉瞬间屏住了呼吸：原来书中也有她。

"佩妮小姐？"莫莉喊道。

小女孩猛然转过身，看见莫莉的瞬间，小脸都吓白了。"我……我……我，不是有意的！"她带着哭腔，一边说，一边离开了"树墙"。

莫莉小心地向佩妮走近了一步。她指着图画书里的自己，问佩妮："这本书是从哪儿来的？"

佩妮低下了头。"我只是想听故事——都怪你，你要离开了，没人陪我了，只剩阿利斯泰尔了！"她用脚尖不停地在地上蹭来蹭去，"这不公平。人人都可以用这个房间，凭什么我不可以？"

莫莉在小女孩面前蹲了下来，尽量用平和的语气说道："我发誓，我一点儿都没有生气。不过你得告诉我，这是个怎样的房间？"

小女孩叹了口气说："少儿不宜。"她说这话的语气，就像是已听人讲了无数次，"拜托你不要告诉妈妈和爸爸。"

显然，小女孩十分害怕惩罚，不会老实交代。不过，至少还有一样东西可以从她那里要过来。莫莉伸出手说："把房间钥匙给我！"

佩妮从口袋里掏出了钥匙，递给莫莉："我正要把钥匙还到妈妈的梳妆台里，我说的是真的。"

莫莉盯着手中的钥匙，感觉它像锚一样沉重。

佩妮隔着镜片，冲着莫莉眨巴着大眼睛："你……你会惩罚我吗？"

莫莉将书塞回佩妮的怀里。"这次就算了，你快出去吧！"说着，她伸出了一根手指，"对谁都不能说哦！"

佩妮长舒了一口气，也顾不上想莫莉这个要求是什么意思，二话不说就顺着走廊跑回了自己的房间。莫莉一个人站在这个奇怪的房间里，她曾无数次地设想过这扇绿色小门的后面究竟有什么。此时此刻，她就在门内。房间确实很小，只有一个杂物间那么大。墙上除了一扇破烂的小窗和那棵巨树之外，什么都没有。

莫莉盯着那个大树洞，它像一只巨大的黑眼睛一样盯着她。她想起之前佩妮好像冲这个树洞喊过话。她向前几步，一只手触摸着树洞边缘冰冷的树干。什么事也没有发生。她又探头朝洞里瞅了瞅，里面黑漆漆空荡荡的，散发着一股地窖的味道。

"有，有人吗？"她喊了一声。

巨树没有回答。

莫莉退后几步，觉得自己有点儿傻。这样一个树洞，能发生什么呢？至于那本书里怎么会画着自己，肯定也只是个巧合。其实红头发也挺常见，特别是在故事书里。

莫莉离开树洞，朝门口走去。她要趁温莎夫人发现之前把钥匙还回去。正要踏上走廊的时候，她忽然听到一阵轻微的响声——

那是浪涛拍击的声音。

莫莉松开了门把手，缓缓转过身。树洞里，前一刻还是空空的，此刻却蓄满了黑水。她靠近树洞，水溅湿了她脚边的地板。随着她一步步地靠近，一股家乡特有的咸味扑面而来。"海水。"她喃喃低语。

莫莉看着这个小水池，觉得它就像一片藏在树中的海洋。在这片海洋中，有一个白色的东西在移动。那东西向上，向上，然后静静地浮出了水面。原来是一个信封，封面上只写了两个字，沾着水渍，是手写的：

莫莉。

莫莉的心开始咚咚地狂跳起来。她偷偷看了一下四周，然后将目光又投向树洞。信封还在那里，等着她，召唤着她。她伸出颤抖的手，从水中取出信封。水不知何时已悄悄退去，树洞又变得空空荡荡了。莫莉看着手中的信封，这是一封写给她的信，信封很平整，因为在水中泡过，有些湿漉漉的，手感无比真实。她拆开信封，发现里面有一张对折过两下的纸。是一封信。

莫莉喘着粗气展开了信纸，盯着开头那行熟悉而潦草的字迹：

致我们最亲爱的莫莉和最宝贝的基普……

莫莉紧紧攥着信纸，生怕眨一下眼，上面的字迹就会消失。

她认识这个笔迹。

这是妈妈写来的信。

第二章
追 寻

黑夜人没有搭理，继续前行。
在灯笼的照耀下，莫莉看见了他的脸，
顿时吓得说不出话。

21. 特别的投递

基普将手中的许愿扣高高抛起，然后接住。

"能再念一遍吗？"他问。

"我觉得念三遍已经足够了！"莫莉回答，"现在我的嗓子比伽利略还嘶哑。"

基普咧着嘴笑起来，姐姐那句拙劣的笑话也没能破坏他的好心情。他定定地看着莫莉手里的信，信纸很厚实，上面有海水和海风侵蚀的痕迹。它来自世界的另一头，是爸妈寄来的。

姐弟俩一起坐在马厩的顶棚上，两人的腿都吊在屋檐上晃荡着。夕阳下，整个山谷都像被镀上了一层金色。起初，基普以为这是莫莉要的把戏，以为是她为了安抚自己而造的一封假信。直到他看到信上的笔迹时，便不再怀疑。尽管他不识字，但是他却能清楚地认出妈妈的字迹，就像他能分辨出哪一碗是妈妈做的饭菜，哪一只袜子是妈妈织补的一样。信上用淡蓝色的墨水写道：

致我们最亲爱的莫莉和最宝贝的基普：

收到你们的来信，你们的爸爸和我都万分欢喜。看来，你们两个有了很棒的冒险经历呢！我们也经历了许多冒险。船翻了以后，你们的爸爸用酒桶做了一只小筏子。我们找了一只船桨做桅杆，用海草编成船帆。我们给这艘小船取名为"基普与莫莉号"。无论风平浪静还是狂风暴雨，它都载着我们安全地航行，一直来到了白雪飘飘的北方。我们在那儿遇见了一支爱斯基摩商队，他们坐的小船上画着一头鲸鱼！知道我们是说英文的老外后，爱斯基摩人对我们很友善。他们邀请我们上了船，还请我们喝了一碗热气腾腾的北海巨妖[①]汤。那汤的味道鲜美极了，我和你们的爸爸从未喝过这么美味的汤。我们拿到了熬汤的食谱，等咱们一家团聚的时候，熬一锅给你俩尝尝。在此之前，你俩要记得互相扶持，不要惹事（说的就是你，基普！）。我们很快会再写信过来。不管发生什么，一定要在这里等我们。

保重！要勇敢！

爸妈即日

基普闭上眼睛，仿佛看见了妈妈一边写信，一边念叨着信中内容的模样。他还能想象出爸爸站在妈妈身后看着她写信的样子。爸爸在见到妈妈写到他们遇到麻烦时，便会哈哈大笑。

想到这儿，基普不禁也笑了起来。他睁开双眼，长长地舒了一口气。这股气已经在他胸中郁结了太久太久。

他看着莫莉小心地把信叠好，放回信封。"这封信什么时候收到的？"他问，"这几个星期我天天都在那条路上等着，并没

---

① 北海巨妖：克拉肯（Kraken）是北欧神话中游弋于挪威和冰岛近海的海怪，有巨大的触手，会把船只拖入海底，象征着海之怒。

看到邮递员来过呀！"

"很难跟你解释……"莫莉沉默了一会儿，"这么说吧，这是通过特殊途径投递过来的。"

基普不喜欢莫莉这种神神秘秘的样子。但信究竟怎么来的，似乎已经不重要了。重要的是他的爸妈还在世，这封信就是很好的证明。他们会来找姐弟俩。他将许愿扣在手指间翻来翻去。"现在我知道他们一切安好了。"他说，"我也不用天天在桥头等着他们的信了。"

莫莉笑了起来，情不自禁地揉了揉弟弟的头发。"很高兴听你这么说。"

随即，基普想起了一件事。他的注意力都在爸妈的来信上面，差点儿忘记了巨树的事情。于是他说道："你在屋里做家务的时候，我去打探了一下昨晚黑夜人挖的那个洞。"

"什么？"莫莉一脸的担忧和不安。

"不用担心，我非常小心。"基普眺望着草坪，"我看见巨树的根……居然是活的，我亲眼看见它像黑虫子一样从泥巴里钻出来，显得很饥渴，却不是要吸水。"他伸出手指，将指尖被巨树戳破的红点给莫莉看。

"怎么了，就是破了点皮嘛！"莫莉也没仔细看，"在石头上磨破的吧？"

基普抽回手，他想起在林子里找到伽利略时的情景。那时，有黑色的树根缠绕在马腿上。"我觉得这里没有什么酸木林。"

他说，"这里就只有这一棵树。它长着黑色的树根，一直延伸到河边。我试过在树底下种花，可是没有一株存活下来，我觉得是树根的原因。"他看着莫莉，意味深长地说，"这种树根，同样也长在房子里，你的房间就有。"

"基普，这只是一棵树！"莫莉提高声调，"要是你不喜欢，离它远点儿就好了。刚来的时候温莎夫人不就说过了吗！"

基普坐起身来，质问道："你是不是也觉得，夫人不知道这件事？"

"我是这样想的：要是她发现你带着工具在她视为宝贝的树旁边转悠，那后果可不仅仅是磨破了手指那么简单。"她神色慌张，好像不知道该说什么，"这棵树只是长得比较丑而已，不要说得这么邪门。"

"但是它不仅仅是长得丑啊！难道你忘了昨晚看到了什么吗？"他回头望了望，"我还记得，我还记得那阵风、那个人，我还记得那个水壶。最重要的是，我还记得你就站在我旁边，像我一样，吓得发抖。"说到这儿，基普不由自主地打了一个寒战，"温莎一家人要住在这里，那是他们的事，但是我们必须得走，越快越好。"

听了基普的话，莫莉扭头看向了别处。

"我们马上就走，对不对？"基普说，"我们说好了啊！"

莫莉盯着基普看了好一会儿，满眼忧虑地说："我是说过这些话，但那是以前的事了。"她举起那封信说，"要是我们走了……可能再也收不到爸妈的消息了。"

"当然可以收到！"基普说，"我们去了哪儿，再写信告诉他们呀！"

"不一定……他们很可能收不到我们的信了！说不定会寄丢，也说不定——谁知道呢？爸妈也是这么说的。"她把信从信封里抽了出来，指着最下面的那行字，念道，"不管发生什么，一定要在这里等我们。"

基普看着那行字，说："我知道他们是这么说的。但是他们不知道——"

"他们知道！"莫莉打断了他的话，"你还记得吗？我们上一封信里已经写了关于黑夜人的事。他们读完了信，依然要我们在这里等，那我们就应该在这里等。"

基普转过身，小脸涨得通红："那就是没得商量啰！"

莫莉将手轻轻搭在基普的肩上。"基普，我知道你很害怕。我也很害怕！但是你得相信我，相信爸妈。"莫莉的声音和缓下来，"想要收到爸妈的信，唯一的办法就是待在这里。"

基普长长地呼了一口气，想要把胸中的烦闷全吐出来。他知道待在这个地方非常危险，但不知道为什么，姐姐却意识不到这点。他看着山谷中沿着山脊起伏的树林，在落日的辉映下，呈现出金色、红色、深紫色的暖意。他眨眨眼，又一次想起爸妈，心想，他们在遥远的地方，也正看着同样的落日！"那就再多等几天吧！"他说，"看看是否还能收到信。"

"谢谢你，基普！"莫莉一把将弟弟搂在怀里。基普也回应了莫莉一个紧紧的拥抱。他感受到莫莉的身体在颤抖，知道她在默默地哭泣。以前一直都是姐姐在尽力保护自己，而现在，基普忽然觉得，该是自己保护姐姐的时候了。"你想再念一遍爸妈的信吗？"他问。

莫莉直起身，擦擦眼睛，点了点头："那就再念一遍吧！"

22. 糖

接下来的两个星期，莫莉兴奋地期盼着，从最初只有一封信，很快就变成了四封信。不知不觉，莫莉开始隔三岔五收到爸妈的来信。一直以来，她以为自己和基普无依无靠，但这些信却给了她新的希望。

"阿利斯泰尔少爷？"莫莉胳膊下夹着一摞床单和被罩，大声喊道，"我来给您换床单了！"

没有人回答，莫莉用肩膀推开门。除了换床单和倒便盆，她一般都会尽量避免踏进阿利斯泰尔的房间，因为他的房间里总是弥漫着浓浓的腋臭味和臭脚丫味。她打开窗户，刚打算在窗前稍微休息一下，却一眼看到弟弟正在马厩外面往独轮手推车里装东西。她回到床前，掀开阿利斯泰尔的被子，发现床上乱七八糟的全是太妃糖的糖纸和糖渣，还有许多巧克力渣和枯叶。她翻了个白眼，要知道想洗掉上面的污渍，起码得花两倍的时间。

莫莉换下床单，心里盼着能在羽毛床垫上坐一会儿，休息一下。她坐到床边，打了个哈欠。最近的家务活太多，她累得够呛。她需要暂时从工作和各种让人心烦意乱的事情中摆脱出来，转移一下注意力。她伸手从围裙口袋里摸出一叠爸妈的来信，信封都已磨破了。

信上说，他们被台风困住了，大风的漩涡把他们吸了进去，然后直接穿越了地球，从南方海洋的火山口被喷了出来。她看着描述火山的字句笑了起来，知道这多半是老爸的手笔。在莫莉看来，他就是那种出门找一盒火柴，回家就能活灵活现地给你讲这盒火柴是怎么从魔鬼口袋里骗过来的那种人。

莫莉一直不知道，该不该相信这些信的内容。起初，她非常害怕是有人在恶作剧。但当她看到一封又一封的来信全是妈妈的笔迹时，她又渐渐相信这些信是真的了。当然，它们的出现方式不同寻常，但是不同寻常毕竟不能等同于冒牌货。基普对巨树十分畏惧，因此莫莉并没有告诉他关于树洞的事情。她只知道，这是一棵有魔力的树。不是故事书里的那种魔法，而是真正的魔力。真正有魔力的东西当然会让人觉得害怕。

莫莉想通过巨树来给自己的爸妈寄信，但每次她想通过树洞寄信时，总会刮起一阵风，把她的信从树洞里吹出来。这棵树似乎会为每个人实现愿望：给温莎老爷钱财，给温莎夫人珠宝，给佩妮故事书，给阿利斯泰尔许许多多的糖果。莫莉朝小少爷敞开的衣橱看了看，发现衣橱地板上堆满了糖豆、巧克力棒、甘草圈和薄荷条，分门别类，码得整整齐齐。她盯着这些糖，心里琢磨着吃到嘴里会是什么味道。

身后的门开了，阿利斯泰尔站在门口，他手里攥着一只崭新的纸袋。莫莉站起身，把信件塞回围裙口袋里。"我刚刚换了床单。"她说。

阿利斯泰尔看了看她，又看了看衣橱。"你拿我的糖了吗？"他冲到糖堆前，盘腿坐了下来，"我每天早上都会数一遍的哦。"

"我真没想到，你的算术这么好！"莫莉嘟嚷着开始收拾换下来的脏床单。

阿利斯泰尔没有吭声，他忙着鉴定自己的糖是否被偷盗。他打开褐色的纸袋，稀里哗啦倒出一堆像是花生糖一类的东西，又重新一点一点地码放着。最近几周，他吹气球似的胖了一圈。莫莉觉得，要不了多久，自己的工作里肯定要多加一项，那就是帮小少爷缝补撑破的衣服。她想起关于那棵树的事情，自己还从未跟人谈起过，这会儿，她倒觉得是个可以好好聊一聊的机会。"我能问你一件事吗？"她把手臂抱在胸前问，"我知道你是从哪儿拿到这些糖的——为什么你这么喜欢糖？"

阿利斯泰尔眯起眼睛，怀疑莫莉是在嘲弄自己。他耸了耸肩，说："我一过去，它们就已经在那儿等着我了。"

莫莉点了点头，她知道，巨树一定是通过什么办法知道了他最想要的是糖，就像知道她最想收到爸妈的来信一样。

阿利斯泰尔在口袋里掏了掏，摸出来一块红色的软糖，然后站起身，递给莫莉："想要来一块吗？"

莫莉还从没吃过软糖。握在阿利斯泰尔苍白手心里的软糖，看起来软软的、黏黏的，非常美味的样子。"你要给我吃吗？"她问。

"不给！"阿利斯泰尔欢快地把糖扔进了嘴里，吧唧吧唧大嚼起来，"要是你非常非常想要糖，大树会给你的。"

莫莉摇了摇头："我实在是忍不住替你感到难过。"

阿利斯泰尔不屑地哼了一声："你？替我难过？"

"世界上有那么多愿望，你能想到的却只是填肚子。"她转身朝门口走去，却被阿利斯泰尔拦住了。

"不是这样的！"阿利斯泰尔说。

莫莉偏了偏头："是吗？那是怎样的呢？"

阿利斯泰尔把手插进口袋里。"我小的时候，佩妮还没出生的时候，父亲常带我去城里的糖果店，'想吃什么就拿什么。'他总是这么说。我们一起看遍了各种糖果，我总是不知道该选哪个。我不想让人觉得我贪嘴，我想要他为我骄傲，所以即使心里想要很多糖，最后我总是只选一小颗糖，要么是一根棒棒糖，要么是一小块软糖。我把那一小颗糖带回家，留着，一个星期都不吃，有时甚至会保留很长的时间。"他又从口袋里掏出一颗软糖，这回是黄色的，被他夹在手指上搓来搓去，"后来我们家变卖了家产，从城里搬了出来，我就发现我小时候真是傻，那时候真该多要点糖。后来父亲再也没带我去过糖果店了。"他把软糖塞进嘴里，大嚼起来。

莫莉不禁对阿利斯泰尔生出一丝同情，她没想到阿利斯泰尔渴求糖果原来只是为了弥补内心的缺失。但她又觉得这种缺失只是简单地转变为暴饮暴食，似乎又不值得同情。"还有许多

孩子，他们经历的事情，比起没有糖果吃要凄惨得多。"她缓缓地说道。

阿利斯泰尔挪了挪身体，抿紧了嘴巴。"你以为你就比我们好？你那些神秘兮兮的信是怎么回事？"他反问道。莫莉不由得倒抽了一口凉气。阿利斯泰尔得意扬扬地说，"你的事，我全都知道。我看见你在我的窗外给基普读那些信。"

莫莉用手护着围裙的口袋激动地说："这些信不关你的事！你以后不许再提这件事。"

阿利斯泰尔似乎察觉到了什么。"看来，你弟弟并不知道这些信是从哪儿来的吧？"他说着，凑近了莫莉，嚼糖的吧唧声传到莫莉的耳朵里。"要是有人告诉他呢？你会不会很生气？"他说。

莫莉紧紧抓着手里的脏床单，心怦怦地跳着。她做了一个深呼吸，努力挤出一丝笑容。"你想说就说吧，少爷！"她朝阿利斯泰尔逼近一步，盯着他的黑眼珠，说，"不过，我倒是要提醒你：惹火一个天天帮你倒便盆的人可是很危险的。我可能会不小心弄洒了，就洒在你那些宝贝糖果上面。"

阿利斯泰尔的脸顿时僵住了："你敢！"

莫莉耸了耸肩："那可说不定哦！说不定我已经这么干过了，只是忘了跟你说。"她凑近阿利斯泰尔，又悄声说道，"那块软糖吃起来味道如何？"

阿利斯泰尔张着嘴，大惊失色。其实莫莉什么也没干，但她的话却让他不敢轻举妄动。

"我回去干活了！"莫莉举了举手里的脏床单，"跟你聊天很开心。"

她转过身，趁着阿利斯泰尔发现她满脸的笑意前，离开了房间。

23. 克劳奇医生

星期二，邮差终于来到温莎庄园了。基普远远地看见他，就直冲到了桥上，上气不接下气地问："有特别信件吗？"

"我就没听说过有不特别的信件，把这封信交给你家女主人吧！"邮差递给基普一封信，就骑着马，头也不回地走了。

这封信并不特别，不是爸妈寄来的，而是温莎老爷写的。他在信中说，他聘请了一位医生给全家做体检，并要基普第二天早上去村里把医生接过来。温莎家的孩子们觉得这是个坏消息，不断嚷嚷说自己身体好得很，不需要医生来看。基普却非常兴奋，他还从来没见过真正的医生呢！

第二天早饭后，基普进村见到了医生。"马车送温莎老爷进城了，还没有回来。"他说着，快步跑到一旁，"您只能坐我这辆拉货的四轮车了。"

"没关系！"胖胖的医生说着，爬上了基普的车斗，"我比较喜欢观察大自然，可以借这个机会好好观察一下这里的动植物。"他从兜里掏出一块手绢，里面包着一片叶子。"看看这个标本，这是我今天早上出城的时候发现的。你看这个轮廓，看见没，肯定是史前物种！"

基普看了看这片叶子，觉得很普通，没什么特别。"真了不起，先生！"说完，他喝了一声"驾——"，便牵着马儿上路了。

"了不起……极有可能还未命名呢！"医生把树叶包好，揣回了兜里，"还不清楚这些草本植物有多大的药用价值。等下次来的时候，从我的实验室里带一些设备来做一些测试。"医生穿着深蓝色的外套，戴着白色的手套和一顶高高的黑帽子，膝头放着一只黑色的皮包，侧面用华贵的金色字体写着：

伊齐基尔①·克劳奇

M.D.②，PH.D.③，ESQ.④，ETC.⑤

每个字母基普都认识，但连起来他就搞不懂了。他猜这些字母合在一起就是医生的全名。一个人有那么长的名字，也真是够怪的。"很抱歉！道路很颠簸，让您受罪了！"基普小声地说，"现在走这'根'路的人还不太多。"这句话是海斯特·凯特尔曾经说过的，基普很喜欢。

医生举起一根手指摇了摇，纠正道："现在走这'条'路的人还不太多。"医生一定是看到了基普满脸窘迫的表情，于是笑着安慰道，"没什么大不了的，与其要我指望爱尔兰人懂语法，还不如让我期待狒狒懂得餐桌礼仪。"医生轻声笑起来，"那些比我聪明的人尝试过教化你们这个种族，要我说，真是收效甚微。"

---

① 伊齐基尔（Ezekiel）：犹太姓氏，来源于希伯来语教名。

② M.D.：意为"医学博士"（Doctor of Medicine）。

③ PH.D.：意为"哲学博士"（Philosophiae Doctor）。

④ ESQ.：esquire 的缩写，旧指"骑士，绅士"，后用于尊称"先生"。

⑤ ETC.：拉丁语 et cetera 的缩写，意为"以及诸如此类，以及其他，等等"。

基普有种两颊涨红的感觉。这些英格兰人，尤其是有钱的英格兰人常常这么说。要是莫莉在这里，一定会据理力争，严词反驳。但是基普却什么也没说。他知道不能得罪这个人，所以他闭紧了嘴巴，专心看着脚下的路。

基普一直认为医生和巫师差不多，都是凭借道具和书本，从死神的手中救人。克劳奇医生的年龄符合巫师的设定，但他没有巫师那样的长胡子，他只是蓄着浓密的络腮胡，雪白的胡须修得像奶酪块一样。"当医生一定很辛苦吧！"基普主动问道，"见到那些病人的时候，肯定会觉得难过。"

"嗯？"克劳奇医生正在看书，闻言抬起了头，"噢，是啊……我想，对那些容易情绪化的人，比如妇女和孩子来说，是挺难的。但是我看到病人的时候，却浑身都是劲。"他"啪"地合上书本，转向基普。

他的体重将马车带得偏了道，基普用力拽着才让马车回到了主道。"我们正处在医学大发展的时代，过去的每一天都有新的疾病被人类所发现。而我，就是这些发现者中的一员！"

"疾病？"基普说，"这就是老爷请您来的原因吧？"他想到温莎一家苍白的面容、单薄的身材和萎靡的精神状态。自从住进来以后，他眼睁睁地看着这家人从脸色苍白，渐渐变得面无人色。他又想到住在大宅子里的姐姐莫莉，相比之下，她的身体状况应该稍微好一些吧？

"噢，没那么严重，我猜只是有人发烧而已。温莎老弟总喜欢紧张过度，可不要对人讲这是我说的。"医生说。

听了这话，基普意识到这位医生一定是温莎家还住在城里的时候，就跟他们熟识的。回到温莎庄园后，他的猜测得到了证实。

"天哪！"医生看着房子和草坪，低声说，"听说温莎老弟落难了，但这也……"

"其实也没那么糟！"基普嘀咕道。他花了好几周的时间打理这片草坪，听医生这么说，他觉得很挫败。他抖一抖缰绳，马车轮子便骨碌碌转着碾过了桥。他的手心直冒汗，心里憋着一句话，却不知道怎么说。马车离温莎庄园越来越近，这意味着基普很快就没有单独和医生说话的机会了。

"快问呀！"基普对自己说。但等到他终于鼓足了勇气，却已经到了大门口。

克劳奇医生掏出怀表看了看时间。"真见鬼——早茶时间都得用来工作了。"他把书装进皮包，笨手笨脚地爬下马车，"不用把马牵回马厩，最多一个小时就能看完。"他又摸了摸口袋，继续说，"呃，给你添麻烦了，这个拿去吧！"说完，他递过来两个铜板。

基普盯着铜币，却没有接。心里催促着，快问呀！"您太客气了，先生！"基普紧张极了，"我不要钱，只想向您请教一个问题。"

医生放下手，从眼镜边框的上面望向基普。"这个问题……

是跟你的左腿有关的吧？"

基普惊讶地看着他："您怎么知道？"

"很少有事情能瞒过我的眼睛。"他用手点了点自己的眼睛，"之前在村里时，你没来帮我拎包，我就开始怀疑了。这一路上，我看你把腿塞在座凳下面，一直没动过。还有，你的那根拐棍也说明了一切。"

基普从长凳下面抽出"勇气"。"我一生下来就是瘸腿。"即使知道这不是自己的错，基普依然觉得羞愧不已。

"那好吧！"医生不耐烦地叹了一口气，脱下了手套，"那我们来看一看吧！"

"好的，先生！谢谢您，先生！"基普夹起拐杖，爬下了马车，一瘸一拐地朝医生走去。

"坐这里！"医生指着门前的台阶说。

基普坐好，伸出那条瘸腿。医生挽起他的裤管，他的腿便露了出来。基普的大腿和小腿的腿肚子上几乎没有肌肉，腿骨向内弯曲，膝盖骨歪向一边，就像在阳光下熔化了似的。他腿上的皮肤白得发亮，却布满了丑陋的红色疤痕，那是无数次的摔倒造成的。

"噢，天哪！"医生双手捧着这条腿说道。

基普把头转到一边，感到一阵恶心。他无法直视自己这条腿，一想到别人也在看，更加接受不了。"我在城里见过那种广告。"他对医生说。这时，医生在他的腿上戳戳点点，疼得他直皱眉。

"有位医生，他有那种特制的钢架子，装上去腿就能治好。您觉得那种架子对我有用吗？"他问。

医生放开了基普的左腿，微笑中带着遗憾。基普立刻就明白了。"恐怕用处不大。外面有很多趁火打劫的人，他们说什么包治百病，说得天花乱坠，完全无视科学。用钢架子治瘸腿，就像让你长翅膀一样不可能。"

基普把裤腿放了下去，他觉得喉咙堵得慌。"请原谅我说的那些话……"

"噢，振作一点！"医生站起来，叹了一口气，拿起皮包，"人人都有各自的苦楚。我右脚趾上有个囊肿，一热就肿。到了夏天，鞋都穿不进去。但是我从不抱怨。"他抬了抬帽子对基普行了个礼，"再次感谢你！"他拉响了门铃。

基普把拐杖夹在胳膊下架好，一瘸一拐地回去干活了。他的脑子里回荡着一个词：

瘸子。

24. 手冷心热

客厅里，莫莉站在橱柜旁，把一锅清汤寡水的炖菜分到三个碗里。温莎老爷还没有回来，这意味着她连去村里的小卖部购买日常生活用品的钱都没有。已经一连三个晚上吃炖菜了，而且分量一天比一天少。温莎夫人坐在桌尾，心不在焉地把玩着指尖上的戒指，呆呆地看着属于丈夫的那张空椅子。阿利斯泰尔和佩妮分别坐在母亲左右两边吵着架，不知道是为了什么，不过，莫莉对此并不关心。

"需要再来点儿酒吗，夫人？"莫莉从橱柜上拿过酒瓶，帮女主人斟上。女主人伸手拿时，不小心碰到了莫莉的胳膊。"噢！"莫莉尖叫一声，不由得后退了一步。

玻璃杯倒了，红色的酒洒到了桌布上。"你到底怎么回事？"温莎夫人大叫着迅速后退，避免酒溅到她的裙子上。

"请原谅，夫人！"莫莉一边收拾一边说，"可能是我太紧张了。"她瞥了一眼女主人苍白的手。温莎夫人的皮肤看上去白得像个死人一样。莫莉决定今晚让基普多砍点儿柴火回来，把温莎夫人房间的炉火升起来。已经是晚春时节，大部分人都不会想到烤火，但她觉得女主人应该不会拒绝。

门厅里传来开门的声音。"夫人？孩子们？"是温莎老爷的声音，"我回来了！"

"我们在这里，先生！"莫莉一边高声回应，一边赶忙给温莎老爷布置了一个座位。温莎家的汤碗已经没有了，她只得端着大铁锅，匆匆往男主人的碗里舀了几勺，然后把碗和汤勺摆在了温莎老爷的座位面前。

"啊，美餐！"温莎老爷出现在走廊里，胳膊上搭着外套，手里拿着帽子。见到他的模样，莫莉非常惊讶。温莎老爷在城里度过的这段时间，显然对他起了不小的作用，他面颊红润，黑发中竟出现了金棕色的发丝，整个人精神焕发，看起来年轻了不少。

他朝着佩妮和阿利斯泰尔张开了双臂："我亲爱的孩子们，我真是太想你们了！"他原以为孩子们会迫不及待地扑进他的怀抱，结果显然令他失望了。

"你给我们带东西回来了吗？"阿利斯泰尔问。

温莎老爷把身上的口袋都摸了一遍，假装哭丧着脸说："噢，天哪，恐怕我真是忘了……"忽而又把脸一扬，说，"哈！看这是什么！"他从衣服下变出两个袋子，动作夸张地举在手里。两个孩子飞快地从座位上跃起，跑到温莎老爷面前抢礼物。温莎老爷慈爱地看着他俩在饭厅里追着跑，并没有阻止。

莫莉接过男主人的帽子和外套。"欢迎您回来，老爷！"

温莎老爷转向妻子。温莎夫人对他却是爱理不理。"我这趟进城收获不小呢，亲爱的！当然，还不能说已经是板上钉钉了，但只要一开市，我们这次机会还是很大的。"

"这句话听起来可真是耳熟。"温莎夫人看着面前的酒杯，嘲讽地说。

温莎老爷走上前，轻轻挨着妻子的肩膀。"我也给你带了礼物。"他从西装背心口袋里摸出一个小瓶子，瓶口的形状很像一个花苞。"这可是从科隆①带过来的。我知道难以弥补，但是……"他突然住了口，因为妻子转身面对着他，"噢，夫人，你该不会是……"他死死盯着妻子手指上的戒指。

莫莉站在橱柜旁仔细观察着男主人的神色。见到戒指后，他是担心，还是伤心，或是二者皆有，莫莉也说不清楚。

温莎夫人看了一眼丈夫手里的礼物。"香水？这是用来掩盖你我都不愿提及的恶臭的吧！"她直截了当地说，"真是谢谢了！"

"我只……只……只是想……"温莎老爷把小瓶子塞回口袋，"我知道，比起你失去的东西来说，这个根本无法弥补。"

"你究竟想弥补什么，亲爱的？"温莎夫人盯着苍白的手指上戴着的戒指，"你也看见了，我什么也没失去。"霎时间，莫莉好像明白了女主人为何只向巨树要了这么一枚戒指。这枚戒指一定代表着两人之间某种重要的联系。她故意让丈夫看见这枚戒指仍然在她手指上。

如果她只是想出一口恶气，那么这个目的已经达到了。温莎老爷叹了口气，坐回餐桌旁。莫莉看到，此时的男主人就像

①科隆（Cologne）：欧洲香水发源地之一，也是著名的香水产地。

泄气的皮球，肩膀耷拉下去，脸颊也凹陷下去，连头发都塌了下去。温莎夫人看着丈夫，脸上现出一副凉薄而满意的表情。她喝完杯子里的酒，示意莫莉再来一杯。

莫莉捧起酒瓶，重重地放到桌子上，然后特意冲着温莎老爷说："先生，我觉得您的礼物真漂亮！"说完，她就快步冲回了厨房。

原本以为温莎夫人会跟上来责骂她，但是女主人并没有这么做。这样也好，不然莫莉也不知道自己能不能管住自己的嘴巴。她一边洗刷餐具，一边在心里骂着温莎夫人。

"手冷心热。"这是莫莉的妈妈常挂在嘴边的一句话。意思是一些表面看起来很冷酷的人，其实心地是很好的。莫莉觉得这句话根本不适用于温莎夫人。她的手岂止是冷，简直像冰块一样，而且她的心肠也并不热。温莎老爷见到太太手上的戒指，明显很不高兴。怎么高兴得起来？他在外面奔波劳碌赚钱养家，太太却只关心漂亮的珠宝首饰。

不过，即使这样想，莫莉也明白这种看法对温莎夫人并不公平。她常常看见温莎夫人站在窗前或花园里，呆呆地盯着这颗冷冰冰的蓝色宝石，脸上满是渴望的表情。莫莉曾亲眼看见女主人后来多次进了那间树屋，按理来说，温莎夫人肯定是希望获得一条项链或耳环来配这枚戒指。然而，莫莉却始终没看见其他的首饰出现在温莎夫人身上。

莫莉摸了摸口袋里的那沓信，心想，不知道爸妈的信什么时候来。房子里有那么多人，很难悄悄溜进树屋。正因如此，她从不放过任何一个可以溜进树屋的机会。这会儿，佩妮和阿利斯泰尔正在后花园里玩闹。莫莉听到餐用升降机里有声音传来，这说明温莎老爷和温莎夫人正在起居室里吵架。她擦干双手，快步跑出厨房。

第一步是拿到钥匙。钥匙被放在了温莎夫人梳妆台的某个抽屉里。莫莉来到卧室，连门都没顾得上关。她拉开梳妆台顶层的抽屉，里面放着一堆丝巾，还有一只黑漆的珠宝箱。这只华丽的小箱子原本是温莎夫人梳妆台里的主角，现在既然里面已经没有珠宝了，便失去了女主人的关注。那把钥匙就藏在珠宝箱背后的抽屉衬垫里。

莫莉抓起钥匙，尽量不去触碰抽屉里的其他东西。正当她打算关上抽屉时，她的手却碰上了珠宝箱。箱子是放在一堆丝巾上的，一碰就倒，还发出了稀里哗啦的声音。

莫莉愣愣地看着珠宝箱。她原本以为箱子是空的，现在看来并非如此。也许温莎夫人真的得到了其他的珠宝，只是没有拿出来而已。莫莉伸手轻轻掀开了珠宝箱的盖子，发现里面装了好多戒指，每一枚戒指上都镶嵌着一颗淡蓝色的宝石，全都跟温莎夫人手上戴的戒指一模一样。

"你能想象出这幅景象吗？"一个声音在她背后响起，"发现家里的下人在乱翻主人的私人物品。"

莫莉吓得甩开了手，猛地转过身。温莎夫人正站在门口，两眼通红。一看便知，她要么是喝过酒，要么就是哭过，再或者，二者兼有。

"对不起！"莫莉一边说一边将钥匙偷偷放进口袋，"我只是……我觉得这个箱子可能需要擦擦灰。"随后又补充道，"我只是好奇，并没有其他的想法。"

女主人挑了挑眉。"那就打开吧！"她往前走了一步，"满足一下你的好奇心。"

虽然感觉是个陷阱，但莫莉还是照做了。她打开盖子，发现里面的戒指大约有六七枚，全都镶嵌着淡蓝色的宝石。"全都是一样的吗，夫人？"她问。

"差不多吧！只是指环越来越小。"莫莉感觉到温莎夫人站到了自己身后，"都很漂亮吧？"

莫莉看着在暗影中闪闪发亮的宝石。"是很漂亮，但是——"她闭上了嘴，免得说出一些不该说的话。

"想说什么就说！"女主人说，"与其这么怒气冲冲地瞪着我，不如痛痛快快地说出来。"

莫莉叹了口气。她盯着女主人，再也忍不住了。"您的家已经没钱买吃的，没钱买炭，没钱买衣服了，您却心心念念的都是您的钻戒，就像所罗门王 ① 一样。"

"钻戒？"温莎夫人唇角泛起一丝笑意，"你觉得这些是钻

---

① 所罗门王（King Solomon）：古代以色列联合王国第三任国王，犹太民族历史上最伟大的君王，以智慧和财富著称。晚年挥霍无度，奢靡成风，致使国家每况愈下。

戒？"她伸出手来，将手指上的戒指展示给莫莉看，"你觉得这上面是钻石？"

莫莉嘴唇紧闭，脸涨得通红，心想：天啊！我怎么可能分得清这些珠宝的种类？

"你觉得我很坏，很爱慕虚荣，对不对？"女主人注视着手指上的宝石，"这个所谓的钻石，其实是石英石，指环不是银制的，是镍做的。换成其他像我这种身份地位的女人，光是想想在人前戴这种戒指就会感到羞耻。"

"但您不是？"莫莉问。

"但我不是！"温莎夫人微微一笑，目光仍然落在戒指上。她不知是叹了一口气还是颤抖了一下，莫莉分辨不出来。"我遇到伯特南——我遇到温莎老爷的时候，他只是一个小小的书记员，没有家世，没有头衔，也没有财产。跟我门不当户不对。"

莫莉双手环抱在胸前，说："这么说，您是位大家闺秀。"

"我并不是在博取同情，"温莎夫人说，"我只是觉得，你也许能理解失去家庭的痛苦。"她别有深意地看了莫莉一眼，"我不顾全家的反对，嫁给了温莎老爷。我家里人知道后，把我逐出了家门，剥夺了我的继承权，从此不再管我。在我们的结婚典礼上，他送了这枚戒指给我。对他而言，这枚戒指就是他的全部财产。但是对我来说，这枚戒指远不止它的价值那么简单，它承载了我更多的情感，甚至我的全部。"女主人把戒指在手指上转了转，她的手指纤细，戒指戴在她手上很宽松。"直到现在，每次我戴上它，就能想起当时的他，想起我们两人携手走过的那些岁月。"

女主人深深吐了一口气，声音有些发颤："我知道你对这栋房子有些看法，"她环视着四面墙，仿佛这些墙随时都会坍塌一样，"但是，请不要对我们的生活妄加揣测。"

莫莉静静地看着女主人，她想起几个星期前在马道旁看到的那一幕。温莎老爷夺走了妻子手上的戒指，拿去典当换了钱，用这钱偿还了自己欠下的债务。一阵罪恶感朝她袭来。"但是，您为什么要那么多戒指呢？"她指着珠宝箱问。

温莎夫人深吸一口气，又慢慢吐了出来。屋外的光照射在走廊上，透过这光照，莫莉似乎看见了女主人呼出的气体。"尽管我一心想要留住曾经的美好时光，可惜，我发现它们再也回不来了！"她抬起戴着戒指的那只手，伸开细长的手指。指环滑过她的指关节，掉到地板上，发出"叮"的一声闷响。

"戴不了了吗？"莫莉的目光从戒指转到温莎夫人脸上，发现女主人比她第一次见到时憔悴了很多。

"嗯，确实是戴不了了！"温莎夫人苦笑了一下，"或许我得再去要一个了。"她把瘦骨嶙峋的手伸到莫莉面前，"把钥匙给我吧！"

25. 苍白的脸

莫莉站在佩妮的房间中央。"佩妮小姐?"她提高了嗓门喊道。

"我不喝!"小女孩大叫,"你不能强迫我喝!"小佩妮站在床上,背靠着墙,两只脚踩在枕头上。

莫莉叹了口气。她手里拿着一只勺子,里面是满满一勺黑色的药汁,闻起来有点儿刺鼻,就像酒精的气味。前几天家里来了个医生,给大家做完体检后就开了这些药。直到今天早上,莫莉看到药瓶依然满满的,才知道佩妮根本就没吃药,却一直骗人说她吃过了。"克劳奇医生让你每天晚上睡觉前必须喝药,"莫莉朝佩妮走了一步,"就喝一小勺。"

"我不喝!不喝!不喝!"佩妮从床上跳到地上,隔着小床躲开莫莉手中的药勺,"阿利斯泰尔说这药是老鼠血做的。"

"老鼠血?"莫莉的眼珠转了转,"阿利斯泰尔怎么知道?"

佩妮抡圆了胳膊,说:"他比我大呀……人越大,知道的东西越多!"

莫莉点点头,表示认同佩妮的观点。"我比你哥哥大,我说这药不是老鼠血做的。还有那位医生伯伯,他比咱们全部加起来都要大。"说着,她坐到了床边,瞟了一眼映在窗户上的影子,把一绺头发压到帽子下,"好啦!跟我说说吧,你究竟在怕什么?"

佩妮紧抿着嘴唇，小脸显得更小了。"我不喜欢大家都生病。"她小声地说道。

莫莉看着佩妮，在台灯的照射下佩妮的脸显得异常苍白。莫莉不由得想起了楼下那幅画像。那幅画像她看了无数次，画像中的温莎一家和现在的差别很大。莫莉感到十分惊讶，她很好奇怎么会有这种变化。"佩妮小姐，你不愿意相信的事情，并不代表不会发生。如果你们真的生病了，那就得吃药。再说了，医生给你做检查的时候我也在房间里，他说你只是有一点儿发烧，吃一点儿药就会好。"

"他说他也不知道我为什么发烧，也就是说什么病都有可能！"佩妮爬回床上，靠近莫莉坐着，"可能是黑死病，可能是坏血病，也可能是霍乱，还有可能是眼珠子都会爆出来的那种病……就是阿利斯泰尔说过的那种。"

莫莉表情严肃地点了点头，开玩笑似的说："要是你感觉眼珠子就快爆出来了，麻烦你去外面。我可不想洗你的脏床单。"说完便笑了起来。她的目光随即扫过墙上的小书架，发现书架最下面那排格子多了许多新的佩妮公主系列图画书。她转过身来看着小女孩，"你觉得佩妮公主面对一大勺可怕的药剂时，会怎么做呢？你觉得她是会害怕得跑掉呢，还是一口气喝掉，然后爽快地大笑着说再来一勺？"

佩妮拽着自己的发梢。"爽快大笑！"她说，"但是不能再来一勺了！"

莫莉笑了起来。"挺好！"她把一勺药倒进佩妮的嘴里，"感觉怎么样？"

"味道就像……"小女孩咂咂嘴，眼睛睁得大大的，"就像木莓饮料。"

"这么想就对了！"莫莉站起身走到梳妆台前，"这瓶药得一直坚持到医生再来时才会有。所以，你只能在规定的时间吃，不能趁我不在的时候偷吃哦。"

佩妮坐了起来。"你不吃一点儿吗？"她问。

"噢！我想医生是不会同意的，小姐！"莫莉把勺子放回托盘，盖上药瓶的盖子。

"为什么不吃？"佩妮问，"你也病了呀！"

莫莉把佩妮的小手按在她自己的屁股上，继而推着她转了个身："这么说，你也是医生啰？"

"但你就是病了！"佩妮说，"你自己看——看窗玻璃上。"

莫莉转身面向窗玻璃。在夜空的反衬下，黑洞洞的窗玻璃反射出她的样子。莫莉不禁打了一个冷战，踉跄着后退了一步，她用手抚着脖子说："我帮你盖好被子吧……"

莫莉不知道自己是怎么离开佩妮房间的。她只记得，自己喘着粗气飞奔到了楼下。

莫莉冲回卧室，反手关上门，又颤抖着从床头柜里取了三支蜡烛，逐一点燃。

她慢慢走到梳妆台前，面对那面满是裂纹的镜子，她不敢看，却不得不看。她抬眼看着镜中的自己。"这不可能！"她难以置信地惊呼了一声。

镜中的女孩看起来与莫莉有七八分相似，却又不完全一样。透过镜子，莫莉看到了一个皮肤光滑的自己，从母亲身上遗传的雀斑也一下子消失不见了。莫莉使劲掐了一下自己的脸，想要掐出点儿红晕，然而，她苍白的脸色却没有一丝变化。她小心地摘下帽子，将头发披散下来。

她简直不敢相信，自己的头发竟完全变成了黑色。

她撩起脸颊旁的一缕头发。枯草一般的发丝从脑袋上支起来，软塌塌地顺着指缝垂落。她惊恐地甩开头发。"不，不，不不不……"她忽然觉得浑身没有一点儿力气，整个人勉强支撑在梳妆台上，几乎要晕过去。

莫莉明白，这样的变化不是一天两天就能形成的。是什么时候开始的？近段时间，她忙着做家务，挂念着树洞中冒出来的信，完全顾不上别的事情。她想到了基普，难受极了。基普心细，他一定早就注意到了这种变化，肯定一开始就发现了。但是，如果他已经发现了，为什么一次都没跟自己说过呢？

莫莉穿上外套，吹熄蜡烛，悄悄走出了卧室。今晚她不准备睡在这张床上了。

26. 马 粪 蛋

　　基普躺在破旧的小床上，眼睛睁得大大的，毫无睡意。冷风穿过马厩的墙壁，钻进了他薄薄的毯子。自从莫莉给他看了那顶黑夜人的高帽，他就不愿再继续在那座房子里睡觉了。可就算睡在外面也无济于事，他还是无法安然入睡。他满脑子都是莫莉在房间里沉沉入睡、黑夜人在走廊里走来走去的画面。他抬头看着窗外皎洁的月光，想象着把星星一颗颗连起来，组成那些美好的事物，然而每当爸妈或那片农庄的影像快要形成时，星星就会忽然熄灭，巨树的轮廓又重新出现在眼前。

　　黑暗中突然传来刺耳的摩擦声，吓了他一跳。"谁在那儿？"他抓起"勇气"喊道。

　　门开了，是莫莉。她仍然穿着白天的衣服，手里提着一盏灯笼。"腾个地方给我，"她说，"今晚我和你挤着睡。"

　　基普把拐杖放回到小床下面。他见莫莉疲累而紧张的样子，不知道发生了什么。"你不是嫌马厩四面漏风吗？"他问。

　　"是的，没错！"莫莉挤出一个笑脸，"不过我想过来陪陪你。"

　　"有伽利略陪着我呢！"基普朝马儿点点头。马儿站在棚圈里睡得正香，耳朵不时抽动着。他回头看了看姐姐莫莉，借着灯光观察着她的表情，"真的没什么其他原因？"

莫莉转了转眼珠："你是要我求你吗？"

"当然不是，我只是想……"基普叹了口气。他能怎么样呢？他只不过希望莫莉说实话而已。他想她承认——其实她也觉得这个地方很可怕。他抬头看着莫莉，看着她的黑头发、黑眼睛。"姐姐，你看看你自己……"他刚开口，又觉得这时候不该说这种话，于是他指着莫莉的脚下说，"你踩到马粪蛋上了。"

莫莉往后一跳，赶紧擦掉脚后跟湿乎乎的马粪。基普往床里面挪了挪，给莫莉腾出了位置。"脱掉鞋子！"他说。

莫莉脱了鞋，熄掉灯笼，爬上了基普的床。

"谢谢你！"莫莉说着，伸出一只胳膊搂住了弟弟。

"反正我也没睡着。"基普闭上眼睛，努力不去想那些乱七八糟的事情。他听到莫莉的呼吸声在耳边起伏，伽利略轻轻的鼻息声在姐姐身后响起。房檐上有水滴落到接雨水的桶里，草丛里的蟋蟀在放声歌唱，风吹得树林沙沙作响。

"姐姐！"基普轻声喊道。

莫莉在身后动了动："什么事？"

基普看着窗外："你觉得，他现在进屋了吗？"

莫莉摇了摇头："还没有。每次他来，我能感觉到。就像唱歌跑调，一下就能听出来那样。"

基普转过身和莫莉脸对脸。"这就是你今天睡在外面的原因，对吧？你不想和他一起待在屋里。"他盯着马厩里散发着恶臭的污秽物，"这也是我出来睡的原因。"

莫莉点了点头，长舒了一口气："你比我机灵，你一开始就发现了。"

"这和是否机灵没关系，我是害怕！"他咽了咽口水，"现在也害怕。"他看着莫莉的脸，发现这张脸苍白得有些不正常。他坐起身说，"我们还是应该走，姐姐！不管那个人每天晚上在屋里对那些人做了些什么，不管他对你做了什么……都不是什么好事。"

莫莉摸了摸自己黑黑的头发，问道："这么说，你早就发现了？"

基普点点头："想不发现都难。"

黑暗中，他眨着眼睛："我以为你不会听我的！别再怀疑这些事的真实性了，它是真的！已经好几个星期了，你每天照镜子，竟然一点儿都没发现。要是你自己的眼睛都不能说服你自己，那我还能怎么办呢？"

莫莉似乎还想反驳，但最终她只是叹了口气。她颓然躺下，久久地看着屋顶的椽子。"有时候，我明明已经睡着了。"她说，"却还是能感觉到他在我的房间里，就站在我身旁……"

"你就不能想个办法让他别来吗？"基普问。

莫莉摇了摇头。"他来的时候，我就像是被困在梦境里，怎么也出不来。"说着，她咬紧了牙关，"一到早上，天色大亮，我就又觉得安全了。"她面朝弟弟，黑色的眼眸里含着泪珠，"我只是想知道他在做什么……还想知道他为什么要这么做。"

27. 汗　　水

　　第二天，姐弟俩花了一整天的时间做着监视黑夜人的准备工作。他们不知道黑夜人每晚是怎么进屋的，于是他们决定在草地上守株待兔。夜里，等主人一家上床睡觉后，莫莉就去马厩前面的柴垛堆旁和基普碰头。她围着披肩，带着热乎乎的肉汤。姐弟俩一边监视着黑漆漆的房子，一边默默地喝着汤。

　　"你还好吧？"莫莉见基普坐在木头上不停地动来动去，便开口问道。"讲个故事，我就不紧张了！"基普搓着手说，"不过，也没什么好怕的！"

　　莫莉摇摇头："这个要求太难办了。今晚这种情况，讲鹅妈妈童谣①都吓人。"事实上，莫莉已经几个星期没讲过像样的故事了，她似乎已经失去了讲故事的欲望。现在她只对一种故事感兴趣。她伸手从衣服口袋里摸出了爸妈最近寄来的信。

　　"要不，讲爸妈的故事？"她说。

　　基普看着那封信。"可是这封信，你已经念过一遍了！"他用拐杖的末端拍打着高高的野草，"再念一遍他们也不可能这么快就来。"

　　莫莉看着基普，想着收到一封又一封的信，可基普的高兴

---

① 鹅妈妈童谣（Mother Goose）：英美国家的人们从小就耳熟能详的童谣集。17世纪末流传于欧洲，18世纪初转变为英语，1791年约翰·纽伯瑞搜集、整理并出版了最早的英文版《鹅妈妈童谣集》。

劲儿却渐渐消退。她难以想象，如果弟弟知道这些信是如何得来的会怎样。她把那封信放回兜里，手却停留在了信封上。摸着那封信，她觉得很有安全感。

莫莉全神贯注地盯着那座房子，发现每扇窗户都黑洞洞的，只有她那间房的窗户里透着微弱的黄光。之前，姐弟俩在窗沿上放了一根蜡烛，这黄色的光就是这根蜡烛发出来的。她看着那团豆大的烛光，想着这光要是灭了，那代表什么呢？她其实并不是那么想弄清楚黑夜人每天夜里在屋里干了些什么。此刻，她很想把今晚的计划全盘忘掉，然后躺回她温暖的床上，等到第二天早上，依然和往常一样在浑然不知中醒来。

基普坐起身："你听到了没有？"

莫莉点点头，感觉耳朵一阵刺痛。身后，树林开始沙沙作响。脚下的草像是有生命一样窸窸窣窣地翻涌着。风从树林中钻出，掠过草地，朝大宅涌去。天本来已经完全黑下来了，这会儿似乎又暗了三分。莫莉听到百叶窗啪嗒啪嗒的声音，墙壁嘎吱嘎吱地响。风刮过烟囱时，莫莉听到了一声低沉的呼啸，她下意识地伸手抓住了基普的手。"不急！"她的眼睛死死地盯着自己那间小屋的窗户——

微弱的烛光闪了闪，熄灭了。

"他进去了！"莫莉从柴垛上滑下来，点亮基普从伽利略的车斗上取出的灯笼。灯笼有些重，但上面装着遮光罩——在提供光亮的同时，能够避免被别人发现。

莫莉和基普逆着风快步跑向大宅子。到了前门,他们发现门仍然关着。莫莉把灯光调到只剩一丝亮光,然后脱下靴子,光脚踩在门廊冰冷的地面上。基普则脱掉了靴子,跪在她身边,正忙着把一只枕头套缠到拐杖的末端。"你确定我们要这么干?"他问。

"必须这么干!"莫莉扶起基普,"来吧!"

莫莉握住门把手,打开了前门。黑风在门厅里呼啸。有那么一瞬间,她觉得自己仿佛回到了第一次遇见高帽子的那个夜晚。她跨过门槛,基普紧紧跟在她身边。枯叶在他们身边盘旋、翻飞,像是在跳舞。她听见屋子深处传来熟悉的声音——

咚!

咚!

咚!

莫莉抓住基普跑进走廊。在拐角的地方,她瞥见黑夜人出现在门廊的那头。他带着与之前一样的水壶,但从他拿壶的姿势上看,那壶应该是空的。黑夜人缓缓地登上楼梯,身后留下了一串泥脚印。

等黑夜人拐弯后,莫莉带着基普匍匐着跟在黑夜人后面。她慢慢爬上楼梯,眼睛盯着脚下那一小团灯光。她尽力不让自己发出一丝声响,甚至不敢踩到有些许松动的楼梯板。基普一只手扶住楼梯扶手,奋力跟上莫莉的步伐。他在拐杖上缠的布起到了一定的消音作用。莫莉在心里祈盼着,他们的动静不会惊动黑夜人。

莫莉爬到顶楼之后，便停下来等着基普。基普瞪大眼睛，四下张望着。莫莉这才想起基普还从未来过顶楼。"这个房间是做什么的？"他手指着身后那扇绿色小门，小声问道。

这时，那扇门开了一道小缝。"这个带锁的房间是干吗的？"基普又问道。

"只是个杂物间而已。"莫莉抓起基普的手，拉着他朝走廊走去。

尽管有月光，又有灯笼，视线依然不够清晰。莫莉一只手扶着墙，另一只手牵着基普，朝走廊后面的卧室走去。房间的门随着走廊上吹来的风嘎吱作响。温莎家的成员在各自的房间内发出不安的声音，他们都被困在自己的梦魇里。

"妈妈！妈妈！妈妈！"佩妮的喊声从黑暗中传出来。

脚步声就在前面。莫莉蹲着身子藏在墙边一个柜子后面，基普则挨在她身边。阿利斯泰尔的房门上似乎有什么东西闪了一下，黑夜人随即出现在走廊上。他依然提着那只水壶，只是现在，那水壶里发出了轻微的水声。莫莉觉得黑夜人往水壶里灌了水，但却不知灌的是什么水。

黑夜人的身影消失在了温莎老爷的房间里。"拿着这个。"莫莉小声说着，把灯笼塞给了基普，然后蹲着身子慢慢朝房门挪去。基普紧紧地跟在她身后。等她走近了，才发现温莎老爷的房门是开着的，里面传出温莎老爷在睡梦中喃喃哀叹的声音。

莫莉朝房间内望去，只见月光透过温莎老爷床头的窗户照了进来。温莎老爷正在被子里剧烈地挣扎着，他双眼紧闭，袒露在外的皮肤上满是汗水。"不……不……不要……"他恳求着，"不……不……不要伤害他们！"

黑夜人站在温莎老爷身边，看着他在梦中不停地挣扎。黑夜人把水壶放下，他长长的手臂伸到他的衣袍里，扯出一块灰扑扑软绵绵的东西。莫莉发现那是一片破布。只见黑夜人把破布按到温莎老爷脸上，轻轻地擦了擦他的眉毛、脖子和双手。看着这一幕，莫莉疑惑不已。

那黑夜人拿起汗湿的破布，举到水壶口上，然后用他惨白的双手一拧，闪着银光的液体便渗了出来，慢慢滴进了水壶。破布拧干后，黑夜人转向温莎老爷，又给他擦了一次汗。就这样，黑夜人给温莎老爷擦了一遍又一遍，水壶里的液体越积越多。

莫莉的喉咙干得厉害。基普就在她的身边，灼热的呼吸喷在她的脖子上。她有些后悔看到了这些。她松开门框，缓缓后退——

嚓！一声轻轻的脆响。莫莉踩碎了一片枯叶。

顿时，万籁俱静，整个大宅鸦雀无声。风停了，甚至连月光也不见了。莫莉不觉一惊，她感觉到黑暗中有什么东西动了一下。只见那黑夜人朝房门外走来，很快便隐匿在阴影中。

接着，他朝着莫莉和基普走来。

"求……求求你，先生。"莫莉低着头，不停地后退着说，

"我们很抱歉。我们没有什么恶意……"

黑夜人没有搭理，继续前行。在灯笼的照耀下，莫莉看见了他的脸，顿时吓得说不出话。他的胡须像是纠结缠绕的黑色树根，皮肤像骨头一样光滑，嘴巴看上去就是一道弯曲的疤痕。他的两颊深陷，脸也长得不正常。当看到他的眼睛时，莫莉差点儿叫出了声。

那根本不是眼睛，而是两个嵌在头骨上的黑洞。黑夜人歪着脑袋，用那两个黑洞直勾勾地看着莫莉，一副冷酷而好奇的样子。

莫莉一边跌跌撞撞地向后退，一边把基普朝楼梯的方向推。"走开，别过来！"她伸手在柜子上摸索着，希望找个东西，砸向黑夜人。她摸到了一只花瓶，毫不犹豫地朝他的脑袋砸了过去。

黑夜人原本行动慢吞吞的，但受了这一击，就像被打了鸡血一样，突然变得迅速起来。他怒吼着，一股狂风便顺着走廊刮来，将莫莉吹倒在地。莫莉的脑袋重重地撞到了地板上。

"姐姐！快起来！"基普奋力地抓着莫莉的胳膊，想要拖她起来。

莫莉一把推开了弟弟。"基普，快跑！"莫莉站起身，挡在基普与黑夜人之间，"我不许你伤害他。"她的声音发颤，"他是无辜的，他什么也没干！"

黑夜人的嘴角扬起一抹笑容，他丢开了水壶，水壶掉在地上发出沉闷的响声，里面像是已经存了不少的汗液。他伸出一只枯爪般的手，从外套口袋里掏出一把枯叶，并将枯叶捏成粉末，然后张开手掌，举到唇边。

他朝手掌吹了一口气，那些粉末便打着旋飞到空中，围住了莫莉——

随即，黑暗笼罩了下来。

28. 昏　睡

　　莫莉倒下的时候，基普正站在顶楼的楼梯口。前一刻莫莉还站在他身前，后一刻却倒在地上一动不动。

　　"姐姐！"基普赶紧丢开灯笼，爬到莫莉身边，用力摇晃着她，"姐姐，快起来！我们必须赶快跑！"他把莫莉翻过来。莫莉的头无力地耷拉在一旁，她双眼紧闭，脸色异常苍白，几片枯叶贴在她的头发和脸上。

　　黑夜人走近了一步，脸上挂着邪恶的笑容。

　　"姐姐，你必须听我的！"基普大喊着，拖着莫莉一点一点地远离黑夜人。他看见那扇绿色的小门开着，便想着要把莫莉带进去。

　　莫莉突然抽了一口气，抓紧了基普的外套。"不……不要！"她哀哀低语，"不要离开我们！不可以……"

　　基普看着莫莉，发现她的眼珠在紧闭的眼皮下转动着，额头间满是细密的汗珠。他怒气冲冲地瞪着站在一旁的黑夜人，大声命令道："让她赶快好起来！让她醒过来！"

　　黑夜人抬起一只手，一阵风便刮到了基普身上，将他从莫莉身边吹走。基普骨碌骨碌地滚下了楼，他的脸、肩膀、四肢，都在硬邦邦的木头楼梯上撞来撞去。情急之下，他用一只手抓住了楼梯栏杆，才稳住翻滚的身子。他双膝跪在楼梯上，嘴里涌出一股血腥味。他伸手去摸"勇气"，这才发现他的拐杖不知什么时候已掉到了楼下。

这时，基普的耳朵里传来莫莉说梦话的声音，他一抬头，便看见黑夜人正蹲在她旁边，一旁还放着那个水壶。

"你快走开！"基普尖叫道。

奇怪的是，黑夜人并不理会基普，他从外套里摸出破布，按在莫莉的前额上。基普想把黑夜人从姐姐身边引开，他搜寻着身边一切可以用来充当武器的东西，发现离他最近的是那盏灯笼。他抓起灯笼，使出浑身力气砸向了黑夜人——

"砰"的一声。

一道耀眼的光芒照亮了黑暗，照得基普都睁不开眼睛了。火焰瞬间吞噬了黑夜人的外套，他咆哮着，两只手臂胡乱拍着，想要把火苗扑灭。他蹒跚着走到楼梯口，愤怒地冲基普大叫。

"我说过，不许靠近我姐姐！"基普松开楼梯扶手，半跑半滑地下了楼，最后重重地跌倒在门厅的地板上。黑夜人在他身后追赶着，也下了楼，整座房子在他制造的大风中晃动起来。基普抓起拐杖，跌跌撞撞地从敞开的前门跑了出去。他光着脚瘸着腿在湿漉漉的草地上跑着，脚底一直在打滑。他不知道该跑向哪里，一心只想把黑夜人从房子里引出来，从莫莉的身边引开。他的拐杖底部缠着的布条绊了他几次，身后不断传来黑夜人踩踏草地的声音。

随着划破长空的一声怒吼，基普被击倒在地。黑夜人已经锁定了他的位置。基普爬起来，捂住脸，跌跌撞撞地朝着树林拼命狂奔。狂风在林间呼啸，整个树林摇晃着，战栗着。基普两眼一抹黑，一只手护着头脸，在崎岖不平的地面上深一脚浅一脚地艰难前行。树枝抓扯着他的衣服和头发。他听见黑夜人就在身后，离得越来越近……

基普拼尽全力向前奔跑，心脏像要爆炸一般。突然他跌了一跤，摔得晕头转向，浑身疼痛。他抬头四处望了望，发现自己又跑到了那个地方。他听到河流的声音从黑暗中传来，只在夜间绽放白花的古老花园在他四周闪闪发亮。风停了，他周围的一切都安静了下来。

突然一股冷意袭来，就像一片阴影从他身上飘过。他转过身，发现黑夜人就站在背后，既没有气喘吁吁，也没有狂怒不已，而是与周围的环境融为一体，就像月亮、泥土，或是树木。有烟雾从黑夜人的外套和高帽的边缘轻飘飘地升腾，可是他的双手和脸却毫发无损。看来火焰仅仅只是拖延了黑夜人的脚步，并没有对他造成伤害。

基普知道接下来会发生什么。黑夜人会捏碎枯叶，让他入梦。然后像对待莫莉和温莎一家那样，往水壶里收集那些破布擦下来的……汗水，或是泪水？不，一定是某种更深层的东西。基普觉得，黑夜人会用某种不可知的办法偷走他生命的精华，然后用来浇灌巨树。

这时，黑夜人张开了双臂朝基普扑来，但就在快要抓住基普的时候，却突然往后退去，就像被一根看不见的绳子拉住了一样。黑夜人愤怒地咆哮起来。他在花园外不停地来回走着，他可怕而空洞的眼睛里燃烧着熊熊怒火。

基普慌忙往后爬，躲到了花园深处。不知道为什么，黑夜人无法跟过来。一股厉风把整座树林都刮得震颤不已，随后，一切又变得寂静。

基普缓缓扭头，在月光下眨了眨眼睛。他站起身来，凝望这一小片发着光的林中空地。风平树静。没有飞旋的枯叶。黑夜人离开了。

基普的眼睛落到花园外面一小团黑漆漆的东西上。那是黑夜人留下来的。他一瘸一拐地走过去，蹲下身仔细看了看，随后用依然发抖的手把那团东西捡了起来。这东西很细，很小，是用树根和树枝编出来的。

这是一份礼物。

29. 集　市

　　第二天早上，莫莉醒了，发现自己正躺在卧室里，温暖的阳光透过窗户照射进来。她身上盖着被子，但衣服还都穿得好好的。昨夜的记忆有些支离破碎，她只记得自己跟踪黑夜人进了屋，但后来发生了什么就想不起来了。她用手指梳了梳头发。发丝间仍纠缠着细碎的叶片。怎么会想不起来呢？

　　莫莉梳洗完毕，上楼准备早餐。她打算早餐后抽空去找基普。温莎老爷手里拿着一个小小的包裹，正在厨房等着她。"这……这……这些是买东西的钱。"他避开莫莉的视线，"很抱歉，只有这么一点点。"

　　莫莉接过温莎老爷递给她的那包硬币。不用数，她就能断定这些钱能买回来的食物撑不过一个星期。"是您在挣钱养家，先生！"莫莉坚定地说，"这没什么不好意思的。"

　　温莎老爷勉强挤出一丝笑容，说："但愿你说得没错！"

　　其实莫莉已经猜到了钱的来历。她想，最近巨树的馈赠果真越来越少了。不过，有一点儿总比没有强。早饭后没多久，她就叫上基普一起出发到村子里去。一路上，她不停地询问基普前一晚发生的事情，她想知道昨晚她和基普两人在房子里究竟看到了些什么。

　　然而基普不愿多说，闷着头赶路，一副心事重重的样子。

一个小时之后，他们来到了大路。这条路贯穿了地窖谷那个勉强可以被称为"村子"的地方。村子里零星地分布着一些小房子，这些房屋一律都盖着茅草顶，刷着白粉墙。有两户人家炊烟袅袅，一时间，食物的香气与道路两旁一排排的畜栏和货运马车发出的气味混杂在一起。

此时，天气很好，人们都从各自的农庄里出来了，集市上呈现出少有的熙熙攘攘的景象。人流就像一条慢吞吞流动着的小溪，沿着房屋之间的间隙缓慢地移动。基普将马车停放在规定位置。莫莉挎好菜篮子，带着钱袋跳下了车。

尽管莫莉在老爷面前并没有流露出任何的不快，但这少得可怜的生活费却令她很为难。村民们都知道莫莉在温莎庄园帮佣，那可是大户人家，因此他们不愿意跟莫莉讨价还价，有些人见她过来，甚至专门抬高了价钱。照这个行情来看，她能买足煮菜汤的食材就不错了，买肉基本上是不可能的事了。

莫莉小心地在人群中穿梭着，几个年纪与她相仿的姑娘在售卖牛奶和刺绣。离群的牲畜，还有小小的孩童，偶尔从她身边跑过。她闭上眼睛，享受着周围的一切。她发现与这么多人近距离接触是如此的惬意，如此的有生活气息。

不过，弟弟基普就没有莫莉那么享受了。他低着头，盯着地面，一瘸一拐地跟在莫莉身边。

"不管怎样，你总得跟我说说话吧！"莫莉说。

基普点点头。"我知道！我只是在想该怎么说。"他磕磕巴巴地把莫莉昏倒后发生的事情讲了一遍。他讲了自己如何把黑夜人从莫莉身边引开，黑夜人如何一路追着他跑进了酸木林边上的月光花园，他又是如何被彻底困住，而黑夜人又是如何莫名其妙地消失不见的。

"我一直在想，他为什么没能伤害到我。"基普呆呆地望着人群，"我看得出来他很想那么做。但是他朝我扑过来的时候，突然有什么东西拦住了他，使他无法再继续前进。"他叹息道，"这说不通啊！"

"你觉得我们现在遇到的事，能够说得通吗？"莫莉看着一堆她买不起的洋葱，心里却想着那些怪异的事情。想到基普能够从黑夜人手里逃脱，莫莉在庆幸的同时，仍然心有余悸。她看向了一个桶，寻找着那些开始腐烂变质的蔬菜，心里盘算着也许用小刀削一削处理一下还能吃。

"他放过你之后，你又干了些什么？"她一边翻检一边问道。

基普把手指插进一个装着干豆的箱子里。"我回屋找你，但到了那里，好像什么都没发生过。没有狂风，更没有枯叶，你也不在了，只有一些泥脚印，还有一只摔碎了的花瓶。"基普说完抬头看着莫莉。莫莉虽然没在场，但她似乎能感同身受，觉得基普那时一定恐慌到了极点。"我把整座房子都找遍了，最后才发现你在自己房间里，盖着被子，睡得很好。"

"睡得并不好。"这时，莫莉的眼前仿佛又出现了爸妈像泡沫一样漂浮在水面的画面。她仿佛听到了他们在风暴中的尖叫声，仿佛尝到了海水的咸湿味。近段时间，她发现唯一能克制这个恐怖梦境的办法就是读信，于是她一遍又一遍地回味爸妈的那些信。

基普偏过头，说："你从来没给我说过你的噩梦，你究竟梦到了什么？"

莫莉指了指周围的人："在这个地方讲，不太合适吧……"

基普抓住莫莉的胳膊，把她拉到一处僻静的巷口。"说不定这就是关键！"他说，"说不定这些噩梦里就有线索。"

莫莉弹了个响舌，发出"嗒"的一声："你一定要我说的话，那我就告诉你，我的噩梦就是堆得像山一样高的脏衣服、永远也刷不完的过道和走廊，还有像湖泊那么大的便盆。"她说完笑了笑，"找找线索吧，要是你愿意的话！"

基普也冲她笑了起来，但却是假笑，一看就知道他并不相信莫莉的鬼话。莫莉心里涌起一股罪恶感。她究竟为什么要对弟弟撒谎？为什么不能直接告诉他真相？

莫莉放下菜篮。"基普！"她轻声说，"我也不知道该怎么说！我真想告诉你，我们睡在马厩里很安全，睡在房子里也很安全，但是……我真的不知道。我不知道我们到底是应该留下来等爸妈接我们回去，还是应该马上就离开，走得远远的。我一直在编故事，就像以前那样，唯一不同的只是——"她咽了咽口水，"我不知道这个故事什么时候结束。"

莫莉深深凝视着基普明亮的眼睛。她差点儿就要把噩梦的真相告诉他，把信件的来历也告诉他，把她内心深处不愿承认的事情统统告诉他。

"有件事情我还没有告诉你，"基普说着，理了理肩头扛着的杂物袋，"黑夜人走的时候留下了一个东西——一个礼物给我。"说着，他把手伸到袋子里，摸出一个用树枝和叶子编成的物件。

莫莉仔细打量着那东西，发现它又细又长，一端还有个小圆环。"这是一把钥匙。"她说。

"是呀！"基普伸出拇指摩挲着，"但他给我钥匙干吗？这是哪里的钥匙？"

莫莉紧张地咽了下口水，尽力掩饰内心的恐惧。她已经从这钥匙的形状和大小上认出来了。这把钥匙，与温莎夫人卧室里的那把一模一样，可以打开顶楼那扇绿色的小门。

"基普，你听我说，就算你找到了可以用这把钥匙打开的锁，也千万不要打开。"莫莉叮嘱道。

基普看着莫莉问："你知道这是哪里的钥匙，对吗？"

"我只知道，黑夜人给的任何东西都不可能是礼物。"莫莉编不出理由说服基普，但一想到他可能知道树洞的秘密，就非常不安，"把这个东西给我。"她伸出手说。

"你骗人！"基普退后几步，"你明明知道，就是不告诉我！"

莫莉一把抢过钥匙，撒腿就跑。

"还给我！"基普大叫着奋力追了过去。

莫莉跑到路边，用尽全力将钥匙扔进了小沟旁的树丛。

"那又不是你的！"基普哽咽地大声喊道。他一瘸一拐地靠近树丛，喘着粗气，气愤不已。

莫莉看着一瘸一拐的基普，心疼不已："基普，你必须向我保证，不管那个人以后再给你什么东西，你都必须埋起来，烧掉或扔到河里，反正不能留下。"

基普盯着树丛，紧咬着牙。

莫莉弯下腰，扶住他的肩膀，柔声说："答应我！"

一阵嘎嘎的笑声在她身后响起。"强迫别人答应，只会徒增失望。"

莫莉转过身去，发现海斯特·凯特尔站在一个卖面包的小摊旁边。她身上依然穿着缀满补丁的斗篷，她那装着杂物的大袋子比初次遇见莫莉姐弟的时候大了差不多两倍。她脸上的表情令莫莉联想到了蜘蛛。

"你好啊，亲爱的！"她伸出一根骨节突出的手指，"你一直躲着我。"

30. 交换故事

　　莫莉差点儿扔掉菜篮子撒腿就跑。"我才没有躲你！"说着，她挺身拦在基普身前，"我只是太忙了！"

　　"你是忙着躲我吧！"老妇人不怀好意地咯咯笑着往前蹭了蹭。她的摇弦琴晃晃悠悠地挂在一边肩膀上，每走一步就在她身上撞一下，发出难听的声音。"你到这集市上来过多少趟了！一次都没跟老海斯特打过招呼。哎哟，人家可是伤透了心哟！"

　　莫莉才不相信海斯特的鬼话，她觉得海斯特·凯特尔的心不是一般人能伤到的，她甚至怀疑像海斯特这样的老人是否还有感情。老妇人瞅了瞅莫莉的菜篮子，就像瞅着自家的篮子一样。"出来买菜的吧！"她从篮子里摸出一只豆荚，趁莫莉不备，一口就吃了下去。

　　莫莉急忙将篮子移到一边。"我们倒是想买一篮子的菜，"她说，"只是这些人都不肯好好做生意，故意刁难我们。"她说完怒气冲冲地瞪了一眼身后那排货摊。

　　基普也插话道："主人家有钱，并不代表我们有钱啊！要是姐姐买不到满满一篮子菜，回去一定会有大麻烦的。"

　　老妇人点点头，揉了揉耳垂，说："这件事，我这老婆子或许可以帮得上一点儿忙。"

　　莫莉出于礼貌，笑了笑："怎么帮呢？除非您那个包裹里有一沓银行现钞。我猜应该没有！"

"钞票就让那些银行家去玩儿吧！"老妇人说，"这个世界上可以当钱使的东西并非只有英镑和便士，你就好好看着吧！"她擤了把鼻涕，走进了一家面包店。莫莉去过这家店，但就算是隔天的面包也贵得吓人。"你好啊，托利夫！"海斯特用老朋友的口气打着招呼，然后她指着莫莉和基普，"你家最好的黑麦面包，卖给这两个小鬼，收多少钱啊？"

老板看了看莫莉，说："我给他俩说过了，收四便士。"

"四便士！"老妇人吹了声口哨，"那可一定是好得不得了的面包。你在面粉里一定加了不少金子吧，要不然，就是那面包嚼起来会让人十分愉快！"

"就是普通面包。"老板看起来不太高兴了，"这个价格很公道。"

"可能是吧！"老妇人斜靠在面包摊上，"那如果我告诉你，这两个小孩是我家亲戚呢？你这次又报什么价？"

老板挪了挪身体："这样的话，海斯特啊，那我就收两便士——"

"托利夫！"老妇人带着责备的口吻。

"两个！"老板期期艾艾地说，"您都没听我把话说完。两便士是两个面包的价格——我准备卖这个价，真的。"

海斯特咧着大嘴笑起来。"我也是这么想的。"她朝莫莉点了点头。莫莉担心老板反悔，赶紧付了钱，买了四个面包装进了篮子里。"现在，小托利夫，你赶快去集市上对所有的农夫以及所有爱捣乱的家伙讲，就说这两个小鬼买东西全都按给我的价来算，不许多要一个子儿……要是让我发现有人卖高价，那我就只得好好讲一讲你把猫骨头磨成粉掺进面粉里的事儿。"海斯特说。

莫莉觉得面包店老板应该不会往面粉里掺猫骨头，但他的脸色却突然变了，显然，海斯特的威胁起到了作用。"海斯特啊！您真没必要说这些。您怎么吩咐，我怎么做就是了。"说完，面包店老板又看着莫莉姐弟，用讨好的口气说，"你们既然是海斯特的朋友，那么就是整个地窖谷的朋友。麻烦您二位帮我看会儿店，就算少几块饼干也没关系，反正我也看不出来。"他把围裙解下来挂好，朝对街卖肉的摊子走去。

海斯特满意地一笑："你们都听清楚了吧！"她指着无人看守的饼干架，"敞开肚子吃吧！"听了海斯特的话，基普一瘸一拐地从莫莉身旁走过去，没等她开口就抓起一把饼干，塞进了嘴里。

莫莉不喜欢欠这老妇人的人情。"你对那个老板撒了谎！"她犹豫着要不要把面包也退回去。

"我什么时候撒谎了？"海斯特一边问，一边抓起饼干扔进她背后的鸟笼里，"我只是说在将来的某一天可能会讲个故事……这跟撒谎可不是一回事。"

"你跟他说我们是你亲戚！"

"哎哟喂，这可是真心话！"她拿起一块饼干指着莫莉，"我一看见你，就知道你是个会讲故事的孩子，这就足以说明咱俩很亲近了。"

"姐姐确实很会讲故事。"基普满嘴塞着饼干说，"她讲得棒极了！肯花钱听你讲故事的人，我敢打赌，他们一定愿意花双倍的钱听我姐姐讲故事。"

莫莉的脸红了，她不喜欢基普这么说自己，也不喜欢他将自己和这个老巫婆相提并论。"我哪有这么厉害，"她说，"我只是个小女仆，而你只是一个小乞丐。"

海斯特摇摇头："你做着什么样的事，和你是什么样的人，这是两码事，可不要混淆了，亲爱的！另外，从事卑微的职业也不是丢人的事情。你知道伊索吧！他老人家可是故事大王，他一辈子都只是个奴隶，从没有获得过自由，但是他用简简单单的六个字影响了整个世界：'很久很久以前……'你看看他的主人现在又怎么样了呢？就算那些人运气不错，得了善终，也早就烂在坟墓里了，什么都没留下。但是伊索呢？每一个讲故事的人都以他为榜样，他的故事永存，精神永在。"她朝莫莉眨了眨眼，"下次刷地板的时候，你好好想一想这些事情吧！"

莫莉当然听说过伊索，但是她从来不知道原来伊索是个奴隶。她不太相信这件事，就算是真的，这对她目前艰辛的生活也没有什么帮助。"非常谢谢您帮我们买面包！"说着，她双手抓住基普的肩膀，"我们得赶在太阳下山前回去。"

"天色还早着呢！"海斯特说，"而且，咱们两人还有正事没做呢！你应该还记得答应过我，要讲一讲酸木林里那座房子的故事吧？"老妇人双手环抱在胸前，一副听不到故事不肯罢休的样子。

莫莉犹豫了。她知道基普正盯着自己，等着她的回答。要是换作弟弟，他多半就一五一十全告诉海斯特了。但是莫莉并不信任她。她的笑脸，她的眼神，她口口声声"亲爱的"，都令莫莉觉得浑身不舒服。莫莉看到了她眼眸深处的狡诈，不知道海斯特究竟想要什么。

"好像并没有什么好讲的。"莫莉耸了耸肩，"房子很大，灰尘蜘蛛网也很多，要干的家务活多得不得了。没有什么奇怪的事情。"

"没有什么奇怪的事情？"海斯特靠近一步，"那你告诉我：到底是什么样的家务活，竟让一个年轻姑娘的头发如此干枯，脸色如此苍白？"

莫莉不自在地挪了挪身体。她已经非常注意地用帽子把头发全都遮盖了起来，看来还是遮掩得不够严实。她回头看了看基普，只见他正冲着自己点头，要她赶快说实话。"我只是太累了！"她挺着胸说，"可能是生了一场小病，发过烧，才会这样。"

海斯特吸了吸鼻子。"你所说的'发烧'，我很清楚是什么。"她用怨毒的目光，不满地瞪着莫莉，"很显然，你知道一些事情，却不愿意告诉我。很好，我也不喜欢求人。那你就留着你的故事吧！看来我们的关系并没有我想象的那么亲近。"她朝基普鞠了一躬，"这位小哥，小心那些家务活，可别变成你姐姐这样了。"说完，她整理了一下背包，转身离开了。

看着海斯特渐渐走远的身影，莫莉松了一口气，心里却又有一点儿后悔。她不知道自己为什么不想告诉海斯特关于巨树和黑夜人的事。

"才不是发烧！"基普大声喊道。

海斯特停下了脚步。

"基普！"莫莉低声呵斥。

基普怒气冲冲地瞪着姐姐："你答应过我要告诉她的，姐姐。要是你不说，那就我来说！"他一瘸一拐地朝海斯特走去，而海斯特呢，正殷切地看着他。"有一种不知道是鬼魂还是什么的东西，每天晚上都在房子里作怪。"基普说，"他让每个人都病恹恹的，一丝血色都没有——就像我姐姐这样。"

莫莉一把抓住基普的胳膊："够了，基普！"她想把基普拖走，捂住他的嘴巴，不让他继续讲下去。

基普挣脱了莫莉的控制。"那里有一棵巨树——巨大无比，特别可怕。每天晚上，那个黑夜人都去给那棵树浇水，并细心照顾它。"他说。

"是吗？"海斯特紧盯着基普，那副表情在莫莉看来，完全就是久旱逢甘露的样子。

莫莉将一只手搭在基普的肩上，却没有阻止他。基普蹒跚着走近海斯特，咽了一下口水，说："您对这周围的事情那么熟，请告诉我们，有没有什么关于黑夜人和一棵巨树的故事？"

海斯特看了看基普，又看了看莫莉。"事实上，这样的故事，我还真是知道一些。"

31. 暗夜园丁的传奇故事

海斯特认为在集市上不适合讲这样的故事，于是带着姐弟俩来到了小路尽头的一家小酒馆。莫莉抬头看了看酒馆大门上方的木制招牌，只见招牌上雕刻着一弯新月，新月之上另刻着几条水波纹。"水中月。"海斯特说着推开了门，"这种地方最适合来一罐啤酒，然后一边喝酒一边聊天！"

莫莉走了进去。这家酒馆面积不大，光线很暗，却十分暖和。烟雾笼罩着酒馆内桌子的上方，顺势吞噬了从百叶窗透进来的一丝丝光线，连屋顶都被这浓重的烟雾遮得严严实实。男人们和为数不多的女人们坐在椅子上，轻声细语地交谈着。酒馆内显得十分宁静，只有突然爆出的一阵笑声，或是盘盏的叮当声，以及高脚凳在木地板上拖动的尖锐刮擦声，偶尔将这宁静的氛围打破。

"哟，来啦，海斯特！"一人大喊着，"来给我们唱一首？"

"今天不行，威廉姆。"

莫莉和基普跟着海斯特来到角落里，那里有一张空桌，像是专门在等候他们的到来似的。"随便坐吧！"海斯特说着，小心地把她那一大袋杂物从肩膀上卸下来，放到了桌旁。她坐在板凳上时，杂物袋便差不多和她的头顶一般高矮。基普从没进过酒馆，却很快在角落的一把椅子上坐下。莫莉猜想基普之所以选择那个角落，是因为那里是观察其他顾客的最佳位置。这样也好，莫莉想，万一出了什么麻烦，她也能更好地保护弟弟。他们刚落座，一位胖胖的黄头发女招待端着三杯苹果酒朝他们走了过来，她热情地笑着说："这些酒免费！"

海斯特把双手放到胸口："上帝保佑你，弗兰妮！我一定要对大家多讲讲你上个星期天是怎么用肉馅饼治好了一个盲人的事情。"

女招待咯咯笑起来。"您要是愿意讲，我不会阻拦！"她在围裙上擦擦手，回到吧台后面去了。

莫莉看着这一幕，心想，海斯特好像只需要威胁别人说会宣扬他们的丑事，或者承诺说会讲一讲别人的好事，就能得到她想要的任何东西。但是，如果人人都知道海斯特的故事是编造的，为什么还要理会她呢？莫莉感到很困惑。

莫莉喝过苹果酒，不喜欢这种味道。基普却和她相反，对苹果酒有种天生的喜爱。很快，基普就喝光了杯里的酒。"看来你真的很渴啊！"海斯特咯咯地笑着说。

"喝起来很像苹果的味道！"基普舔了舔上嘴唇。

莫莉闻了闻自己那杯酒，嫌弃地说道："像烂苹果的味道！"

老妇人举起杯子，"致不同的意见：希望它们永远都保持自己的特色！"她说了祝酒词，然后像淑女一样喝了一小口。

莫莉推开了酒杯，说："您答应过给我们讲那个故事的。"

"是的是的！"海斯特放下酒杯，用袖子擦了擦嘴唇，"不过得先弄清楚，这是一个什么样的故事。"

莫莉转了转眼珠子，心想，这老妇人总来这一套——答非所问，不直接回答问题。"什么样的故事？"她问，"您是指快乐的故事，还是悲伤的故事？"

"故事的类型有很多。"海斯特靠近餐桌，享受着美味的苹果酒，"有传说故事，轻松愉快，适合无聊消遣时听听，在人不开心的时候可以博人一笑。还有奇闻轶事，添油加醋的居多，全看讲故事的人愿意加什么料。接下来是神话故事，那是一群人瞎编出来的。最后，则是传奇故事。"她挑了挑眉，神秘地说，"传奇故事与其他类型的故事都不同，没人知道故事的起源是怎么样的。人们没有办法编造传奇，他们只能复述。一遍遍地复述，长年累月地复述下去。我要对你们讲的——"她靠向了自己的高脚凳，缓缓说道，"噢，那个故事，可是一个传奇故事。"

莫莉赶紧问道："这么说，传奇故事是真的啰？"

海斯特耸了耸肩。"谁说得清呢？应该比其他类型的故事可信度高一些吧！"她举起一根手指，说，"不过你也应该知道这一点：传奇故事，是很贵的！"

莫莉叹了口气，回答道："您应该很清楚，我们没有钱。"

海斯特挥了挥手，说："我不要你们的钱。我要的回报，就像以前一样。"她指了指身旁的大包裹。莫莉看着那包乱七八糟的东西，总算是明白了，那里面每一样东西都是用一个故事换来的。她很好奇，不知道那双婴儿鞋、那个乌龟壳、那把修剪树枝的大剪刀，都是用什么故事换来的。

"如果您不要钱，那您想要什么？"莫莉问。

海斯特的眼睛落在基普靠在墙边的拐杖上。"我一直想要一根上好的拐杖——"

莫莉把手按到弟弟的腿上，说："这根拐杖不能给您！"

海斯特咯咯笑着。"我可不这么认为。那我们就来看看……"她用手指轻轻叩击着桌面，皱着一张老脸，像是在想什么，"我还是想给你一个提示：自从我一出现，你弟弟的一只手就藏在口袋里，一直没拿出来。"

莫莉低头看了看基普，果然发现他把一只手揣在衣服口袋里，手里似乎握着什么东西。基普不自在地吸了吸鼻子，说："我只是觉得手很冷。"

老妇人笑了。"恐怕不是冷吧！你把手里的东西给我，我就把故事卖给你们。"

基普可不愿意。莫莉凑近去悄声说道："我们没有其他选择了！"事实上，莫莉很高兴海斯特选了基普口袋里的东西，而没有选她口袋里的东西。她的口袋里装着爸妈的来信，无论怎样，她都不会把信交出去。

基普咬着嘴唇。"那好吧！"他伸出了小拳头，把一个小小的东西放在桌子上，"这是姐姐送给我的许愿扣。"

"不会吧！"海斯特吹了声口哨，"两个小鬼来找我讲一个人和一棵树的故事……他们挑来挑去，最后给了我一枚可以许愿的纽扣作为报酬。"她捡起纽扣，像珍宝一样夹在指间，"我会好好保管它的。"她从背包里摸出一根绳子，短短的，好像就是为了这一刻而准备的。她细心地把绳子穿进了扣眼，然后将纽扣挂在了脖子上。

莫莉握了握基普的手，她知道，此刻把许愿扣交了出去，他一定很难过。"您要的东西我们已经给您了。"她说，"现在轮到您讲故事了。"

"传奇故事！"基普补充道。

"没错！"海斯特说着，凑近了一些，"我们就叫它《暗夜园丁的传奇故事》吧！"

"暗夜园丁"，听到这四个字，莫莉不由得浑身一颤，她想起了那个在迷雾中出现的男人。她看了看基普，发现他正瞪大了眼睛盯着海斯特。

海斯特·凯特尔从腰带里摸出一根烟管，填上烟丝，点燃烟斗，慢慢地吸了一口，烟雾从烟管一头袅袅升起。"就像其他所有的传奇故事一样，这个故事非常久远，久远到人类文明还没有出现，甚至圣人还没降世，也没有记录历史的羊皮卷……这可能是有史以来最古老的一个故事。"她挑了挑眉，"想象一下吧！要是你们有这个能力的话。"

莫莉知道海斯特这是在制造气氛。每当莫莉想要人们静心聆听的时候，也会这样做。她闭上双眼，尝试想象着那个世界，那时没有船，没有路，没有国王，也没有战争。那是初生的世界，一切都是崭新的。

老妇人清了清嗓子，当她再度开口时，带了些吟唱的调子。"很久很久以前，有位智者居住在一座花园里。他身怀魔力，他的地里种满了各种各样奇特的植物，那都是空前绝后的物种。人们叫他'暗夜园丁'，因为他的花只在满月的月光下开放。"

莫莉看了看基普，发现基普也正看着自己。这老妇人难道已经知道了树林里的那些花？她是在试探他们吗？"那些……那些花都是白色的吗？"基普问。

"这我倒从没有听说过，"海斯特说，"我猜它们应该是白色的。可能会发光，也可能不会。那个园丁非常热爱自己的花园，他一年到头都在照料花园。他对那些植物唱歌，修剪枝叶，对着它们说话，就像对待自己的孩子一样——从某种意义上说，它们也的确就是他的孩子。"她又往前凑了凑，"然后，有一天，一个新的孩子长出来了：一棵树。这棵树跟花园里的其他植物都不一样。这棵树，是活的！"

莫莉听到基普倒抽了一口气。"它的根会动吗？"他问。

海斯特继续在她的烟斗上吞云吐雾。"我不知道！最令人好奇的是这棵树上结的果子。"

"它结什么样的果子？"莫莉问道。

"什么样的都可以。"海斯特睁大了眼睛说，"这棵树能给你想要的一切。"她摇着头，好像自己都不太相信这个说法，"你们能想象得出来吗？"

莫莉咽了咽口水，她想到了衣裙口袋里那些信件。"但是……但是它给出来的那些东西，都是真的，对吧？"

"就像你或者我这两个大活人这么真！"海斯特说，"于是，人们从四面八方拥了过来，都是为了实现自己的心愿。穷苦的人变得富有，丑陋的人获得了爱情，患病的人又重获健康。"

基普不由得挪了一下身体。

"而那棵树需要的回报，只是一点点灵魂——"

"灵魂？"基普把手指捏得紧紧的，问道。

"只是一点点！"海斯特吧嗒吧嗒抽着烟，"每天晚上，等所有人都如愿以偿，各自回家了，暗夜园丁便会来许下自己的心愿：'一个人所能期盼的，我都已经有了。'他说，'头顶有星辰，脚下有大地，孩子们在身边环绕着我。我所希望的，只是这一切永远也不要终结。就像那花朵可以结为果实，变成种子，我祈愿自己永远不死！'每次他讲出这些话时，那棵树都会给出同样的答案：'助我长高吧，到那时你就能在我的体内如愿以偿了！'"

"等等！"莫莉皱了皱鼻子，"那棵树能说话？"

海斯特恼火地瞪了她一眼："没有文学头脑的人听传奇故事就是费劲，我所知道的就是那棵树能说话。"她重新点燃了烟斗里的烟丝，说，"于是，从那以后，暗夜园丁便把时间都花在照顾这棵树上面，而这棵树呢，就一直忙于满足人们的各种愿望。每一天，当太阳落下天际，暗夜园丁便对着这棵树许愿，而树的答案永远是：'助我长高吧，到那时你就能在我的体内如愿以偿了。'过了一年又一年，那棵树长得越来越高，越来越粗壮。花园里的其他植物凋零、枯萎了，园丁毫不在意。他只一心一意地照顾着这棵他最爱的树。

"后来有一天，园丁已经很老了，他最后一次来到那棵树前。他步履蹒跚，虚弱无比，终于跌倒在树前。'我所有的一切都不在了！'他说，'我的花园里光秃秃的什么都不长了。我的身体也衰败了，甚至连一丝力气都没有了。我用了一生的时间来照顾你，助你长高长壮。这些年来，我一次都没有享用过你的果实。现在我只剩最后一口气，再问你最后一次：你能实现我的愿望吗？'

"那棵树已经长成了参天巨树，它的枝叶几乎遮天蔽日。这一次，它的回答稍有一些不同：'现在我已长高，你可以在我体内，获得你所希望的一切。'说完，巨树展开枝叶，弯下粗大的树干。它张开巨口，然后——"海斯特把手掌"啪"地一合，"把暗夜园丁吞了下去。"她靠回椅背，神色十分疲惫，"这就是暗夜园丁的传奇故事。"

听完故事，莫莉困惑极了。"这个故事肯定还没有结束。"她说，"那个园丁最后的结局是什么？"

"我想，应该是死了吧！也可能他还没死。"老妇人耸了耸肩，"这个传奇里没有后面的故事了。"

莫莉觉得心中一阵怒气涌了上来，每次被人戏弄时，她都会有这样的冲动。"肯定还有后面的事！这根本不算结尾。"

"故事本身就是这样的，故事永远只是故事而已！"老妇人向前倾了倾，"但是，想想看，如果这是一件真事呢，嗯？"她看看莫莉，又看看基普，眼睛闪闪发亮，"想一想，如果有人可以从那棵树身上剪一根小枝条下来，"她舔了舔嘴唇继续说道，"啊呀，她就是世上的女王了……"

"她也可能被那棵树吞进去啊！"基普说。

海斯特用指关节敲了敲桌子。"你这个小家伙，说话还是这么犀利。"她像母鸡一样咯咯地笑了，随后看了看酒馆大厅。这时，透进百叶窗的光线变成了橙色的，太阳就要下山了。"我倒是很乐意留在这里聊天，不过那样的话，你们二位就得摸黑回家了。这样可不太好，你们还是走吧！"海斯特说。

基普自告奋勇去取车，还建议莫莉帮海斯特扛一下包裹。莫莉帮老妇人收拾好东西，两人一起出了小酒馆。走出酒馆，莫莉深深地吸了一口傍晚的新鲜空气。

"如果我的故事没有投你所好，我很抱歉。"海斯特理了理她的大包袱，晃了晃，"或许你可以编一个自己喜欢的结尾。"

"那样感觉像在作弊。"莫莉盯着老妇人挂在脖子上的纽扣说。

海斯特摸了摸纽扣。"愿望这种东西真是很有趣。你无法随心所欲地实现愿望，但只需实现一个，一切都会变得不一样。"

她抬头热切地看着莫莉说，"要是有人知道了一个能够实现愿望的地方，一定会觉得保守秘密才是聪明的做法……"

莫莉后退一步，只盼基普能够快点儿回来。"说这些也没用，"她说，"反正这些全都是编出来骗人的。"

海斯特轻轻笑了一声。"你先是百般求我讲故事，现在又说这是骗人的。"她将手臂交叉抱于胸前，"那你告诉我，一个故事怎么就变成谎话了呢？"

经她这么一说，莫莉认真思考起来。关于这个问题，她之前曾问过自己无数次。不过，她可以很轻易地区分出故事和谎言，就像区分"冷"和"热"一样简单——谎话犹如一根刺哽在喉咙里，令她说不出话来。她曾有好几次遇到过这种情况。"谎话会伤人！"最终她回答道，"但故事是用来帮人的。"

"说得好！但是，怎么帮？"她举起一根手指摇了摇，"这才是真正的问题……"海斯特晃了晃肩头的摇弦琴，"你自己想一想吧！"她行了个屈膝礼，沿着小路一边走一边弹着琴。

莫莉听着她的歌声，觉得很耳熟，但又想不起在哪里听过，她不由得打了一个寒战。双手揣进衣兜的瞬间，她摸到了爸妈的来信。

究竟是爸妈寄来的，还是那棵树送来的？她不禁困惑起来。

32. 果　实

基普驾着马车过来接莫莉时，她有些恼怒地问："怎么去了这么久？"

"我得掉头啊！"他一边说一边掸掉膝盖上的灰尘。他才不会说出真正的原因，至少目前不会。

回酸木林的路上，姐弟俩都没说话。基普握着缰绳，聚精会神地看着前面的路。"基普？"长时间的沉默过后，莫莉问道，"你觉得那个故事怎么样？"

从姐姐的语气中，基普听出她很认真。他耸耸肩，说："我喜欢你讲的故事，你比那个老巫婆讲得好。"

莫莉盯着他的眼睛，问："这么说，你不相信她说的那些事情——关于暗夜园丁的事情？"

"怎么能信？"基普挠了挠后脑勺，"我认为，要是温莎庄园里的那棵树，真是故事里讲的那棵的话，它一定会结出有魔力的果子。但是目前为止，我们哪有实现什么愿望？"他咧着嘴笑了笑，"除非你把它们藏了起来。"

"才没有呢！"莫莉扭头往别处看去，"我没藏任何东西。"

基普原本只是开了一个玩笑，却没想到莫莉的表情如此认真。天色渐暗，他看着姐姐的手在身侧握成了拳头。

等他们回到庄园时，天色已黑，晚餐时间也过了。莫莉直接带着从集市买回的食物进了屋。基普则去马厩喂马。他一边梳理马儿的鬃毛，一边观察着屋里的动静，等待着时机。在三楼，紧邻着巨树的地方有一扇小窗，之前，他竟从未留意过。此时，他看到有人悄悄溜进去，他觉得那间小屋一定连着楼上的走廊。他仔细辨认着屋里那个人的影子，猜测着到底是谁。他本来期望见到红色的头发，但很快，他意识到莫莉的头发早已不再是红色了。

基普等了很久，才终于有了机会来到大宅的前门处。他希望莫莉和温莎家的人都觉察不到他来了。他穿过门廊，停下了脚步。他低头看着手里的宝贝，那是他从离开集市就一直带在身边的——

黑夜人的钥匙。

这也是他花了那么长时间才驾车到小酒馆门口的真正原因。他紧紧攥着这把用枝条拧成的钥匙，生怕它消失。莫莉不许他使用这把钥匙，他知道，要是莫莉发现钥匙又找了回来，一定会大发脾气。不过，听完海斯特讲的关于暗夜园丁和巨树的故事后，他决定一定要弄清事情的真相。

基普深吸了一口气，打开了前门。

屋里很暖和，比马厩要暖和得多，空气里也没有难闻的气味。基普蹑手蹑脚地走进门厅，他后悔没在拐杖腿绑上布条，以便减轻他行动时的声音。他听到房子里的人都在里屋，他们正在吃晚饭——叉子敲到盘子上发出清脆的声音。基普闭上眼睛，尽量不让肉饼的香味影响自己。他小心地关上大门，一瘸一拐地上了楼。

基普第一次见到那扇绿色小门时，曾问过莫莉里面是什么。莫莉告诉他这是一个杂物间。也许温莎一家人也是这么告诉她的，她只不过转述而已。不过，基普现在并不这么认为，他觉得，一般人家是不会给杂物间上锁的。

基普来到顶楼，心怦怦地跳着。他握起拐杖，蹒跚着来到绿门前。他把钥匙攥得紧紧的，手心里全是汗。当他举起钥匙时，突然想起在集市上莫莉见到这把钥匙时露出的惊恐表情。不知道这扇门背后，究竟有什么可怕的东西在等着他？他看了一眼身后，随即将钥匙插进了锁孔——

钥匙顺利插了进去。

他转动了钥匙，接着便听到螺栓从锁框上滑开的声音。这把由根须和枝叶编成的钥匙，此时承受的扭力太大，它在基普手中渐渐崩裂，最后成了碎渣。不过没有关系，这份礼物圆满完成了它的使命。

基普推开门，走了进去。

33. 倒　　下

　　莫莉小心地推着茶点车进了院子。茶点车的车轮碾过鹅卵石和泥地，那些茶杯和碟子互相碰撞着发出叮叮当当的声音。"您的茶点已经准备好了，夫人！"

　　温莎夫人在大宅的后院，欣赏着自家的花园。这片土地是她的，因此土地上建造的花园也是她的。花园平时都是基普在打理，他花了整个春天除草、松土、栽种、修剪，原本的荒地现在已是生机盎然。五彩缤纷的花朵之间有一条石头小路，那是莫莉和基普一起用从河岸边搬回来的石头铺成的。花园里还有铺满青苔的树桩，甚至还有一弯小池塘。这花园也许算不上正宗的英格兰式花园，但也打理得很不错。

　　莫莉朝草地的方向扫了一眼，看到基普正在劈柴，每次他在思考问题的时候就会干这活儿。自从两天前，姐弟俩从村子里回来后，基普就同她保持着距离。她努力赶走心底的忧虑，强迫自己不去探究基普到底为了什么事而烦恼。

　　莫莉把茶点车推到温莎夫人身旁，此刻温莎夫人正坐在一把铁艺躺椅上。暮春时节，早晨就已经很热了，可是温莎夫人还披着两条毯子，把肩膀裹得严严实实的。"告诉你弟弟，该把水塘上面漂浮的东西清理一下了。"她一边说，一边转动着手指上的戒指。

"好的，夫人！"莫莉一边说一边往茶杯里倒茶。

"常春藤都长进篱笆里了。"

"好的，夫人！"莫莉往茶里加了两块糖，然后搅拌着，直到白色的糖块完全溶化，她才把茶端给女主人。温莎夫人用她那苍白的手接了过来，然后费劲地把茶送到自己唇边，那茶杯与茶碟竟撞得叮当直响。莫莉不忍直视，但又无法移开视线。只见阳光下，女主人白得近乎透明，她脖颈部位细小的蓝色血管在皮肤下十分醒目，曾经闪亮的秀发现已变得稀稀疏疏，就像一堆黑色的蜘蛛网，她的嘴唇乌青，几乎与眼睛的颜色一样。莫莉此前从未见过死人，但此刻，看到温莎夫人，她觉得自己看见的就是一个死人。

温莎夫人一定是从莫莉脸上看出了什么。她坐直身体，把茶杯放到一旁。"有什么事吗？"

"没有，夫人！"莫莉推着茶点车迈开了脚步，"我只是有点儿走神。"

温莎夫人用那双冰冷的手抓住了莫莉的胳膊。

"那你刚刚在想什么？"她问。

莫莉听不出温莎夫人这是在请求，还是在质疑。她盯着女主人瘦骨嶙峋的手指上套的那枚戒指，说："我只是在想我和基普刚来的时候您说过的那些话。当时您说，担心家里人染病。"

温莎夫人放开了她的胳膊。"你的记忆力倒挺好的。"

莫莉有些紧张，连呼吸都有些不畅。"如果这座房子会让你们生病，你们为什么还要留下来？"

温莎夫人抿了抿嘴。"我也正想这么问你……不过我已经知道答案了。"她用乌黑的眼睛盯着莫莉说，"你口袋里的那些信——"

"您知道信的事情？"莫莉吓了一大跳。

温莎夫人摆摆手，示意她不要怕。"听着，我并不清楚信的具体内容。我只是看到了你在看信。你当时可能以为周围没人，但在这座房子里，没人可以真正独处。"她看向笼罩在屋顶上方的树冠，"我留下来的理由和你的一样。要是你肯烧掉这些信，我就肯离开这个地方。"

莫莉连忙把手护在围裙的口袋上。"决不……"

温莎夫人笑了，说："对啊！没有这棵树，没有它的馈赠，我们就会像随波逐流的小船，没有了方向，没有了人生的目标。"她双手捧起了茶杯，重新靠在椅背上。这一次茶杯在她手上没有之前晃动得那么厉害。"我认为，这种小病和得到的馈赠相比，太合算了，不是吗？"她喝了一小口茶，问道，"你同意吗？"

"是的，夫人！"莫莉回答。

谈话结束了。莫莉行了个屈膝礼，回到了屋内。她反手关上厨房的门，心中一片冰凉。她把手伸进口袋，摸出一沓从巨树那里得到的信，这些信都有海水浸泡过的痕迹，而且每一封的笔迹莫莉都很熟悉。然而现在……莫莉有些怀疑，如果这不是妈妈写的呢？如果这些信不是爸妈写来的，而是一棵树施展魔法变出来的呢？这棵树的目的说不定是把人留在身边，然后以人为食呢？她不敢继续想下去。

莫莉抽出其中一封信。这封信跟其他信一样，都在结尾写着爸妈的保证，保证很快就会来，并且最后一句话永远都是：一定要在这里等我们！莫莉大声念出了这几个字，这一次，她的脑海中回荡的不再是妈妈的声音，而是一阵遥远而空旷的风声。

莫莉失魂落魄地来到火炉前。她甚至不知道自己在干什么。她蹲下来，打开炉灶的铁门。炽热的空气拂过她的脸颊，炉中的余火依然红亮。她的手指抚过那沓信件，想要说些什么，下嘴唇却哆嗦得厉害。"再会！"说着，她将信扔进了火炉。

莫莉两眼泛着泪光，看着火焰渐渐吞没信纸的边缘……

"不要！"她顾不得火苗灼伤手，发疯一般从火炉里抢回信件，在围裙上扑灭火苗。信的一端已经烧焦了，但主体部分都还在。她保住了信件，不由得自主地闭上双眼，把这些信紧紧抱在胸前。

"对不起……"她抽泣着说，"对不起……"她甚至不知道该对谁说"对不起"。

这时，莫莉听到屋外传来"哗啦"的一声响。她赶紧把信件塞回口袋里。"夫人，是您吗？"她一边喊，一边打开了门。

没人回答。

莫莉向花园跑去。"夫人？"地上散落着摔碎的茶杯。餐车

翻了。温莎夫人倒在地上，一动不动。

"怎么了?"莫莉抓着女主人的肩膀摇晃着。温莎夫人翻着白眼，浑身冰凉，乌青的嘴唇大张着。莫莉试了试，大惊失色，她已经感觉不到女主人的呼吸了。

"基普! 老爷!"莫莉大叫起来，"快来人啊!"

34. 水蛭和蜥蜴

莫莉走进温莎夫人的卧室。"医生，我又拿了些水来。"她捧着一只用印度橡胶制成的类似酒囊的东西，里面装满了滚烫的热水，烫得她几乎拿不稳。

"放到她脚边吧，小姑娘！"医生说。

康斯坦丝·温莎躺在床上，脑袋不停摇晃着，嘴里发出含混的咕哝声。她身上起码盖了十来条毯子，摞得高高的。莫莉来到床脚，把毯子掀起一部分，露出女主人的光脚。看着这双干瘪的、黏糊糊的、冷得像冰块的脚，莫莉感觉很不舒服。她把热水袋垫到那双脚下，重新盖好毯子。

"噢，小康……我可怜的小康！"温莎老爷远远地站在墙角，双手不停地摩挲着。他头发蓬乱，满脸胡楂，脸色灰白。妻子在花园中倒下后，已经过去两天了，他一直陪在妻子身边，一步也没有离开。

克劳奇医生用一把小钳子在温莎夫人的头部给她做检查。"看起来很正常呀……"他一边说一边拿着检查结果对比着床头柜上的表格。他的鼻梁上架着一副金边眼镜，看人时喜欢将头偏斜。不过，这和他斜眼看莫莉的表情是不同的。他打开黑皮包，拿出一只像铜漏斗的东西，把细小的那头塞进自己的耳朵里，另一头则放在温莎夫人的胸口，静静地听了一小会儿。"唔……

太古怪……"他皱着眉说。

"什……什……什么古怪?"温莎老爷走了过来。

医生从背心里摸出一本小小的册子,又看了看怀表,一边在册子上记录一边说道:"从心率和眼球运动的情况来看,我认为您的夫人没有睡着,她应该是被困在了某种混沌的状态——就是介于熟睡和清醒之间的某种状态,我给它命名为'半梦游症'吧!"他一脸得意地说,"没有比这个更贴切的说法了!"他兴奋不已,快速而潦草地记录下来,并自言自语地说,"克劳奇,老伙计……要是医学会知道了,一定会轰动的……"

"肯定有办法治的!"听得出来,温莎老爷说这话时显得底气不足。

克劳奇医生记录完毕,开口说道:"卧床静养!不仅是温莎夫人,庄园里的人都需要静养。之前我在你们家发现的神秘热症,其发病的速度明显加快了。恐怕庄园里其他成员不久便都会相继发病。"

莫莉清了清嗓子,问道:"先生,您不用水蛭试一试吗?"在莫莉的家乡,那些医生常常用水蛭治病。他们认为水蛭可以把人体血液中的毒素吸出来。

"水蛭?"克劳奇医生不屑地哼了一声,"你看看这位女士还有血可以让水蛭吸吗?我猜下一次你会不会让我往她身上捆龙葵,或者用水银给她洗澡?我说,小姑娘,我们即将迎来现代化,随之而来的是现代医学。"他将胖手伸进包里,掏出了一只小瓶，"举个例子吧，这是鸦片酊，非常棒的东西！我每天早上喝茶时都要滴几滴，它能镇定神经。"

莫莉只觉得脸上火辣辣的。听了克劳奇医生的这番话，她觉得自己太无知了。"我去厨房看看。"她低着头，退到了过道，却发现在门口偷听的阿利斯泰尔和佩妮。

"妈妈还好吗？"佩妮一边问一边探头朝里面看。

"当然不好了！"阿利斯泰尔嘴里塞满了薄荷糖，嘟囔道，"就是因为不好，所以爸爸才叫来了医生，笨！"

"嘘！你们两个都别说了。"莫莉一边说一边轻轻摸了摸佩妮的头发，"你们的妈妈会好起来的，克劳奇医生是全英格兰最好的医生，也说不定是全世界最好的。据说，当年拿破仑的头被砍后，就是被一个医术很厉害的医生缝回去的。"

"拿破仑是被毒死的，"阿利斯泰尔纠正道，"那是三十年前的事情了。"

莫莉用眼神示意他胖胖的手里拿着的糖，反击道："恐怕你是吃糖吃腻了！"

阿利斯泰尔眼珠一转，像牛一样吧嗒吧嗒地嚼了几声。"你可能说得对！"他把一大坨黏糊糊的薄荷糖吐在了地上，笑着说，"你得把这里打扫干净，不然就会有人踩到上面摔倒。"

这时，莫莉身后的门"砰"的一声被推开了。只见温莎老爷紧握着双拳，像风一样从妻子房间里冲了出来。莫莉三人连忙侧身躲让，以免被撞倒。

"他急急忙忙的是要去哪儿呢？"阿利斯泰尔一边小声嘀咕着，一边擦掉了下巴上黏糊糊的口水。

莫莉没有回答，她让孩子们回到各自的房间，叮嘱他们洗手准备吃饭。孩子们离开后，莫莉去了前厅。她知道温莎老爷去了哪里，因为她看见他手里拿着钥匙。

莫莉上到楼顶时，发现那扇绿色的门果然打开着，温莎老爷好像在里面走动着。她听到了温莎老爷的声音——那是介于吼叫和低语之间的声音。"让她好起来！"他命令道，"你到底有没有听我说——我需要药物。膏药、丸药……只要能治好她，什么都可以！"

莫莉探头朝屋内看去，只见温莎老爷面朝树洞站着，而那树洞竟源源不断地吐出金币、先令、硬币。温莎老爷冲向树洞，将手伸了进去，使劲刨着。"别冒钱了！我要——"他一拳砸到树干上，"——出去！"

温莎老爷双手捂着脸，瘫坐在地板上，哽咽着说："我要出去……"

莫莉目不转睛地盯着温莎老爷，此时的温莎老爷看起来像一个迷路的孩子。她以前也曾见过男人哭泣，可从未见过像温莎老爷这样无助的。

她小心翼翼地走进房间，轻声叫道："温莎老爷？"

"莫莉！"温莎老爷跳了起来，迅速擦干眼泪，笨拙地想要用身体挡住树洞，"我刚刚只……只……只是在跟自己说话……

想一些事情——"

"没事的，先生！"莫莉打断温莎老爷的话，"我知道这棵树的秘密。"

温莎老爷的惊慌片刻间消失不见了。"我猜也……也……也瞒不了多久。"他气馁地吸了吸鼻子，"我真的不善于保守秘密。"

莫莉有些后悔来到这里，亲眼看到了主人的狼狈。她知道自己此刻应该离开，但她也知道，自己并不仅仅是个女仆，而是温莎庄园这个故事里的一部分。她从口袋里掏出手帕，递给男主人："也许您用得着。"

"谢……谢……谢谢你！"说着，他用手帕擦了擦鼻子，又伸手摸了摸已经很久未刮胡子的下巴，继续说道，"我看起来一定很狼狈吧！"

莫莉捋了捋脸庞的发丝。"我们的境况都很不好！"她和善地笑了笑，"老爷，我知道，您正在尽全力帮助您的太太。"

温莎老爷点了点头，随即低下头将手帕展开，又一点点叠起，直到小得不能再叠。时间像静止了似的。"这……这一切本来不应该是这样的。"温莎老爷终于开口了，"我本来计划靠自己干一番事业，向她证明我……"

莫莉慢慢靠近温莎老爷："温莎夫人跟我说过，您当初是多么努力，想让她过上好日子。"

"她是这么说的吗？"温莎老爷露出痛苦的神色，"小康坚持说她不在意舒适的生活——但是我知道她很在意。我想让她拥有更好的生活，但我知道，一个小小的书记员实现不了那样的愿望，要是我老老实实地工作根本没办法赚到那么多钱，所以，我就拼命想办法去捞偏财，做投机。"

莫莉知道，投机其实类似于赌博，赌中了才有钱赚，没赌中可能连本都捞不回。看着眼前瑟瑟发抖的温莎老爷，想到温莎夫人躺在床上人事不省的样子，又想到自己曾经那么多次默默地维护温莎老爷，把他想象成一个娶了冷酷又无情的妻子的可怜虫，突然觉得自己是多么肤浅和愚蠢。她现在才明白比起温莎老爷，温莎夫人才是真正的受害者。"您也许做错了，先生！不过，您的动机还是好的。"莫莉虽然嘴上这么说，心里却不再同情温莎老爷了。

"但是我根本就没做成……这才是问题，市场行情变了，投资血本无归。我只好不断地借钱，拆了东墙补西墙。银行冻结了我的账户，没收了我的房子和所有财产。"

"这么说，您就是从那时候搬到这里来的？搬到这个您出生长大的地方？"

"我最开始想把这里卖掉。"他说，"但是我一回来……看到这扇门，我突然记起了一切：我的父亲如何做了大量研究，带着我们来到了这里；又如何围绕着这棵树建了这座房子，把这个秘密藏了起来；他和我的母亲又是如何在一天夜里……"他摇摇头，似乎不想再回忆那段恐怖的过去。

"他们究竟怎么了？"莫莉柔声问。

温莎老爷像是没听到莫莉的问话，他笑了笑，继续道："我打开这扇门的时候，还发现了一些其他的东西。"他举起一枚硬币。"我的愿望。"他紧紧握住硬币，脸上的表情变得痛苦万分，"我以为这样就能挽救我们。你知道的，我们没有别的地方可去了。"

莫莉非常理解温莎老爷的这种心理。她还记得自己和基普一起孤苦无依地浪迹大街的日子。那时，为了让弟弟摆脱四处流浪的生活，她愿意做任何事，包括带着他来到这样一座宅子——一座令她感觉十分危险的房子里。她双臂抱在胸前，克制住身体的战栗，不禁思考着，温莎老爷需要什么，她自己需要什么，这棵树都一清二楚。他、他们，都在绝望中来到树前。他们难道都在做着邪恶的交易吗？

"无论我做什么，情况都越来越糟。"温莎老爷心不在焉地说，"债务，贷款……就像一条大蟒蛇，把我缠得越来越紧。"

莫莉盯着从墙上突出来的一根细小的树枝，发现它真的很像一条蛇。"我们爱尔兰没有蛇。"突然间，她有了主意，"很早以前，一位圣贤把蛇全都赶跑了。"

温莎老爷疑惑地点点头说："我听说过。"

"但是我们那里有蜥蜴。"莫莉看向窗外，回忆道，"蜥蜴不是蛇，但它们同样会咬人。最讨厌的是，它们喜欢躲在花园里偷袭。所以，为了除掉蜥蜴，人们传下来一个很管用的法子——在太阳下山前，等到气温下降，而蜥蜴还没有回到洞里的时候，找一块被火烤得通红的岩石，放到花园中央。那些蜥蜴，它们怕冷，就会径直朝岩石跑过去，然后蜷缩在上面。到了早上，人们就会发现蜥蜴还在岩石上，它们被活活烤死了。"她转过身，"您应该明白，烧红的岩石帮蜥蜴抵御了寒冷，却也成了杀死它们的利器。"

走廊外，传来一声微弱的叹息。莫莉朝温莎老爷走了几步，将一只手放在他的肩头。"先生！您太太需要的不是珠宝，也不是钱财，甚至不是医药。"她朝敞开的房门看了一眼，"她和蜥蜴一样，只是在趋暖避寒。"

说完，莫莉紧紧地盯着温莎老爷，她希望他能领会这个故事的含意。

"你说得对！说得对！"温莎老爷连连点头。但是莫莉看不出他是否真的明白了。温莎老爷弯下腰，把地板上剩下的硬币全都拾了起来，塞进口袋。"给……给……给医生的。"他带着歉意说道。说完，他低着头，退到了走廊上。

莫莉再也抑制不住自己的情绪，她后悔不已，羞愧难当。为温莎老爷，也为她自己。

一道粼粼的水光打破了房间的沉寂，接着，莫莉便闻到了一阵熟悉的咸味。她转过身，发现树洞已不再是空的了，里面满是黑沉沉的水，水面上漂着一封信，信上写着"莫莉收"。

莫莉靠近一步，又见到了妈妈亲切的笔迹和娟秀的字体。这封信在水中荡漾着，似乎在等待着她拾起。

35. 激烈的争论

晚饭时，大厅的气氛十分沉重，就连平时喜欢作弄佩妮的阿利斯泰尔也一声不吭。然而当基普出现在大厅时，阿利斯泰尔却开口了："他来这里干什么？"

"阿……阿……阿利斯泰尔，"温莎老爷说，"最近家里发生了很多事情，我不忍心让莫莉准备完我们的饭，还要另外做给自己和弟弟吃。今晚基普就和我们一起用餐。"他冲莫莉笑了笑，"不要再拘礼了，过来坐吧！"

莫莉领着基普走到佩妮身旁的空座位前。"谢谢您的好意，先生！"说着，她用脚轻轻踢了基普一下。

"谢谢！"基普学着莫莉说道。此刻，他的注意力集中在餐柜上那一大盘热气腾腾的羊肉上面。那是用海斯特帮他们争取的特价买下的。

"挺好！"克劳奇医生大声宣布。接着，他毫无顾忌地把餐巾塞到领口，"我一直说，英格兰人和最野蛮的外族人之间唯一的区别就在于出生地不同……当然，大脑的尺寸也是不同的。"

"不要理会阿利斯泰尔。"佩妮把椅子朝基普挪了挪，轻声说，"他巧克力吃多了，正肚子疼呢！"

莫莉把基普的拐杖靠墙放好后，便开始上菜。

因为温莎夫人病得太厉害，无法承受舟车劳顿，家里便决定请克劳奇医生留下来住几天，以方便他随时观察温莎夫人的病情。这就意味着莫莉需要干更多的活：既要照顾病人，又要安顿客人。在百忙之余，她能圆满完成烤肉的工作，已经算是一个奇迹了。

莫莉正给每个人的盘子里分着羊肉。她看见弟弟基普的面色有些灰白，便特意给他分了一大块边缘带膘的羊肉。温莎老爷以前吃饭时总爱不停地说笑话，但今晚却闷闷不乐。整间屋子，只有克劳奇医生在喋喋不休地发表着他在医学领域的独到见解。

"我最担心的事情，"医生一边说一边给自己添了第二盘羊肉，他就是那种即使满口食物，也能滔滔不绝高谈阔论的人，"就是不知道我那些受人尊敬的同行们，究竟还有多少人被迷信所蒙蔽。知道吗？就在不久前，学院宣布要主办一场专题研讨会，讨论灵魂世界是否存在的问题。你们能想到会出现这种事吗？"说完，他敲了敲自己的酒杯，莫莉见状赶紧上前将他的酒杯倒满。"我只是不明白——再多倒一点，亲爱的——在现代社会里，最具有前瞻性眼光的那些人，怎么会被这些完全不可信的东西所蒙蔽。通灵？灵媒？都是些江湖骗子罢了！"

在所有人中，基普是听得最用心的。"这么说，您不相信有鬼？"他问道。

克劳奇医生抬眼看着基普，一副又好气又好笑的样子："小家伙，我信奉自然界，我信奉实践出真知。迷信思想只不过是那些不思进取的人，在遇到无法理解的事情时虚幻出来的自欺欺人的东西罢了。原始人觉得，在青草和树丛的每一片叶子上都住着精灵。就拿你家门口那棵大得出奇的巨树来说吧——"

佩妮顿时来了精神。"噢！那是一棵有魔法的树。"她说。

"荒……荒……荒谬！"温莎老爷打断女儿的话，扭头冲医生笑了笑，"我也不知道她怎么会有这种想法……"

"可是，这孩子刚好证明了我的观点。"医生接着说道，"年龄未满十八岁的人，可能会说那棵树有魔法，还能编出个故事来，就像荷马史诗里讲的那种莲花①，还有那个名气最大的天国花园②。巧的是，现在考古学家们已经考证出来了，这座花园位于遥远的异域——波斯，而并非人们幻想的天国。"

"不是所有的故事都是胡编乱造的！"基普看着莫莉说道。

莫莉瞪了弟弟一眼，提醒他注意礼貌。

"故事当然都是编造的，我的孩子。不然的话，那就不叫'故事'，而叫'事实'了。我们身处现代社会，不应该再去相信这些胡编乱造的东西。我们再回头说说这棵'魔法树'，显然，周围土壤所提供的独特而均衡的养分，刚好适合这种树的生长。"他往嘴里塞了一片烤羊肉，"正如这羊肉很符合我的营养需求一样。"

基普似乎并不认同医生的说法。"那么，好人和坏人，也是

---

① 莲花：荷马史诗《奥德赛》中提及的一种植物，人吃下后会忘却烦忧。
② 天国花园：指伊甸园。《安徒生童话》中也有同名篇章，讲述一位王子寻找亚当夏娃曾经居住的天国花园的故事。

编造出来的吗？"他问。

克劳奇医生哭笑不得。"貌似在座的有一位小小哲学家呀！"他放下刀叉，双手交叠着放到肚子上，"小伙子！请不要认为我在无理取闹。事实上，我是一个非常理智的人。好奇心带领着我们去探索一切的可能性，对我而言，探索意味着必须有严谨的科学性。如果你告诉我'世界上有鬼'，我会回答：'请给出证明！'要是真的有人能证明鬼神的存在，哎哟哟，不得了，那个人一定会名垂青史，与古往今来最伟大的人物并肩——欧几里得、柏拉图、哥白尼……"他的眼睛扫视着桌面，在说到"名垂青史"时两眼发光。

温莎老爷拍了拍巴掌。"好啦好啦！"他大声说，显然想换一个话题，"谁知道这么厉害的人在哪里！"

接下来的时间里，并没有什么有趣的事情发生。吃完饭基普就回马厩了，他要照顾伽利略。莫莉收拾完桌子，便去布置克劳奇医生的卧房。她铺好了床单，打量着医生从城里带来的便携式医疗箱，发现箱子里装着海量的笔记本和瓶瓶罐罐，还有闪闪发亮的科学仪表，看上去就像一个移动的实验室。她看着那些工具，很好奇克劳奇医生是怎么操作这些的。她想，有这么神奇的设备，温莎夫人的病一定可以治好，说不定，克劳奇医生还能更进一步，做点儿别的……

莫莉放下手里的活儿，跑向温莎夫人的房间，一眼便看见了坐在温莎夫人床边的克劳奇医生。只见克劳奇医生把体温计放进温莎夫人的嘴里。过了一会儿，他拿出体温计，仔细观察着上面的刻度。"呃，不太妙啊！"他喃喃自语道。

"病人好些了吗？"莫莉站在过道里问。

克劳奇医生叹了口气，说："似乎没有好转的迹象，'克劳奇热症'可能是无法治愈的。"莫莉愣住了，过了好一会儿，她才明白过来，原来克劳奇医生用自己的名字给温莎夫人的病症命名了。"我已经把能想到的所有办法都试了一遍，不过都没什么作用。"克劳奇医生补充道。

"我一直在想您晚饭时说的话，'好奇心带领着我们去探索一切的可能性'。"莫莉说，"您有没有想过，如果这种病是由某种魔法引起的呢？"

听到有人引用自己的言论，克劳奇医生立刻露出了自豪的神情。可是听到"魔法"二字，克劳奇医生盛气凌人地笑着站了起来："啊，我知道了！你是爱尔兰人吧？我忘了你们是特别迷信的人种，很容易受骗。"他拍了拍莫莉的肩膀，"我并不想用我对自然界的推测来搅乱你的小脑袋瓜——"

"我真的亲眼见过鬼！"莫莉说。

医生的笑容渐渐变成了不耐烦："你应该说，你'以为自己见过'吧！"他打了个响指，"出现幻觉，说不定也是这种热症的症状之一？"

"不是幻觉！"莫莉摇摇头，"我看见了，他每晚都到庄园来，挨个进入每间房，这就是大家生病的原因。您做医学研究的时候，从来没听说过这样的事吗？"

医生轻轻摸着下巴，似乎被莫莉的说法吸引了。"有啊，当然有！有一些病是可以携带传播的。我记得中世纪的黑死病传染性就极强，但那是老鼠传播的，"他冷笑着说，"不是鬼魂。"

莫莉闭了嘴，不再反驳。她突然意识到，跟一个本身并不相信鬼神的人争辩这些是毫无意义的。"不管是不是鬼，"她说，"反正我说的这个家伙是真的存在，我保证您绝对没见过。"

"一个未被发现的新物种？"医生的兴致被提了起来。

莫莉似乎看到了希望。"绝对没被发现过，"她说，"我带您去看，就今晚。我想您看了就应该知道该怎么救治我们家夫人了。"她盯着医生的眼睛，"找出'克劳奇热症'的病因只是一方面，要是连治愈的办法都找到了呢？女王陛下可能会给您授勋，这可是终身荣誉。您将被世人拿来与您刚才提到的那些聪明人相提并论，您会名'挂'青史！"

"是名垂——"医生和善地纠正道，"名垂青史……"他的目光越过莫莉，一双小眼睛闪烁不定，好像正在畅想这番美好的景象。

"抓住难得的机会，成就非凡的伟人！"莫莉声音轻快，抑扬顿挫地说，"像您这样的科学家，至少要试一试，这是您的职责。"

克劳奇医生摩挲着下巴说："我可以按你说的去查证一下。别的不说，一旦结果出来了，能治好你的幻想症也不错嘛。"

"请您一定要找到证据证明我是错的。我只求您这一件事。"
莫莉走近一步，"要是结果证明真的有鬼，您能把他抓起来带走
吗？"

36. 陷　　阱

基普用耙子将黑夜人填在树洞里的枯叶一点点挖上来，边挖边问："医生能帮什么忙？"他看了一眼莫莉，只见她靠着大树，坐在倒放的篮子上面。

"医生懂得很多科学知识。"莫莉一边缝补着伽利略车斗里的破网，一边说，"说不定他有办法用镜子或瓶子里的那些东西捉住那个园丁。"

基普擦了擦额头的汗，说："我不认为科学是这么玩儿的！"他跟医生打过两次交道，对医生的评价可没莫莉那么高。他觉得克劳奇医生是那种非常自以为是的人，就算有人告诉他"你头顶着火啦"，哪怕最后被烧伤的人是他自己，他也只会挑那人的错。"另外，"基普跛着脚走过来，"你不是告诉我，他根本就不相信你吗？他只觉得那是某种动物。"

"我们不需要他相信。"莫莉说，"我们只需要他来帮忙。"

"你们在说什么？"佩妮从一座小山包后面跳了出来，"这个网子是用来做什么的？"她正忙着玩游戏，不停地在这些长满野草的小土丘上跳来跳去。基普觉得佩妮这么玩很有趣，只可惜他永远也玩不了这样的游戏。

"回去玩你的。"基普一瘸一拐地朝莫莉走过去，压低嗓门说，"我觉得我们这么做是错的，我们应该像鼻涕虫躲开盐巴一样，离那个园丁越远越好。"

莫莉"扑哧"一声笑了出来。"基普，我知道这事成功的概率不大，但是万一成功了，就能把园丁赶走。我们就安全了。"

"要是没有成功，"基普说，"他就会发疯，我们就会……"他摇着头，不确定究竟会发生什么事。但是他明白，后果一定很可怕。就像很多年前，发生在温莎老爷爸妈身上的事一样可怕。

"老远就听到你们的声音了，"佩妮又越过一座小土丘，"你们在说黑夜人的事情吧？"

基普和莫莉异口同声地大喊："没有！"在这一点上，他们充分保持了一致。

佩妮不高兴地转身离开，继续玩游戏去了。

基普拄着拐杖，按摩着左腿。他的膝盖一阵阵地抽痛，他想起海斯特在村里给他和莫莉讲的故事，又很快联想到这座房子、这棵巨树，以及他在绿色小门内发现的事情，不禁再次怀疑莫莉对这个地方的了解程度。他看着莫莉把两截绳子结到一起，翻上去，穿出来，这正是爸爸教过的打结方式。

"很久没收到爸妈的信了，你觉得他们还好吗？"基普说。

莫莉手上的动作慢了下来。"我觉得他们都会很好！"她把绳结解开，又重新打着结。

基普瘸着腿走近莫莉，仔细观察她的表情，总觉得她有什么地方不对劲。"要不，拿一封以前的信念念吧！打发打发时间？"他建议道。

莫莉摇了摇头，看都不看基普一眼。"我没带在身上。那些信装在围裙里老是碍手碍脚的，所以我把它们放到其他地方了。"她把网子举起来，"另外，我们还得干活呢！这可是医生的指令。"

　　基普觉得喉咙一紧。"医生的指令。"他小声嘀咕着，心想，为什么莫莉不肯对他说实话呢？为什么就不肯承认她很害怕"暗夜园丁"呢？为什么她要用笑容和故事来掩饰自己呢？其实基普知道原因——莫莉觉得他这个弟弟太小了，太脆弱了。真是这样的吗？他看着不远处的佩妮，看着她在小山包上跳来跳去，欢笑嬉戏，他也想不顾一切地像佩妮那样玩耍。他想和其他男孩子一样，去游泳，去跳跃，去疯跑，去玩闹。

　　基普握住耙子，继续干活。之前克劳奇医生就已经指示过他，要他把巨树周围清理干净，以便设置陷阱。自从上次被树根缠住，好不容易脱险后，基普便十分小心，平时干活的时候，总是远离巨树和地洞。现在，地洞上面盖着一层厚厚的枯叶。他把地洞清理干净，惊讶地发现这个洞还和之前一样深。基普记得，很多个夜晚，他都有听到暗夜园丁在黑暗中挖洞，但是奇怪的是，这里并没有变化，还一直维持着原样。

　　基普一瘸一拐地从地洞旁走开，打算将堆在旁边的枯叶运走。他两手握着耙子，用一条腿保持着身体的平衡。"要留遗言吗？"问完，他模仿着刽子手行刑的动作，举起耙子朝枯叶堆砍了下去。铁做的钉耙势如破竹，一路直下。基普原本以为钉耙会直接打到硬邦邦的地面上，没想到，耙子触底时却软绵绵的，似乎找不到受力点。基普先是吃了一惊，接着，他身体失去平衡，狠狠地摔了一跤，肩膀重重地撞到了地上。

"我没事！"为了不让莫莉担心，基普赶紧冲着她喊道。基普站起身，调整好呼吸。之前他只是腿疼，现在肩膀也开始疼起来了，甚至连靶子都拿不稳。他步履蹒跚地回到枯叶堆前，用手将散落的枯叶拨开。接着他用耙子在枯叶上拍打了一会儿，然后将耙子深深插进枯叶里。

这下面又是一个洞。

"我想你应该过来看看。"基普冲莫莉喊道，"小心脚下！"

姐弟俩花了半个小时的时间把巨树周围的树叶都清理了出来。最初他们只发现了两个洞，等清理完毕，发现竟有六个洞，六个长方形的洞排成一排，深浅都差不多，只是长度不一。最靠近房子的那个洞的长度相当于一个成年男子的身高，而另一头最旁边的洞，则相当于一个小女孩的身高。

一阵微风吹过，基普脖子上的汗毛竖了起来。他回头望向草地，看见佩妮正在不远处玩耍。他顺着佩妮的方向望去，只见绿色的小土丘高低起伏，一直绵延到远方，每一座小土丘都差不多是一个人体的长度。"姐姐，我觉得那些不是普通的小土丘……"他盯着那些小土丘，发现小土丘多得数不清。

莫莉握住了基普的手，她的手心冒着汗，黏糊糊的。"这个地方……"她的声音低得像是在呓语，"这里就是一个大坟场。"

"不对！"基普咽了咽口水，扭头盯着巨树，"这是一个大陷阱。"

"你们背后那些是什么？"不远处的佩妮发现了基普和莫莉背后的洞，她一边大声问，一边蹦蹦跳跳地朝姐弟俩跑了过来，"你们在修碉堡吗？"

"别过来！"基普大喊。他一瘸一拐地奔到最小的洞坑前面，想要挡住佩妮。

"佩妮！"莫莉亲切地喊道，她略显得有些紧张，"你可不可以回屋里，去看看你妈妈的热水袋还热不热？顺便告诉医生，我们马上就做完了。他知道的。"

佩妮盯着姐弟俩看了一会儿，像是怀疑姐弟俩在玩什么好玩的游戏，却不让她参与。"算了，好吧！"说完，她跑回了屋子。

"差一点儿就被发现了。"直到小女孩走进屋里，基普才开口说道。

"你是对的！"莫莉盯着那一大片坟堆，"我们不该陷在这种地方。"

基普盯着莫莉苍白的脸，发现她原本碧绿的眸子已经变得漆黑。其实他很想告诉姐姐，他知道她为什么坚持留下来。这时，他的左腿又抽痛了一下，他不由自主地皱了皱眉。

"来吧！"说着，他转过了身，咳出一口痰，"呸"的一声吐到脚边的坟坑。按坑的大小来看，这就是用来埋他的，"我们还要去抓怪物呢！"

37. 暗箱照相机

莫莉补好那张网时，天已经完全黑了。网很大，差不多有二十英尺宽。她又在地上钉了一根木桩子，把网固定在树下。"完工了，医生！"她吃力地站起身，大喊道。

此时的克劳奇医生斜靠在门廊上，惬意地享用着最后一口茶。尽管他对莫莉所讲述的故事持怀疑的态度，但他依然全身心地投入到这场难得一见的捉鬼实验中。整个下午，他都在村里准备着捉鬼的工具。现在全副武装的克劳奇医生，不再是那个派头十足的儒雅学者，他像屠夫一样在肚子上围着皮制的围裙；他的肩膀上胡乱地挂着钓鱼竿、捕兽夹、速写本、望远镜，还有一些莫莉猜不出用途的东西；他的帽子上有一副护目镜，镜片又黑又厚，帽顶居然还有一盏灯。

"等我检查后，才能确定你们是否完工了！"医生放下茶杯，站了起来。他走到那张网跟前。姐弟俩在网的边缘处钉上了一些木桩以便固定整张网。"棒极了，这些多挖的洞做得很好。"

听了医生的话，莫莉赶紧冲基普使个眼色，示意他不要告诉医生这些洞并不是他们挖的，以免吓到他。基普心领神会地点点头。

"现在，用树叶把网盖好。"说着，医生转身继续饮茶。之前他很明确地告诉过姐弟俩，他不参与这种体力劳动。

"还要把叶子盖上去？"基普有些不情愿地嘟囔着。

克劳奇医生没有回答，也不知道他是没有听见，还是听见了却不予理会。

莫莉拿起两把耙子，递给基普一把。"这样也好，我们就不必一直盯着自己的墓穴了。"她说。

还剩最后一步——把长绳系到网上，捕获黑夜人的陷阱就完成了。医生指挥莫莉把绳子绕在巨树上面的一根树枝上。那根树枝非常高，莫莉试了很多次，费了很大的劲才爬到树枝上。她把绳子绕在树枝上，然后将绳子的一端扔给了基普。

"系紧一点儿，我的孩子！"克劳奇医生指示道。

莫莉站在基普上方，看着基普将绳子系到车斗上。她知道，虽然基普没说什么，但他其实并不想做这些事。

"你还好吗？"莫莉问。

"怎么会不好呢？"基普耷拉着脑袋，一副无精打采的样子。

最近几天，基普不怎么说话，也不怎么笑。从他口里蹦出的每个问题，仿佛都是对莫莉的巨大考验。基普偶尔会在那条病腿的髋部揉一揉，脸上的表情也很不自然。莫莉看在眼里，疼在心里。她猜基普的腿肯定痛了一段时间了，只是最近他才表现出来。

基普将绳子系紧，然后一瘸一拐地朝莫莉走过去。

"医生，都准备好了！"他说。

现在就只剩下等待了。克劳奇医生一边哼着歌，一边守着自己昂贵的器材——他的这些宝贝，是决不允许姐弟俩碰的。他从花园里拿来一把椅子放在车斗背后给自己坐，却要两个孩子蹲在车斗背后的草地上观察。莫莉拉紧外套，她知道，此刻腿疼复发的基普比她更加难受。

夜幕降临，伽利略越来越紧张，它不断拉扯着马嚼子。基普耐心地安抚着它，以免它跑出去破坏了整个计划。"它肯定想远离这棵树！"他用力拉着缰绳，"要不把它放了吧？"

"请让文化层次更高的人来制订行动计划，好吗？"黑暗中，传来了医生愤怒的声音。

"我弟弟不是那个意思！"莫莉说，"您做了这么多，我们心里很感激。"

"当然应该感激！"医生的言语中透着些许委屈，"普通的医生怎么可能屈尊降贵，跑来验证你们这种人提出的假设。算你们走运，我可不是普通的医生！"

"有种再说一遍！"基普在旁边嘟囔道。

莫莉只觉得胸中怒火在燃烧。她不明白，为什么基普的态度这么消极？为什么他就不能相信自己？不过转念一想，基普凭什么要相信她呢？难道就凭她是姐姐？"医生，"她甜甜地说道，"要不然，给我们讲讲您的计划吧！您的计划肯定是既周详又高明。"

"我可不会把话说得那么满，孩子……"医生哈哈一笑，做出一副谦逊的姿态，"按照你们的汇报，那个东西每天晚上都在这棵树附近出现，根据这一点我可以判断，这是某种穴居的哺乳动物，可能是黄鼠狼，也可能是獾。”

"要是獾的话，大得也太离谱了！"基普说。

莫莉用手肘顶了基普一下，以示警告。

克劳奇医生仿佛并没有听见基普说的话。"等那个东西出现的时候——我是说，如果有东西出现的话，我会给你们两个发信号，你们就放开那匹马。一旦马匹拖动绳子，陷阱就会启动，那时，我就等着瓮中捉鳖！"

"怎么捉呢？"莫莉委婉地问道，"仅凭一张网可困不住他，您得把他关起来。"

"或者杀掉他！"基普补充道。

"我有更好的计划。"克劳奇医生宣布道，"我会在短时间内把那东西'冻住'。"他骄傲地指了指一个固定在三脚架上的设备，那设备看起来像是在面包盒上安了一对圆滚滚的东西，它的顶上搭着斗篷，背面拖着一些带子和线缆什么的，有一根线上还连着一个像按钮的东西。

莫莉盯着这个奇怪的设备研究了一番，问道："这是什么东西呀？"

克劳奇医生笑了，说："这个'东西'叫暗箱照相机，原本是打算用来记录本地原生动物用的，不过现在，我准备用它来'冻住'那东西。"他兴奋地从皮包里掏出一个像簸箕的东西，固定到那个设备的顶部，然后灌满白色的粉末。"这个叫镁闪，上个月才从法国订购的。我一拉这边的把手，"他做了一个轻轻扳动把手的动作，"这些镁粉就会被点燃，发出亮光，目标物体的外观样貌就能被这些感光底片捕获。"他提起设备后面搭着的布篷，取出一张明信片大小的锡片，"完美的摄影典范。"

莫莉看了看基普，忽然明白了什么，心中开始惊恐。"它的'外观样貌'？您说过您要抓住他，把他带走的。"她对克劳奇医生说。

"我……从某种程度上来说，的确是这样的啊！"

莫莉看了看巨树，又看了看陷阱，最后将视线移到基普身上。"可是我们需要的不是抓住他的'外观样貌'。"她厉声说道，"我们需要的是摆脱危险！"

"莫莉！"基普拉住了她的袖子轻声叫道。

莫莉站了起来，愤怒地瞪着医生。"您骗了我们！您答应过要帮我们，可您只想着自己，您只想把自己的大名留在您所谓的不得了的书籍上。"

"振作一点儿，如果那个东西真的出现了，毫无疑问会有大批人马跟随我的脚步前来做研究，到时候还怕没人帮到你们吗？"克劳奇医生耐心地解释道。

"莫莉！"基普又大声叫道。

"我们现在就需要帮助！"莫莉大叫。

克劳奇医生站起来，说道："不要大喊大叫像发疯了似的，要我给你开点药吗……"

"莫莉!"基普再次叫道。

莫莉转身看基普。

"怎么了?"她不快地大声问道。

基普指着不远处的巨树,说:"有人来了!"

莫莉和克劳奇医生同时蹲了下来,躲在马车斗背后朝外张望。"那鬼的个子很高,全身裹着黑色的斗篷。"莫莉悄悄地说。

透过灰蒙蒙的雾,莫莉和克劳奇医生看见一片阴影在小土丘之间穿行,这片阴影飘忽不定,走走停停,十分诡异。

"天哪!"克劳奇医生攥紧相机,双手发着抖,"这东西比獾大多了……"

"早就跟你说过了。"基普说。

莫莉仔细看了看那个影子,觉得不太像暗夜园丁,这个影子似乎比暗夜园丁矮一些,走的路线也很不同。"它"一面走,一面发出叮叮当当的声响,莫莉觉得这声音非常熟悉。那影子手里拿着一个又长又尖的东西,蹑手蹑脚地来到了巨树附近枯叶覆盖的地方,在上面走来走去。"克劳奇医生,"莫莉悄悄地说,"我觉得这个不是——"

"嘘!"克劳奇医生小声说,"听我的指令。"

"但是医生——"

"动手!"

莫莉一动不动。

"我说了,动手!"克劳奇医生吼道,他从莫莉身旁挤了过去，猛地在马屁股上拍了一巴掌。马儿长嘶着站立起来，带着车斗冲了出去，连接在车斗的绳子立刻绷得紧紧的。网子被带离了地面，莫莉听到一声惊叫。

猎物落网了。

夜色中炫目的光一闪而过，莫莉吓得一屁股坐到地上。克劳奇医生相机上喷出的火花熄灭了，变成一股浓烟。莫莉一边捂着嘴巴咳嗽着，一边在烟雾中摸索。"我在这儿。"她冲着基普说。

基普已经被吓蒙了。

克劳奇医生已经站在了那张大网前，就像发现了新大陆一样，跳起来喊道："抓住了！我抓住了它！"

莫莉眨巴着眼睛，受到强光刺激的双眼仍在调适。网子挂在粗大的树枝上，巨大的重量拉得绳索嘎吱作响。猎物在网里挣扎不休，发出叮叮当当的声音。

医生将相机当成武器举到身前："不许动，野兽！"

随着网身慢慢转动，莫莉见到了一张饱经沧桑的脸，白发满头，瞪着一双恶魔般凶狠的眼睛。"是你！"莫莉吃惊地喊道。

海斯特·凯特尔自嘲地一笑："想必你们是在等别人吧？"

38. 剪　　刀

"你怎么会在这里？"莫莉问道。

海斯特被吊在半空，手和脚以奇怪的角度从网眼里支了出来。"哎呀，只是没事瞎逛而已。"那张网晃到莫莉面前时，海斯特冲她撇嘴笑了笑。

"我就说嘛！"克劳奇医生伸出一根手指，指指点点地说，"你们所谓的鬼，不过是一个四处流浪的携带病毒的老婆子。"

"是专业讲故事的艺人，麻烦您纠正一下！"海斯特说。

"肯定是传染病，毫无疑问。很可能半个村子的人都被她传染上克劳奇热症了。"克劳奇医生放下相机，从腰带里摸出一支巨大的注射器，取下针头上的塞子，"孩子们，现在把这个女人放下来，按住她，我要从她身上取血样！"

"省省吧，别浪费时间了！"莫莉说，"让我们生病的不是她。"

医生举着注射器犹豫着说："你就这么确定吗？因为在我的设想中，克劳奇热症的源头大概就是这样的。"

海斯特冲医生抛了个媚眼："您真是太好了，医生！"

莫莉抓住大网，把海斯特转过来，跟她脸对着脸："你还没回答我的问题，你来这里干什么？"

海斯特吞吞吐吐地说："嗯，呃，亲爱的，很难解释清楚……"

莫莉环抱着双臂："那你先解释给我听听！"

"她是为了这棵树来的！"基普站到莫莉身边，"你看看她手里拿的东西就知道了。"他指着海斯特手里握着的东西说。

借着克劳奇医生帽子上的灯光，莫莉看见海斯特手里拿着一把旧剪刀。

"她是想剪一根树枝。"基普说，"剪下一小段，她拿回去种一棵这样的树。"

莫莉看向海斯特，问道："是这样的吗？"

海斯特叹了口气说："不管怎样，反正你是这么想。"她看了看头顶的树枝，那树枝被拉得下垂，看上去很危险。

"或许你们应该放我下来，我们可以像好邻居一样好好聊聊。"

其实莫莉并不想把海斯特放下来，但是她担心万一树枝断裂了，姐弟俩精心设计的陷阱也就毁了。莫莉冲着基普点了点头，基普马上领会了她的意思，一瘸一拐地走到伽利略身边，哄着马儿朝着房子的方向走。马儿不乐意，拽住绳子往相反的方向使劲，整张网不停地上下晃动着。"稳住马！"海斯特大喊道，"你们也不想看到我这个老婆子摔破头吧！"

"你怎么知道我们不想？"莫莉退后几步，慢慢地将网子往下放。

克劳奇医生原本满心希望捕捉到"猎物"后，能找到病症的疗法，现在倒好，捕错了人，计划全被打乱，心情糟糕透了。他把相机上的感光底片扯出来扔到一边。

"我亲爱的女士，你可曾意识到你刚刚打断了，不，应该说是毁掉了一项非常重要的实验？"他把一片飘到眼前的树叶拍开，"这个实验或许能改变我的整个人生，你就没有什么话要说吗？"

海斯特似乎正准备表示感谢，却突然停住了。只听黑暗中传来低沉的呼啸声，接着，海斯特睁大了双眼，她的目光越过医生，投向了宅子。她脸上同时浮现出害怕和迷恋的表情。"很幸运啊！"她咽了咽口水，举起一根颤抖的手指，"您可能还有机会。"

一股阴冷刺骨的寒风把他们周围的树叶吹得沙沙作响。伽利略嘶叫着疯狂地想挣脱缰绳。那张网也随着伽利略的挣扎剧烈晃动着，头顶的树枝嘎吱乱响。莫莉浑身发抖，慢慢地转过身——

暗夜园丁正看着他们。

39. 树枝断了

莫莉呆呆地盯着暗夜园丁。只见他站在马道旁边，身后是敞开的大门，手里拎着水壶和花铲。即使身处夜色中，他的皮肤依然闪耀着淡淡的银光。他偏着头，安静而好奇地打量着他们。

"故事成真了……"海斯特低声说。

"别动！"莫莉悄声说，"大家都别动，也别叫。他只是来照顾这棵树的，不会伤害我们！"

克劳奇医生抓起相机，缓缓朝暗夜园丁走去。"我只需要一张相片……"

"医生，不行！"莫莉想拉住医生，可惜迟了一步。克劳奇已经走到了树的另一边。他从腰带里摸出一个瓶子，拔掉塞子，把里面的粉末倒进了闪光灯槽。

海斯特往莫莉身上靠了靠："你确定他不会伤害我们吗，亲爱的？"

莫莉咽了咽口水："我也无法确定！"

克劳奇医生离马道只差几步了，暗夜园丁依然没动。但是莫莉听到了一阵犹如警告的沙沙声。

"克劳奇，老伙计，历史性的一刻到了！"克劳奇医生好像中邪了一样，又朝暗夜园丁靠近了一步。

暗夜园丁偏着头，用黑洞洞的眼睛紧盯着医生。枯叶在他身旁飘飞，仿佛为他竖起了一道屏障。

克劳奇医生慢慢用相机对准——

"呼"的一声，枯叶发起了攻击，医生被掀翻在地，他手上的相机也被一股狂风卷走了。在医生的大叫声中，相机划过夜空，直接从莫莉的脑袋旁边飞了过去，在地上摔成了碎片。

"他的实验完了！"海斯特大喊道，兜住她的绳网随着大风摇来晃去。

"快跑，你们这些傻瓜！"克劳奇医生朝孩子们狂奔过来，一副大惊失色的样子，"别挡路！"他猛地把莫莉推到一旁，害得莫莉差点儿跌进坟坑。

"走开，小子！"克劳奇医生咆哮着，"我来驾车！"他想从基普手里抢走缰绳。

"放手，你这胖冬瓜！"基普死死地抓住缰绳喊道。

伽利略嘶叫着想挣脱身上的束缚，马车也剧烈地晃动起来。网里的海斯特被荡得越来越高，绳索的嘎吱声越发响亮。

"你应该去帮你弟弟一把。"困在网里的海斯特冲莫莉喊道，全然没有了先前的幽默风趣。

莫莉回头看了看暗夜园丁，看到他正将花铲像武器一样举了起来。

这时，克劳奇医生已经控制住了基普，正把他从条凳上往下拖。莫莉赶紧奔向了基普。"还有陷阱！我们得先把网子放下来！"她一把抓住了克劳奇医生的围裙。

"放手！"克劳奇医生一拳打在莫莉的脸上。

莫莉紧紧抓住马车的边缘，大口喘着气，脸上一阵阵地抽痛着，嘴里有股血腥味。记忆中，她还没挨过这么重的打。她的腿有些颤抖，勉强站了起来。

"不要这样看着我！"克劳奇医生握着缰绳，居高临下地看着莫莉说，"逃生的机会要留给最合适的人。"

"不许你伤害我姐姐！"基普抱住了克劳奇医生的腿，将他拽下了长凳。医生从长凳上摔下来时，手里还紧紧地握着缰绳。伽利略长嘶一声，抬起两条前腿直立起来，被大网缠住的海斯特也随之从巨树那边荡了过来。这时，传来了一声刺耳的"嘎吱"声，接着——

咔嚓！

树枝齐根而断。海斯特惨叫一声，整个人重重地摔倒在地上，被树枝压在了下面。

一阵狂风呼啸而过，暗夜园丁蹒跚着向前走了几步，然后像失去重心一般重重地跪倒在了地上。他手里的花铲和水壶也"咣当"一声掉在了地上，水壶里的液体汩汩地流出，一直流到了草地上。

克劳奇医生看着这一幕，惊奇地问道："他……他……他怎么了？"

暗夜园丁蜷缩着身体，在地上痛苦地翻滚着。枯叶从他头颅四周激射而出，狂怒地四散攻击。莫莉抬头看着巨树，只见树枝的断口覆盖着黑色的汁液，就像凝结在伤口周围的血液。"我觉得他很不高兴！"莫莉说。

只见暗夜园丁双手撑在地上，摇摇晃晃地站了起来，表情痛苦。他看着压在海斯特身上的断枝，发出了一声咆哮，地面也随之震颤了起来。

这时的克劳奇医生也顾不得抢夺马匹，他慌乱地从地上爬了起来。"是他们的主意！"他冲着暗夜园丁大喊，"你应该去找他们！"说完，他转身就跑。

暗夜园丁举起白骨嶙峋的双手，指向马厩。随着一阵剧烈扭动的声响，妖风把马厩的门板整幅卸了下来。此时，医生向着桥的方向已经跑了一半路程。暗夜园丁双臂一挥，巨大的门板便旋转着、呼啸着飞过草地，向克劳奇医生砸去——

"不要看！"莫莉一把拉过了基普，捂住了他的眼睛。没有惨叫声——只有"砰"的一声响。她朝草地的方向看过去。医生所在的地方只剩一副门板，门板下露出两只一动不动的脚。

莫莉转头看着暗夜园丁，只见他脸上露出了满意的神情。"你杀了他……"莫莉小声地说道，"就在我们面前，残忍地杀死了他……"

暗夜园丁就像接受赞誉一般，行了个脱帽礼，随即，他朝海斯特走过去。压在树枝下的老妇人呻吟着，挣扎着。"两个小鬼，快跑！"她声音嘶哑，嘴角泛着血光。

基普抓住莫莉的胳膊，说："我去牵马，但绳子还系在海斯特身上，要是我们骑着马跑，她会被活活拖死的！"

莫莉借着月光，寻找着可以防身的东西。她记得基普曾说过，暗夜园丁怕火。她得找火把、灯笼之类的东西，火柴也行。

然后她便看到了这个东西——在医生的相机碎片中间，躺着那个装金属闪粉的漏斗。"割断车斗上的绳子！"她冲着基普大喊，"剩下的事情交给我！"她手脚并用地爬过泥地，差点儿摔到坟坑里。她抓起了闪光灯，灯槽里还有一点儿白色的粉末。她希望一切顺利。

这时，暗夜园丁已经把树枝从海斯特身上拿开了。他把树枝放在了树干旁边，然后举起了一只手，只见地上的花铲飞了起来，径直飞到了他的手里。

莫莉举起闪光灯，朝暗夜园丁扑了过去。"看这边！"她扣动了扳机，一大片火花迸射出来。

火花迅速地蹿到了暗夜园丁身上，很快蔓延到他全身。他胡乱地挥动着手臂，在身上猛烈地拍打着。

莫莉在烟雾中猛烈地咳嗽着，她赶紧捂住了自己的脸。她连滚带爬地跑到了海斯特身边。"我们把你弄出来。"说完，她抓起海斯特的剪刀，剪开了网子，将她拽了出来。海斯特痛得直哼哼，莫莉半拖半抱地拽着她朝基普的方向挪动。基普正等在车斗旁边，车门已经放了下来。

暗夜园丁的咆哮声在莫莉身后响起。她回过头，发现他正跌跌撞撞地追来。月光下，他的身体余火未熄，仍然冒着烟。

火焰烧掉了他的斗篷，露出了他的腿，莫莉看得倒吸一口冷气：这条腿扭曲得厉害，膝盖上有骨头的碎片刺破皮肤戳了出来；浓稠的黑色液体沿着裤腿和靴子流淌，在沿途经过的草地上留下一摊一摊的印记。

"到前面去！"莫莉大喊着托住了海斯特的身体，"这里有我！"

基普慌忙回到前座，抓紧了缰绳。莫莉用自己的肩膀把海斯特顶起来，随着一声变调的大喊，海斯特爬上了马车。"走！"莫莉跟在后面爬了上去。

基普一抖缰绳，马车箭一般冲了出去，朝着马道疾驶。莫莉紧紧抓住车斗的围栏，看着两侧的小土丘。不是小土丘，她心想，是坟丘。

她能看见后面的暗夜园丁，他凭着一双残破扭曲的腿正以非人的速度追来。

"抓紧扶手！"基普大喊着加快了速度，马车上了马道，向前飞奔。

暗夜园丁依然穷追不舍，他举起一只手，随即一阵狂风将海斯特手里的剪刀刮到了他手里。他猛一挥手，剪刀便朝马车直直地飞了过去。莫莉赶紧俯身一滚，只听"咚"的一声，剪刀深深地扎进了身后的木头里，露在外面的部分像箭杆一样微微颤动着。

"快跑啊！"莫莉拼命地朝着基普大喊。马车已经上了木桥，压得小桥嘎吱直响。

暗夜园丁伸出一只骷髅一样的手，抓住了莫莉的腿。莫莉尖叫着朝他一阵猛踢。突然一声凄厉的号叫响起，暗夜园丁的身体像是被什么猛地往后一拽，轰然摔倒在桥上。莫莉差点儿被他一起拽过去。此时，基普刚刚驾着马车下了桥，到了河对岸。莫莉紧紧抓住围栏，眼睛死死盯着暗夜园丁。他咆哮着，在桥的那头走来走去，暴跳如雷——但是，他似乎无法过桥。

载着莫莉、基普和海斯特三人的马车沿着小路，拐了一个弯，嘎吱嘎吱跑远了。身后，暗夜园丁的号叫声还在不停地回响着。

第三章
离 去

看到眼前的场景，他们惊讶万分，
即便他们并不了解巨树的真相，
也能清楚地从现场看出酸木林的诅咒已经破除了。

40. 最后的故事

他们驾着马车跑了很久，似乎跑了好几个小时。周围依然一片漆黑，只有几颗针尖般的星星若有若无地照亮着他们前行的路。

莫莉坐在海斯特身边，握着她的手。海斯特手指僵硬，沾满了血。她几乎一动不动，偶尔坐起身，咳嗽几声。"您会好起来的！"莫莉抚摸着她的头发，轻声说，"您一定会好起来的！"

海斯特咽了咽口水。"我活了这把年纪，还是分得清真话和假话的。"她笑了笑，又咳起来。莫莉把她嘴角新涌出来的鲜血擦掉，尽量不让她看出自己脸上的担忧之色。咳血，意味着她的身体内部正在流血。

马车转了一个急弯，朝着村子的方向前进。"停车……"海斯特抬起手，喃喃地说。

"我们要把您带到村子里。"莫莉说，"您需要一张温暖的床和一顿热乎乎的饭，然后——"

海斯特又剧烈地咳了起来。"那时候，我已经成了尸体！"她说，"现在这样就挺好。"

莫莉敲了敲马车的侧板，冲着基普喊道："靠边停车吧！"

基普点点头，指挥着马儿走到路边，然后拿起拐杖，滑下长凳。月光下，基普一脸坚定，仿佛有着父亲的影子。看见这一幕的莫莉感到十分欣慰，不知不觉中，弟弟基普已经长大了。她慢慢从马车上走了下来，浑身酸痛，身上被撞得青一块紫一块，连站着都觉得难受。她环顾四周，发现这是一片林间空地，小路在这里分成了三条，通向不同方向。

"这就是我们第一次遇到您的十字路口……"莫莉说。

海斯特努力支撑起疼痛的身体，四下看了看，眼睛里闪着温柔的光："是这里。"

莫莉和基普一起把海斯特扶下马车。直到这时，他们才发觉，海斯特身上还背着那个装着乱七八糟东西的大包袱，而里面的东西早就碎掉了。月光下，海斯特的手脚和那个大包裹的边缘都隐没在黑暗中。

"我去找点儿柴火。"基普说。

"以后有的是时间捡柴火，亲爱的！"海斯特弯曲着身体，满脸痛苦，"帮我把这个东西拿下来。"

莫莉和基普一起把那个大包袱轻轻地从海斯特的肩上卸下来，放到了地上。没有了这个大包袱，海斯特看起来更加矮小了。她看了看这包东西，老脸上露出了笑容。"不用捡柴火了，这里面什么都有。"她拿出了那根烟斗，烟斗是用石楠根做的，长柄已经断了，只剩几缕纤维连在烟斗上。"老伙计们，到此结束了！"她又把烟斗塞回了那堆杂物里。

海斯特朝着一根腐朽的树桩点点头，然后蹒跚着走了过去。莫莉赶紧过来扶她。"谢谢你，亲爱的！"她呻吟了一下，紧紧握住了莫莉的手。

按理说，莫莉应该对海斯特发火，因为她毁掉了他们为捕捉暗夜园丁而精心布置的陷阱。但是此时此刻，她只希望这个老妇人能活下来。她轻轻拨开老人额头前的一缕银发。"伤到哪里了？"她轻声问。

"你应该问我，哪里没伤到。"海斯特轻笑一声，谁知牵动到了伤口，又痛了起来。她蜷成一团，双眼紧闭。

莫莉见状，愧疚地说："都是我的错。如果没有那张网——"

"嘘，孩子！"老妇人挥了挥手，"不怪那张网，也不关暗夜园丁的事。是好奇心杀死了海斯特·凯特尔。"她看向树林深处，摇了摇头。"我知道这么做很危险，这么多年来，我也尽量远离那个地方。可惜到头来，我还是去了。我必须亲眼看一看，即使现在落得如此下场，我还是觉得一切都是值得的！"她神态自若，眼神迷离，"对于一个讲故事的人来说，要让人们相信，自己最好能亲眼看到。对我来说，这就足够了！"

基普将伽利略系在一根粗树枝上，然后回到了莫莉和海斯特身边。"可你却不是仅仅为了过来看那棵树。"他严厉地说，"你想带一根回去，你想和宅子里的人一样，实现你的欲望。"

莫莉看着基普，心提到了嗓子眼。

"你怎么知道实现愿望的事情？"她问。

基普没有理莫莉，他转身对海斯特说："那就说出来听听吧！你最想实现的愿望是什么？"

"基普，这个时候就不要……"莫莉提醒道。

"没关系！"老妇人连连点头，"我真傻，真的！还记得我说过的那些关于伊索的事情吗？"

"您说他是故事大王。"莫莉说。

海斯特把手指拧到一起。"我呢，我想要做故事女王。"她抬头望着黑漆漆的天空，两眼闪闪发亮，"我希望这个世界永远记得我讲过的故事。"

听了这话，莫莉很心痛。她也讲过很多故事，也亲身见证了很多故事消失在历史的长河里，"您可以写下来啊！"她说，"写一本书。"

"写书！"海斯特大笑，"你能想象出来吗？我趴在书桌上，手里握着羽毛笔，在纸上奋笔疾书的场景？"她摇了摇头，"事实上，我不会写字。"

"我会写啊！"莫莉说，"我可以教您，现在就可以教您！"

海斯特摇摇头。"恐怕没时间了……无论是学认字，还是做其他事。"她呻吟着，勉强站了起来，"不过，现在还有时间做最后一件事。"她踉跄着来到自己的大包袱前。"大多数人都不懂一个好故事的价值，因此他们付出的报酬也就不高。不过，我偶尔也会收到一些不同寻常的东西。"说完，她将手伸进了包袱里，在各种罐子、鸟笼子、避雷针中摸索着。

"找到了！"海斯特站了起来，"这个东西我一直带在身上，没想到有一天能派上用场。"她把一个用麻绳捆着的油布小包递给了莫莉。

"这是什么？"莫莉接过小包问。

"特别的东西。我不是那种安心居家过日子的人，所以，我拿着没用。不过，我感觉这可能就是你们一直在寻找的东西。"海斯特说。

莫莉想把小包拆开，但海斯特阻止了她。

"等我走了以后，你再拆！"海斯特把手握成拳头，捂着嘴咳嗽起来。

莫莉明白海斯特所说的"走"是什么意思。"您不会死的，海斯特！"她的声音有些颤抖，"您会活下去，继续给大伙儿讲故事。您还要做故事女王呢，记得吗？"一想到海斯特·凯特尔将从这个世界永远地消失，她就无法接受。

海斯特拍了拍莫莉的手。"这样的桂冠，我这颗脑袋恐怕承受不起了！"她转身朝自己的大包袱走去，"啊，看看这个！"她从一堆废品中拣起摇弦琴。这把摇弦琴的琴弦已经断了两根，琴身也破了个大洞。她在剩下的一根琴弦上随意拨弄了一下，琴弦随之发出微弱的乐音。"海斯特·凯特尔的运气真不赖。"她把乐器背到肩上，"尽管身上疼得厉害，我还是得出发了！"

基普一瘸一拐地走过来，问道："你要去哪儿？"

海斯特面朝黑漆漆的树林，深吸一口气，回答："该老海斯特再讲一个故事了！这个故事我用了一辈子的时间准备，就叫它《最后的故事》吧！"

听到"最后"两个字，莫莉心里涌上一股寒意。"故事讲的什么？"她问。

"很抱歉，亲爱的！"海斯特一脸歉意，"这是我的故事，只讲给我一个人听。"

莫莉想对她说"您可以留下来"，但她明白，有些地方只能独自前往。她眨了眨眼，泪水溢满了眼眶。"我敢打赌，一定是个好得不得了的故事。"她对海斯特说。

"它有一个圆满的结局。"海斯特温和地笑了。

莫莉看着海斯特。在朦胧的月光下，她仿佛看到了年轻时候的海斯特。那是一个脸颊圆圆、满头黄发的小女孩，她右脚擦地后退，正在行屈膝礼。莫莉一定会喜欢跟这样的人做朋友。"我有一种预感，"她说，"在您的《最后的故事》里，会有一位肩上永远扛着大包裹的老婆婆。"

海斯特挑了挑眉，说："听起来可真特别啊！"她低着头，行了半个屈膝礼，接着说道，"两个小家伙，好好保重！"她伸手拂过肩头的乐器，调了调琴弦，低沉而铿锵的乐声在黑暗中响起。这位身材矮小的老妇人在音乐声中转过了身，轻轻哼唱着不为人知的故事，步履蹒跚地朝树林走去。

莫莉握着基普的手，两人并肩站着，谁也没有说话，只是静静地听着海斯特的歌声在夜色中回荡。

歌声渐渐消失，树林又恢复了寂静。

41. 黑暗中独行

　　莫莉和基普把海斯特留下的包裹翻看了一遍，找到了牛肉干、坚果、浆果，还有奶酪，这些东西足够姐弟俩在路上吃几天了。剩下的东西，他们全部烧掉了。

　　莫莉看着火焰，想着此刻的海斯特或许已经完成了她人生的最后的故事，正安详地长眠于天地间，而她留在这世间的痕迹正被熊熊大火燃烧着，最后化为灰烬，不复存在。莫莉闭上眼睛，想象着老妇人的音容笑貌。然而，她却记不清海斯特的面容了。海斯特的眼睛、鼻子、嘴巴、头发在她的脑海中飘忽不定，再也无法组成一个完整的、活生生的人了。"我从没亲眼看见过人死。"她说，"可是今晚就看见了两个。"

　　"克劳奇医生死得好，他活该！"基普用拐杖在火堆里戳了戳，"他不顾我们的死活，罪有应得！"

　　莫莉想责备基普，却不知该怎么说，于是她最终选择了沉默。她觉得自己没有权力教训基普。"我目睹了整个过程，"她说，"我看见那道门撞到他身上，就像整栋房子都压到他身上一样，他甚至都来不及惨叫就倒下了。要知道，前一分钟他还在拼死逃命啊！"

　　"幸好我俩都逃了出来。"基普说，"接下来我们该怎么办？回孤儿院吗？"

"绝对不去！我们换个地方，重新找工作。换一个安全的地方。要不找个漂亮的公墓？或者去女巫聚会？"莫莉勉强挤出了笑容。

"也许，你可以像海斯特一样靠讲故事谋生。"基普说。

"是啊，也可以考虑一下。"莫莉说。她曾经十分羡慕给陌生人讲故事并四海为家的生活。但今晚之后，她不会这么想了。她知道了这个世界的真相，遇到了暗夜园丁，会讲故事又有什么用呢？海斯特一生都在讲故事，却落到如此下场。她看着海斯特留给她的油纸包，暂时还不想打开。

基普拨弄着火堆。"燃烧的火焰很明亮，却衬得周围更加黑暗，什么都看不见。"他害怕得发抖，"我好像听到了他的声音。"

"你是说暗夜园丁吗？"莫莉摇了摇头，"我仔细想过我们在桥上的情景。当时，他上了马车，紧跟在我们后面，但奇怪的是，马车刚下桥，他就摔了下去，就像有什么东西拦住他一样。还记得那次他在树林里追你吗？现在想来，我觉得当时可能也出现了相同的情况，他被什么东西拦住了，才无法伤害你。他给了你那把钥匙，是为了将你引诱到他的地盘。"

"按照你的说法，他的活动范围只能在那棵树周围？"基普晃着身体问。

"不仅仅是这样，我觉得他和树是连在一起的。你看见了树枝断掉时，他叫得那么惨，就像是他的胳膊被弄断了一样。他是那棵树的奴隶，那棵树不死，他才能活着。"

"他的样子能算活着吗？"基普裹紧身上的外套，继续说道，"罪魁祸首还是那棵树，不是吗？它帮你实现一些愿望，却并没让一切变好。这大概就是你想要的东西和你所需要的东西之间的区别吧！"

莫莉点点头。"也许海斯特说的把人的灵魂带走就是这个意思。"她想起温莎老爷的钱、温莎夫人的戒指、佩妮的故事书，还有阿利斯泰尔的糖果。她想起父母的那些信。那棵树给了她想要的东西，却给不了她真正需要的东西。

"爸妈怎么办？要是他们知道我们在这里，找过来了，怎么办？我们是不是应该先警告他们一下？"基普提醒道。

莫莉本想跟着附和几句，但话到了嘴边，她又咽了回去。

"姐姐？你没事吧？"基普抬头看着莫莉问道。

莫莉咽了咽口水，艰难地说："基普……有件事我一直想告诉你，我必须得告诉你，关于那些信的事。"说出了这句话，她终于敢正视弟弟基普的眼睛了。

基普又开始拨弄火堆，说："没关系！其实我知道你这些信是从哪里来的。"他侧着身子，从口袋里掏出了一个饼干大小的小锡盒，"那些信和这个东西一样，都是来自同一个地方。"

莫莉有些吃惊，她走上前接过基普手里的锡盒，拿在手里很冰凉，有一股树汁的味道，盒子的正面贴着一张标签：根力医生的神奇药膏，包治百病！

文字下面是一幅图，上面画着一群奔跑的孩子。她甚至还看到一个男孩扔掉了拐杖，蹦到了半空中。

"这就是我最最想要的！"基普说着，把锡盒收了回去。

莫莉一阵后怕，连忙问道："你知道多久了？"

"去村里买东西回来的那天晚上就知道了，我之前想过要告诉你……但是我很害怕！"

莫莉看着弟弟的腿，这条腿看起来和以前一样……又干又瘦，不正常地扭曲着。她又看到放在身旁的那根拐杖。

"你没打开那药膏试一试？"她问。

"没有！我本来很想试试。"他咽了咽口水，摸了摸那药膏，"但是后来我想，就算这个药膏起作用了，我的腿好了，那等我逃出这个地方后会发生什么？毫无疑问，我会回来，一次又一次地回来，索取更多的东西。永远没有尽头！"

"是啊！"莫莉知道弟弟说得没错。她清楚地记得自己永远盼着下一封信到来时的那种心情，就和弟弟说的一样，不断地索取，永远没有尽头。

"你能不能告诉我……"基普看着莫莉，"为什么那棵树给你的是爸妈的信？"

莫莉埋头盯着自己的裙子，她的手指在泥泞破烂的布料上摩挲着。"我觉得你应该已经知道了。"她说。

"我要你亲口告诉我！"基普说。

莫莉双唇紧闭。黑暗中，她听到河流在漆黑的林间流淌的声音。"每次听到河流的声音，我就会想起海上的事情。"她甚至还听到了爸妈在惊涛骇浪中发出的尖叫。她紧张地咽了咽口水，"你还记得我们离开爱尔兰时的事情吗？一上船，你就生病发烧了。"

基普低下头。

"这不是你的错！同行的大部分人都病了。那艘船根本就不是来帮我们的，他们把我们像牲口一样装上船，锁到甲板下面。没有吃的，也没有水。我想，在他们眼里，我们这些人就是牲口。"想起往事，莫莉握紧了拳头，"我们一家四口挤在一个床铺上。第二天晚上，海上刮起了风暴，一时间，狂风大作，还下起了雨。船摇晃得很厉害，大家都从床上摔了下来。黑色的水从舷窗涌进船舱，船员们在甲板上跑来跑去，大吼大叫。我们冲他们大声呼喊，叫他们放我们出去，但没人听我们的。那时候，妈妈一直把你搂在怀里，轻轻唱歌给你听。"

莫莉对着火焰眨了眨眼，恍惚间仿佛听到了妈妈的声音。

"最后，传来一声巨响，那声音听起来就像是大地断成了两截时发出来的一样。水迅速从甲板上灌进来，船舱里的积水很快就没过了脚踝。男人们，也包括我们的爸爸，一起拼命砸烂了舱门，争先恐后往甲板上跑。妈妈带着我和你一起往外逃。突然，有一根桅杆拦腰折断了，白色的船帆片刻间就被撕得粉碎。雨水从侧面涌进船舱，周围的巨浪像小山一样高。那些船员全都不见了，他们各自逃生去了，根本不管我们这些人的死活。"

基普将拐杖捏得紧紧的。"船上没有救生艇吗？"他问。

"有，只剩下一艘仅能容下二十个人的救生艇。人们像野兽一样争夺坐上去的机会，这其中，就数爸爸争得最凶。等我们挤到救生艇旁边的时候，人们已经解开了救生艇的缆绳。船上的人说，救生艇只剩两个座位了！"莫莉把头扭到了一边，不敢看基普，耳朵里只能听到自己的心跳声，气都喘不上来，更别提说话了。她缓缓做了个深呼吸："爸妈把你放进我怀里，然后把我和你送上了救生艇。我冲他们尖叫，对他们说我不走，不离开他们，但是他们不听。妈妈拉着我说：'好好照顾弟弟，他就靠你了！'说完她就松了手，然后……"她眨着眼，泪水夺眶而出，"然后他们就不见了！"

莫莉说完捂住脸，泣不成声，长期以来郁积在心中的泪水奔涌而出，悲伤席卷了全身，她已全然不知一旁的基普究竟对她说了些什么，做了些什么。等擦干眼泪，调整好心情，她才继续说："我本来想告诉你的，但是等我们上了岸，你清醒过来，问起爸妈去了哪儿……"说着她摇了摇头，泪水流淌不止。"我没有办法！我说不出口！"她抿着嘴，"所以……我给你编了个故事。"

"你这不叫编故事，"基普轻声说，"这叫撒谎！"在橘红色火光的映照下，他的脸色依旧苍白。

"我知道，无论我做什么都无法弥补这件事对你造成的伤害。"莫莉一边说一边将手伸向基普，但却被他推开，"我很害怕！我希望这些故事是真的。我就只当他们在这世上的某个地方，正在探险。我真的相信他们还活着。那条船的确是沉了，但是也说不定他们逃出来了。"

"他们没有逃出来！"基普一脸坚决。

莫莉点点头："我知道，我知道！我真的准备告诉你实情的，但是后来……我发现了这棵树。我从这棵树里收到了那些信……是妈妈的笔迹。我也有怀疑，但是又想，万一这些信是真的呢？万一真的出现了奇迹，爸妈都还好好地活在某个地方呢？万一他们逃掉了呢？那就说明我说的谎话不再是谎话，而我们也不再是孤儿。我不指望你能原谅我——至少现在不会，可能以后也不会。但是我希望你能理解我，我只是想保护你……我只是在做我认为对的事情。"

基普叹了口气。"那棵树周围埋葬了那么多人，难道不是个个都以为自己做了对的事情吗？"他说。

莫莉没有回答。她无言以对。基普瞥了她一眼，又低下了头。"本来我是想恨你的！我想用脚踹你，想大声骂你，怪你骗我。但我清楚，你那不叫谎言，那只是你的心愿。我的内心深处也有自己的愿望，有比寻找爸妈更迫切的愿望。"他紧握那个小锡盒，扭头看着莫莉，泪光闪闪，"你说，我这样是不是很自私？我都不顾爸妈，还算是人吗？"

莫莉一把将基普拉入怀中，紧紧地搂着他说："你只是一个普通人，一个不算太好，也不算太坏的人。"基普也紧紧地抱住了莫莉。

莫莉把脸埋进基普蓬乱的红头发里，姐弟俩紧紧地拥抱在一起。这是另一种形式的拥抱，不含宠溺的成分，只是力量与力量的叠加——姐姐紧紧地抱着弟弟，弟弟也同样紧紧地抱着姐姐。

"我突然想明白了一个问题！"莫莉吸了吸鼻子，抬头看着天上的星星，"海斯特问过我，故事和谎言有什么区别。我想，现在我知道答案了。故事能帮助人们很好地去面对这个世界，即使可怕，也要面对。谎言则相反，它只会教人们逃避现实。"

基普松开了莫莉，说："我猜这就是那棵树的真相，对吗？"他拉着莫莉，继续说道，"那棵树表面上是在帮助你完成心愿，但实际上让你陷入一个虚假的世界。"他拿起那盒药膏，刹那间脑海里竟浮现出自己贴了药膏完全康复的样子，但随即，他把药膏扔进了火里。

锡盒"砰"的一声炸开了，火花四溅。基普的梦想也随之化为一股青烟。莫莉看着他用拐杖拨弄着那团已经焦黑的残留物，不禁说道："基普，你是我见过的最勇敢的人。"

基普擦了擦鼻子，盯着火堆说："你知道现在我的愿望是什么吗？"

"够了！"莫莉摇摇头，"别再提愿望了。"

基普转过身，面对莫莉说道："我希望爸妈现在就能看到我们。"

"噢！"莫莉笑着擦了擦眼睛，"他们会被吓到的！"

"不对！"基普摇了摇头，笑着说，"他们会为我们骄傲，特别是为你骄傲。"莫莉扭头望向别处，她不想再次哭出来。

"你知道他们会怎么说吗？"基普问。

"你说！"莫莉抿了抿嘴。

"他们会说：'基普，阿莫，我们非常爱你们，希望你们两个勇敢地生活下去，快乐地过完一生。但是，宅子里还有一家人，得救救他们！'"基普说着，望向了树林。

莫莉看着基普，发现在火光的映照下，他的身影像极了爸爸。她赞同基普说的，现在他俩逃离了暗夜园丁的魔爪，却舍弃了温莎一家。她想起温莎夫人苍白的皮肤和日益消瘦的身躯，还有那些坟坑，她还想起了佩妮。

"姐姐，那家人有大麻烦了！"基普的话将莫莉拉回了现实，"趁一切还来得及，我们必须回去告诉他们。"说着，他朝着马车的方向点点头，补充道，"我们，当然还包括伽利略。"

莫莉做了个深呼吸。理智告诉她要远离这个山谷，再也不要回来。但是她知道逃跑解决不了任何问题，他们必须回去。于是，她握紧基普的手，说："希望我们的力量足够帮助他们。"

42. 返回酸木林

　　姐弟俩决定等到天快亮时再返回温莎庄园。他们只在晚上见过暗夜园丁，所以觉得白天返回温莎庄园比较安全。两人在火堆旁断断续续地睡了几个小时，他们伴随着清晨的第一缕阳光醒来，很快上了马车。马车行进在寂静的山谷里，两人都没有说话，基普紧握着缰绳，反复回想着昨晚和莫莉商量好的计划。他负责去马厩收拾东西。要是能找到克劳奇医生的尸体，就好好地安葬他。而莫莉则去大宅里，最后一次劝说温莎老爷搬离这个地方。

　　计划看上去很简单，但当两人转过最后一道弯，看到温莎家的大宅时，基普立刻紧张地问道："你确定咱们回去是明智的吗？"

　　"不明智！"莫莉伸出手来握住了弟弟的手，"但是世上的事情，有明智的，也有正确的，爸爸妈妈一定希望我们做正确的事。"

　　"屏住呼吸，别吭声！"基普说。他盯着桥下的河水，想起第一次踏上这座摇摇欲坠的木桥，看见温莎庄园时的恐惧。仅仅两个月的时间，仿佛过去了很多年。马车刚到对岸，基普就停了下来。

　　"你要干吗？"莫莉看着从长凳上爬下来的弟弟问。

"我要看一个东西。"基普的脑子里冒出一个念头。他从座位下抽出"勇气",架到胳膊下说,"我马上就回来。"

"快点儿回来!"莫莉握住了缰绳,紧张地看着河水,"在水边时,小心一点儿。"

基普笑了笑说:"你在那棵树旁边也要小心一点儿!"他抬头看了看太阳,"上午都过了一大半,如果想让这家人在太阳落山前搬走,你最好赶快行动!"

莫莉点点头,抖抖缰绳,继续朝大宅行进。基普看着她纤细的背影渐渐远去,感觉她一点儿都不像那个他熟悉的姐姐,更像一个成熟的大人,而且越来越像那个带给他欢笑和泪水、回忆和伤痛的人,那个一直埋藏在心底的人。

早晨的阳光有些清冷,那棵巨树如塔般耸立着,遮蔽热气的同时,也给大地投下一片阴凉。不知何时巨树的周围铺上了厚厚一层落叶。基普想,躺上去一定很舒服。不过,很快他想起了枯叶下隐藏的那些可怕的陷阱。"小心脚下,姐姐!"他喃喃地说。

基普转过身,靠在拐杖上休息了一会儿。记得父亲刚送这根拐杖给他的时候,拐杖比他还高,现在只到基普的胳膊下面,甚至因为太短,有时候会从胳膊下滑脱。即便如此,基普还是很珍惜父亲留给他的这份礼物。对基普来说,它不仅仅是一根拐杖,更是"勇气"的象征,只要有它在,基普就觉得安心。

基普盯着这座连接着小道和陆地的小桥,难道这里就是阻止巨树继续害人的关键地方？

基普见识过暗夜园丁的厉害，早已打消了和他正面对抗的念头。他想，要是让这座桥坍塌，至少其他人再也无法轻易上岛。这样一来，那棵巨树说不定会因为找不到猎物而饿死。

基普来到了桥上，一只手扶住桥上的粗绳，寻找着木桥的薄弱点。这座桥年代久远，按理说早该坍塌了，但直到现在都安然无恙，令基普很疑惑。桥板上满是霉斑和露水，他在桥板中间跳来跳去，好几次都差点儿滑倒。在离陆地还有几英尺的地方，基普停了下来，他觉得这里应该是这座桥最薄弱的地方。他把拐杖放下，轻手轻脚地跪到桥上，身体向桥边倾斜着，透过桥板的间隙向下看去。耳中满是奔流的水声；眼前，浓密的黑色卷须吞噬了整个桥底。那是巨树的根须，从小岛上伸出，止于刚好接触到陆地的地方。

"原来这座桥没有坍塌的原因在这里。"基普惊讶地喃喃自语，"是巨树不想让桥坍塌。"

基普盯着这些根须，不禁想起了不久前在马车上发生的一幕。他记得当时暗夜园丁追着他们来到桥头，就是在这里，暗夜园丁仿佛被来自外部的力量推了回去。他又想起自己在花园中逃命的那次，也发生了同样的事情。"就是这样！"说着，他站了起来，"根长到哪里，他才能走到哪里！"

"你在说谁？"忽然耳边响起了一个声音。

基普一转身，发现阿利斯泰尔就站在自己身后，而自己竟没发觉。他想，一定是水流声淹没了阿利斯泰尔的脚步声。只见阿利斯泰尔的脸色依然苍白，眼圈红肿，似乎刚刚哭过，手里提着基普的拐杖，就像握着一把很宽的剑。

基普慢慢起身，装作很随意地说："早上好！"

"我可不会把现在称为'早上'，马上就到中午了！"阿利斯泰尔把拐杖挥舞了一下，问，"你们去哪儿了？"

基普没有去抢夺那根原本属于自己的拐杖。他担心要是去抢夺的话，阿利斯泰尔会变本加厉地捉弄他。于是，他握紧拳头，强压心中的怒火，说："我们驾车出去兜了一圈。"

"兜了一圈？"阿利斯泰尔一脸恼怒，"我的母亲生着病，你们却跑出去兜风？"他举起拐杖指着基普说，"我知道你在撒谎！你们干了坏事！医生不见了，父亲正在为此大发雷霆。我马上回去告诉他，是你俩把医生吓跑了。"

"他确实是吓坏了，但并不是我和姐姐干的。"基普一边说，一边看着阿利斯泰尔的身后。马厩门依然倒在草地上，却不见医生的影子。

"你果然都知道了！我要把你们解雇！"

基普忍不住笑了起来："谢谢你，我们早就不想干了。"

阿利斯泰尔就像被什么东西击中一般，后退了一步，问："你说什么？"

"莫莉已经进屋了，正在对你父亲说呢！我们必须逃离这里，如果你真的聪明，也赶快逃吧！"

阿利斯泰尔先是把拐杖扛到肩膀上，然后把它像球棍一样握在手里。"我为什么要逃？"

基普咬了一下嘴唇，说："我知道，你觉得那棵树是个好东西。但其实不是。"

"你根本不了解这棵树。"阿利斯泰尔绷着脸说。

基普瘸着腿上前了一步，说："我知道，这棵树让你父亲负债累累，让你母亲生病在床，让你变成一个大胖子。"

阿利斯泰尔眯着眼睛，对着基普的头，举起了拐杖。有那么一瞬，基普觉得阿利斯泰尔要打他。但是阿利斯泰尔却将拐杖悬在了桥边，说："你再说一遍。"

基普蹒跚着上前了一步，心里不由得一阵慌乱，于是他赶紧说道："请不要这样！我很抱歉——"

基普的话还没说完，阿利斯泰尔就松开了手，拐杖"扑通"一声掉进了河里，基普的心也跟着沉了下去。看着基普慌乱的样子，阿利斯泰尔大笑了起来。基普从阿利斯泰尔身旁擦了过去，朝桥下看去时，"勇气"已经不见了。

阿利斯泰尔跟在基普身后，讥讽地说："好运气逃走了哦！"

基普踉跄了一下，脑子里一片空白。那根拐杖是父亲留给他唯一的东西，现在连它也不见了。他闭上眼睛，强忍着泪水，不想当着阿利斯泰尔的面流泪。他深吸了一口气，咬着牙说："你这样做，太让人讨厌了！"

阿利斯泰尔双臂环抱在胸前，说道："你想打我？跟我说你恨我？"

基普气得浑身发抖，他紧紧抓住桥栏。"我不恨你！"他挺直了身体，用那条好腿往阿利斯泰尔的方向跳了过去，"我为你感到难过！"

阿利斯泰尔愣住了，轻声说："为什么人人都这么说？"

基普跳得离阿利斯泰尔更近了："因为这就是事实！"腿上的疼痛折磨着他，但他的目光依然坚定。在他眼前的，似乎不只有阿利斯泰尔，还有所有戏弄过他、侮辱过他的男孩，他决心再也不在这些人面前屈服了。"你的母亲在那座房子里，病得快死了，这是一件多么令人痛苦的事情。但是更痛苦的是：她到死都觉得自己的儿子自私、卑鄙、对人刻薄……而且这些都是事实。"

阿利斯泰尔脸上最后一丝血色也不见了，他咬着牙，身体颤抖着。基普以为阿利斯泰尔会推搡他，咒骂他，甚至可能把他推到桥下去。不过基普已经不怕这些了，他转身朝草地走去，每走一步都疼得要命，让人意外的是，阿利斯泰尔没有追上来。

基普走到马厩旁，回头朝桥的方向看去，发现阿利斯泰尔依然站在原地。

43. 有尸为证

莫莉找温莎老爷谈话之前，还有另一件事要做。她轻手轻脚地下了楼，回到自己的卧室，反手关上了门。几天前，她还住在这间房里，而现在这里看上去陌生而可怕。看着那些丑陋的黑色根须从天花板和墙壁里伸出来，她想不通自己竟能在这个房间睡得着。不过细想一下，其实睡得并不踏实。

她走到衣柜旁，拉开门，看到自己的行李箱依然放在空荡荡的衣钩下面。她用脚掀起行李箱，就像掀开一块下面盘踞着蛇的岩石。箱子里只剩下那沓爸妈写的信，只瞥了一眼，莫莉的心就怦怦跳了起来。她还没想好如何处理这些信件，但她决不会把这些信留在这座房子里。她不想让其他人看到这些信。

她蹲下来整理着信件。即使到现在，明知道这些信不是爸妈写的，她也渴望再读一遍。她把信封放到鼻子下闻着，恣意地享受着海水的气息。爸妈已经不在了，但是通过这些信，莫莉仍然可以感受到他们的存在，感受到每个字符上似乎回荡着爸妈的声音。于是，她把信全部塞进了口袋里，接着便上楼找温莎老爷。

正如莫莉想的一样，温莎老爷依旧不眠不休地守在妻子床边。他握着温莎夫人的手，轻声说着他们刚结婚那会儿的事——求婚时干的傻事、婚礼时的紧张不安、初为人父时的激动和喜悦……他沉浸在往昔美好的回忆里，说话一点儿也不结巴。

"温莎老爷？"莫莉柔声叫道。

"浪子回头了，咱们的女仆回心转意了。"温莎老爷头也不抬地说，"我还担心你跟着医生跑了呢！"他一副有气无力的样子。

莫莉调整了一下站姿，考虑了一下才开口说道："先生，我和弟弟是来辞工的。我想您知道原因。我是回来拿行李的，马上就走。"

温莎老爷的脸抽搐了一下。"你们……你们要离开我们吗？"他有点儿不太相信。

"这座房子太危险了，先生！您是在这里长大的，应该比其他任何人都清楚这一点。"莫莉意味深长地看着温莎老爷。

"你……你……你们不能辞工！"温莎老爷推开椅子，站了起来，"我的家人需要你们！"

"我们已经决定了，先生！就是为了您和您的家人着想，我才回来。"她朝温莎老爷走近几步，盯着温莎老爷的眼睛，"您也应该跟我们一起走，全家都走，今晚就走。"

"不可能！"温莎老爷一边说一边来回踱步，"小康还病着，我……我……我那些合伙人明天就要来，我还没钱给他们——"

"那就趁他们没来，赶快走！"莫莉建议道。

"你根本不明白！"温莎老爷大吼道，"我需要留在这儿，守着这棵树。如……如……如果我能从树上拿到足够的钱……"他举起钥匙，对着绿色的小门。

显然，温莎老爷已经什么话也听不进去了。莫莉猛然上前，把钥匙从温莎老爷手中抢了过来。

"还……还……还给我！"

莫莉沿着走廊跑了出去。"我会还给您的，先生！但是在此之前，您得跟我去看一样东西。"她快步跑下楼梯。温莎老爷追着她跑了出来。

基普手里拿着耙子，站在屋外的一堆枯叶旁等着莫莉。莫莉看见基普单靠右脚站着，奇怪他为何没用拐杖。

"找到他了吗？"她问。

"找到了！"基普跳着退后，露出一个清理好的坟坑，"只是样子不太好看。"

莫莉带着温莎老爷来到了坟坑旁，只见克劳奇医生的尸体被塞在这个狭窄的墓穴里，脸上没有一丝血色，眼睛睁得很大，还保持着死前的惊恐状。细细的树根像网一样包裹着他，似乎要把他吞噬掉。

"天……天……天哪……"温莎老爷一副直想作呕的表情。莫莉静静地站在一边，她知道这个时候不能太刺激他，最好少说话。

过了很长时间，温莎老爷才转过身，问道："他……他死前没受什么罪吧？"

"一切发生得太快，他甚至都来不及叫出声。"莫莉回答。

"您应该感谢他！"基普说，"本来这个坑是为您准备的。"

莫莉狠狠地瞪了基普一眼，警告他不要乱说话。她朝温莎老爷靠近了一步："医生是被残忍杀害的，先生！我想您应该知道这个冷血无情的凶手是谁。"

温莎老爷没有作声，似乎默认了莫莉的推测。"太糟糕了！"他说，"实在是太糟糕，太糟糕了……"他一步步后退着说，"克劳奇医生是一位重要的人、一位绅士，大家会怀念他的。警察会来问询，会来调查，会将罪犯抓进监狱……"

"现在有比蹲监狱更要命的事情啊，先生！"莫莉朝基普点点头，"给先生看看其他的。"

基普用耙子将墓穴上的枯叶扒开。温莎老爷看着那些墓穴，什么也没说。然而当基普扒开最后那个小墓穴时，温莎老爷惊得用手捂住了嘴巴。

"是佩妮的……"他喃喃地说。

"我们每人都有一个，先生！这棵树在等，等我们全都病得动不了，虚弱得无法反抗的时候，就会来要我们的命。看看您和您的家人就知道，这个时刻很快就会到来。"

"不，不，不……"温莎老爷像个孩子一样摇着头，不肯面对现实，"这……这……这根本说不通。"他转身朝着树的方向。"这棵树不会这么做的。医生肯定做了什么事，他肯定是触怒了这棵树，或者是威胁到了它……"他的声音突然停了下来，因为他看到一截粗大的树枝从树干上断掉了。"这是谁干的？"他厉声道。

"这是一个意外，"基普斜倚在耙子上，"医生帮我们做了一个陷阱，然后……"

温莎老爷猛地回过身来。"什么？"他的脸上满是惊慌，"如果你伤害了这棵树，甚至只是讲一讲要伤害它的事——"

"然后呢？"莫莉打断了他的话，"就像克劳奇的下场一样？只是迟早而已，所有来到这里的人，下场都一样。"她激动地说。"我知道，那棵树能带来奇迹。但同样是这棵树，在这片土地上杀害了多少人。"她指着草地上绵延不绝的小土丘说。

温莎老爷转身看着那些坟墓，他从一座坟丘扫过另一座坟丘，两眼闪闪发亮，像在找寻什么东西。莫莉忽然意识到，这片土地埋着的并非全是陌生人，至少对温莎老爷而言并非如此。"您的父亲和母亲，"她说，"他们都埋在这里，是吗？"

"我没有亲眼见到。"温莎老爷茫然地摇了摇头，"那天晚上……事情发生的那天晚上，我在房间里。我记得，我的父母在大厅里吵架，他们为这棵树起了争执，父亲对树的看法变了，他说就是这棵树让我们生病。他打算去砍掉它还是毒死它一我记不太清楚了，但我记得当时刮起了风暴，"他咬紧了牙关，"没有下雨，也没有闪电，只是刮风。那风好像就在房子里面，吹得整座房子都晃动了起来。我听到父亲在楼下大声叫喊，另外还听到一种不像人类的声音，像是另外有什么其他的东西跟我父亲在一起。然后，母亲来到我房间，她满眼惊恐……她被吓坏了。她把我从床上拉起来，叫我快跑，跑出去，永远也不要回来。我那时候还小，不知道该怎么办……"
他有些悲伤，"她帮我爬出窗户，我从窗户上跳了下来，跌倒
在地上。我叫她也跳下来，但是她却不见了。"他含着泪说。

莫莉想起了爸妈把她推上救生艇，随后便消失不见的时
候，她是多么的无助和害怕，除此之外，还夹杂着独自偷生的
羞愧。她清了清嗓子。"如果您没有跑，您也会跟他们一样，被
埋在地里。"她说，"您的母亲，她希望您活下来——能吃能睡
能喘气能笑，能结婚生子。逃跑并不可耻，先生，只要您向着
好的方向跑。"

温莎老爷皱着眉坐到草地上，双手抱着头，说："我们不能
走。这座房子是我仅有的财产了。我没钱，也没办法借钱，什
么都没有。还有小康……她病得太厉害，没办法走……"

莫莉走近他，说道："那个杀人埋尸的家伙还会回来，先
生，今晚就来。现在您得做出决定。"她举起那把旧钥匙，"您
可以把这个拿走，回到那间小屋里，等待您的奇迹……或者跟
我们一起离开这座宅子，找个地方好好生活。"

44. 逃　　走

莫莉打开佩妮的房门。"你收拾好了吗，小姐？"她问。

"收拾好？我刚刚才开始收拾！"佩妮坐在地板上，面前放着一只打开的箱子，里面装满了玩偶，还有积木等各种玩具，那些塞不下的全胡乱扔在箱子旁。她一手拿着一个娃娃说："我决定不了到底带哪个走。"

她在两个娃娃之间难以选择，于是把它们扔到了地上，恼怒地说："我们为什么要搬走呢？"

"你的父亲认为搬走更好，我也很赞同！"莫莉在房间里走来走去，把佩妮的衣物分门别类收拾起来。她选择的是那些耐穿的，而不是漂亮的。她不知道温莎老爷一家以后的生活会是什么样，但她觉得耐穿的总好过中看不中用的。

莫莉在佩妮身边蹲了下来，帮她重新整理着行李箱。

"如果我不想离开这里呢？"佩妮问。

莫莉把大部分玩具从箱子里拿出来，腾出一些空间。"我还以为你讨厌这个地方呢，小姐。"

"我是讨厌这里！只是……有些东西我舍不得。"佩妮回答道。

莫莉拿出一只玩具熊，继而发现一摞"佩妮公主"系列的图画书。图画书上烫金的书页在阴影中闪闪发亮。

"比如这些东西？"她问。

小女孩点点头。她摸了摸最上面一本图画书，抓住书角，把它提了起来。在这本书的封面图画上，公主正与一只食人魔搏斗，而那只食人魔的样子与阿利斯泰尔惊人相似。莫莉的一只手搭在佩妮的肩头："佩妮小姐，这世上还有更多比这个好的故事。"她看着佩妮认真地说。

小女孩一副快要哭出来的样子："比如你讲的那种故事？"

莫莉眨了眨眼睛："你会明白的！"她轻轻将那些书从行李箱里拿了出来，放到地板上。"再说了，留在这里的娃娃可能也想看书呀！"说着，她锁上了行李箱，带着佩妮来到了大厅。

决定离开后，温莎老爷瞬间成了行动派。或许他想趁着自己还没失去勇气时，尽快离开。他花了几个小时来回奔跑在几个房间里，尽量把生活必需品都装进马车里。阿利斯泰尔不情不愿地跟在他后面帮着忙。

基普在屋外准备马车。莫莉看了基普一眼，发现他正在马道上，将一个金属罐子挂在马车车斗上面。罐子有好几个，各不相同，她认出有一些是厨房的。"这是在干吗？"她问。

基普在裤子上擦了擦手。"灯油、轮轴润滑油、松节油、猪油，还有一些白兰地。"他说。

"你是打算下厨做菜？"莫莉问。

"算是吧！"基普在车斗上站稳，打算歇一歇有病的左腿。莫莉四处寻找他的拐杖，但一直没找到。"我知道咱们动不了这棵树，树干太粗了，没办法砍。但如果我们能毁了那座桥，人们就来不了这里，那棵树也就很难再伤害到人了。"他敲了敲其中一个罐子，说，"等我们都过了桥，我就会把这些油洒在桥上，点一把火烧毁它。"

莫莉看着这堆锈迹斑斑的罐子，问道："你确定这样能解决问题，而不是为了制造一场爆炸吗？"

基普咧嘴笑了笑，说："能够制造一场爆炸也不错！"

到了傍晚，温莎一家收拾好了行李准备出发。门厅里堆放着各种袋子和箱子，还有最后一个任务就是安置温莎夫人。温莎夫人已经恢复了知觉，但依然虚弱得无法行走。

莫莉与温莎老爷、阿利斯泰尔一起进了温莎夫人的卧房。

温莎夫人捂着胸口，满脸惊慌。"老爷！"她坐了起来，"我的戒指！"

温莎老爷跑到她身边，握着她的手。"别找了，亲爱的！别管那些戒指了！"他抚摸着妻子干枯的发丝，"我们要带你离开这里，到一个安全的地方去。"

此时的阿利斯泰尔看着他们，脸上惯常的轻蔑神色不见了，表情很复杂。他从口腔内咬着自己的脸颊肉，就好像在进行非常复杂的计数。莫莉看着窗外，发现红红的夕阳悬在了山谷上。她将一只手轻轻搭在温莎老爷的肩头，提醒道："太阳快要下山了！"

由于床架太宽，温莎老爷决定先把温莎夫人从床垫上抱起来，再把空床架侧着拖出房门。莫莉和阿利斯泰尔先将沉重的羽毛床垫拖进大厅，温莎老爷跟在两人身后，把妻子抱在怀里，像哄孩子一样，轻言细语地安抚着她。

莫莉和阿利斯泰尔把床垫平放在楼梯前，温莎老爷小心翼翼地将妻子放到床垫上。莫莉拿毯子将温莎夫人裹得严严实实。"如果她挺不过去……"温莎老爷抚摸着昏睡中的妻子的脸颊，神情黯然。

这时，马道上传来了马蹄声，由远而近。"一定是基普把马车赶来了。"莫莉说。

温莎老爷站起身，手里拎着提箱。他在门厅中央徘徊，环顾着墙壁、窗户、天花板……最后看着这个他成长的地方。

"我不会再怀念这里。"他说。

"那可说不准。"莫莉说，"不过我们还是赶紧离开吧！"

温莎老爷走到前门，握住门把手，打开了门——

"老板，晚上好！"

温莎老爷尖叫了一声，手里的提箱掉在了地上。莫莉一抬头，只见两个城里打扮的男人靠在门框上，一个身材很高，另一个则很矮，正是之前来温莎庄园要过债的菲格先生和斯塔布斯先生。

斯塔布斯咧嘴笑道："这是要去哪儿呀？"

45. 不受欢迎的客人

莫莉躺在门厅的地板上，手脚被捆得紧紧的。她拼命地挣扎着，想要挣脱。房间里四处散落着行李箱里的东西，窗帘被扯烂了，家具被砸坏了。

"莫莉，我怕！"佩妮看着莫莉，她也被捆着，眼镜掉到了地上。

"嘘，乖！"莫莉挤出一丝笑容，"不会有事的。"

这时，从书房传来了一阵"哗啦"声，像是书从书架上掉下来的声音。

菲格和斯塔布斯先是将庄园里所有的人都捆了起来，接着就开始四处乱翻。

"听起来他们玩得很开心啊！"基普低声说。他本来打算藏在马厩里，可惜被菲格发现了，捆了丢到莫莉旁边。这样倒正好方便两人直接交谈，且不会惊动其他人。

"我们必须离开这里，"莫莉压低了嗓门说，她不想被佩妮听见，"太阳一下山暗夜园丁就会来，他还在生气呢！"她伸长脖子朝门口望去，挂在树梢上的夕阳红得像火——最后一丝天光迅速地消失在天际。

"咱们那个计划没用了。"基普说。

菲格和斯塔布斯翻遍了房间，什么也没发现。于是他们来到门厅，装作一副和蔼的样子。他们破旧的外套上沾着木屑和破布烂绒。菲格手里拿着温莎一家的画像，画布已经戳破，露出几个大洞。"看这里，斯塔布斯！"他把头伸进温莎夫人肖像头部位置的洞里，"你看我美吗？"他一边说一边嘟着嘴，发出"啵啵"的亲嘴声。

"好啦！书房搜查完了！"斯塔布斯说着，擦了擦手，"下一站是卧室。"他看着温莎老爷补充道，"你最好告诉我们，这样省去了我们的麻烦，你也可以免去皮肉之苦！"

"我已经告……告……告诉过你们了，我什么都没有！"温莎老爷结结巴巴地说。

斯塔布斯转过头，学着温莎老爷结巴的样子："我也已经告……告……告诉过你了，一个人不可能不把他的财产藏好就离开他的房子。"

菲格从温莎夫人的行李箱里拽出一些东西。"这些算财产吗？"他在头顶上挥动着一双长筒袜。

"我们不是这么约定的，"温莎老爷说，"明天才是约定的期限！"

"哦，是这样的。"斯塔布斯挠了挠头，"等你像我和菲格一样，干这一行久了，就会知道一些东西，比如人们往往会在约好的日子玩失踪，所以，我们一般会提前一两天出现。"他把一只脚踩在行李箱上，"这是一个非常明智的预防措施，不是吗？"

此时，落地大摆钟响了七下。温莎老爷对莫莉使了个眼色，暗示莫莉要趁夜色降临前离开庄园。他转身看着客人，面露笑

容。如果不是在这样的场合，温莎老爷的笑容倒也算迷人。"二位贵客，我的确应该道歉。二位远道而来，我却未能尽地主之谊。你们看中什么就全都拿走吧！家具、衣服和整栋房子都可以给你们。只求你们一件事：放我们走！"

斯塔布斯居高临下地看着温莎老爷，啤酒肚高高挺起。"你是迫不及待想离开啊！"他从背心里拉出一条手帕，莫莉一眼瞥见他腰带上插着一把巨大的匕首。"你知道吗，菲格？"他一边说，一边擦着他的镜片，"我听说，有些有钱人会把钱财缝进衣服里，以免被盗贼啊土匪啊之类的抢走。"

菲格站起身，接着同伙的话说道："你这么说，倒是提醒了我，的确如此。"

"那么，"斯塔布斯说着，又戴上了他的单片眼镜，"也许应该搜得更彻底一些。"说着，他从腰带上拔出匕首递给菲格，就像把刷子递给粉刷匠一样自然随意。

菲格接过匕首，在肥厚的手掌上拍了拍，然后走到每个人的面前，用匕首指着说："点兵点将，点到……和尚。"

他在温莎夫人面前停了下来。温莎夫人此时刚刚恢复意识，她不解地看着眼前的人问："阿南？"

"不要！"温莎老爷拼命拉扯自己身上的绳索，"不要碰她！她生病了！"

"这么说来，她就不会反抗啰！"菲格说着，蹲了下来。他动作花哨地掀开温莎夫人身上的毯子，然后沿着床垫边缘切开了一条口子，羽毛随之冒了出来，掉到地板上，"等我暖和一下再说。"他把一只手伸进床垫里搜索着。

温莎夫人缩了缩身体，闭上了眼睛。

温莎老爷疯了一样剧烈地晃动着身体，凄厉地喊着："走开！别碰她！"

"淡定！淡定！"斯塔布斯甩出一只靴子，正好打中了温莎老爷的脸。

血从温莎老爷的鼻子里瞬间涌了出来。

"求求你们……"他呜咽着说。

莫莉在地面上搜寻着，想要找几片碎玻璃，或是钉子之类的东西割断绳子。她知道菲格腰带上插着匕首，心想，如果可以引他分心，或许她有机会把匕首弄到手。她闭上眼睛，绞尽脑汁地想要找出一个救命的法子——哪怕只有一点点希望可以救大家，她都愿意试一试。当她再次睁开双眼时，心中已有了主意。

"还想继续挨打吗？"斯塔布斯说着，又打了温莎老爷一下，"我没有问题，揍你一夜都不嫌累！"

"你想怎么打就怎么打吧！"莫莉大声说道，"他什么都不会说的，这些有钱人宁愿死都不会漏一个子儿给下面的人。"

房间里顿时安静了，所有人都看着莫莉。

"你想来挨几下？"斯塔布斯转身对莫莉说道。

莫莉看似腼腆地挑了挑眉毛，假装自己很享受这种被关注的状态。"我和你们一样，跟温莎家不是一路人。"她说，"第一次见面时我就看出来了，咱们都不是嘴里含着金钥匙出生的人，所有东西都必须自己去挣，去抢，不择手段，别人的死活根本顾不上。"

听了莫莉的话，斯塔布斯不由自主地点了点头。莫莉回了他一个笑脸，她的笑似乎起了点儿作用。

于是，她赶紧建议道："让我入伙吧！我可以亲自带你们去找钱。这主意怎么样？"

斯塔布斯噘着嘴，质疑道："一个小小的女佣怎么会知道钱财藏在哪里？"

莫莉得意地仰起了头，假笑道："用人知道主人家的所有事情，尤其是藏起来不让人知道的秘密。这是我干过的第五十五家了，我已经弄清楚了放钱的地方，就等机会带钱跑路了。不过，现在我觉得，是时候找几个生意伙伴了——也许可以去城里找家银行做清洁工？"

"姐姐，你在干什么？"基普悄悄问。

莫莉没有理会基普，继续说道："温莎一家没人关心我，我也不关心他们。在我看来，您二位的出现，是他们一家人应得的报应。"她竭力避免去想佩妮听到这话时的表情。

斯塔布斯咧着嘴笑了起来，似乎很满意莫莉这样说。

"温莎老爷的西装背心里有一把小小的钥匙。"莫莉说，"是用来打开楼梯顶端那间储藏室的。那个房间里的东西，你们想要什么，就有什么。"此时的斯塔布斯两眼发光，"任何你渴望的东西，应有尽有。"莫莉的话就像抛向海里的一只钓钩，深深地诱惑着前来取食的"鱼儿"。

斯塔布斯眨巴着眼睛，已经快被催眠了，浑然不觉自己的单片眼镜滑落了下来，吊在外套翻领的细链子上晃荡。他咽了咽口水，朝菲格点点头，说："那就搜搜他的衣服，嗯？"

菲格开始搜查温莎老爷。"看来她说的是真话。"他说着，从温莎老爷的衣兜里摸出了一把钥匙。

"小丫头，你跟我们一起去！"斯塔布斯抓住莫莉的胳膊，把她拽了起来，"要是我们发现你在撒谎……小心你的小命！"

"你打算把我扛上去吗？"她示意自己脚踝上还捆着绳子。斯塔布斯转了转眼珠子，便朝菲格点点头，让他把莫莉脚上的绳子割开。绳索从腿上掉落的那一刻，莫莉觉得腿上的血脉一下子通畅了。她观察着菲格腰带上的匕首，这把匕首离她只有几寸的距离。

两人带着莫莉上了楼梯。莫莉不知道到了房间会发生什么，她只是想给自己争取一点儿时间。

来到顶楼，斯塔布斯将钥匙插进了锁孔。"你先请！"他礼貌性地把帽子揭起又放下，然后推开了房门。

莫莉深吸一口气，走了进去。

46. 信　　任

　　基普看着两个匪徒紧跟在莫莉身后，消失在绿色的小门里，随后小门"砰"的一声关上了。他不知道为什么莫莉要带这两个人去那间树屋，但他从莫莉的脸上看出，她一定有自己的计划。

　　"她说的那些话是真的吗？"佩妮问，"她说她一点儿都不关心我们？"

　　"我姐姐对你们的关心超出你的想象，"基普极力忍住左腿的剧痛，冲佩妮笑了笑，"我们只需要相信她就行了！"

　　温莎老爷好不容易挪到了妻子身边，握着她的手，轻声对基普说："我希望你说的是真的，因为一旦那两个人知道了这棵树的秘密，肯定会把我们全都杀掉，一个都不会留。"

　　基普看着屋外的天色越来越暗，担忧地说："即使他们不杀，等到暗夜园丁一来，我们还是照样完蛋。"

　　"你觉得他们会在上面做什么？"阿利斯泰尔挪了挪身体，问道，"为什么这么安静？"

　　基普盯着那扇紧闭的小门。"我不知道！也许因为一次来了三个人，那棵树不知道该怎么办——"

　　突然紧闭的小门内传来几声尖叫，分不清是痛苦还是欢乐。

　　随后小门"砰"的一声打开了，斯塔布斯出现在楼梯上，他抓着一把白花花的小纸片。"本票!"他大呼小叫地隔着栏杆全部撒下,"成千上万的银行本票!"他用一根手指指了指温莎老爷,"还真是破产了呀,你这个老滑头!"他兴奋地大喊一声,转身跑回了树屋。

"本票是什么?"基普问。

阿利斯泰尔盯着散落满地的纸片,回答道:"就是钱。"他看着身旁一张皱巴巴的本票说,"很多很多钱。"

"我想看看!"佩妮凑近了那些撒落在地的纸片说。

"你们两个都不许碰!"温莎老爷命令道,"不许再从巨树那里收取任何东西。"

基普听到那两个闯进庄园的人像孩子一样在房间里又叫又笑,他有些担心莫莉能否应付得了。

这时,那两人又出现在了楼梯上,他们怀里抱着比刚才更多的钱,蹦蹦跳跳地跑出了房子,本票沿途不断撒落。

他们把本票装进马车的车斗,然后又跑回门厅,激动地喘着粗气。胖子抓起一个反扣在地上的行李箱,把里面的东西抖落在地板上。"最后一个上楼的是臭蛋!"两人追赶着跑上了楼,推搡着进了树屋。

看着那个高个子一步跨三格楼梯,基普突然笑了笑。

"有什么好笑的吗?"温莎老爷问道。

"您肯定没仔细看,"基普朝房间点了点头,"他的匕首不见了!"

47. 因果报应

莫莉握着那把偷来的匕首，她知道所有行动必须非常小心。绳子很粗，为了不发出声音，她只能轻轻地割。菲格和斯塔布斯在她身旁跑来跑去，他们从树洞里刨出大把大把的本票，装进大箱子里。

"这就是最后一点儿了？"菲格开口问道。

"看不到底，"斯塔布斯把整只胳膊伸了进去，探测树洞的深度，"我觉得下面说不定更多，只是摸不到……"

莫莉专注地割着绳子，虽然手上有武器，但她知道自己打不过这两个男人。不过，如果她能解开手上的绳子，逃到过道上，她就有把握把这两个人锁在树屋里。这样就可以为解救其他人逃离温莎庄园，赢得更多时间。

菲格两手一拍："我有个主意！"他满脸兴奋，那种表情就像很少用脑子的人突然灵光乍现。"我马上回来。"说完，他就跑下了楼。

与此同时，斯塔布斯则忙着捡地上散落的本票。箱子装不下了，他就塞进自己的衣服口袋里。"等我们拿到最后一部分钱就走。"他说，"不过在这之前得把老温莎和其他人解决掉。"

莫莉的心猛地揪了一下，惊慌地问道："你……你打算杀了他们？"

斯塔布斯耸了耸肩。"恐怕留着他们对我们不利呀！我们也不想有人四处宣扬咱们这次的……财运。"他将一大把本票塞进裤腰带里，"我们的确答应过要带你一起走，小丫头，但是恐怕计划有变。你也明白，马车只能坐两个人，没有多余的位子！"

房门"哐当"一声开了。"看我在马厩里找到了什么！"是菲格，他用双手提着一个东西。

莫莉全身发冷。"那是什么？"她问。

"你觉得它像什么呢？当然是斧头了！"菲格用手试了试锋口，"我们可以把这个洞破开，然后爬进去！"

菲格大步流星走到那棵树前，将斧头举过头顶。

"不、不、不！听我说！"莫莉大喊，"你们不能伤到树！如果你们伤到了——"

斧头深深嵌入洞口的木头中。菲格把斧子抽了出来，像糖浆一样黏稠的黑色液体沿着树干流了出来。

莫莉听到低沉的风声从地面升起，从墙壁缝隙中钻了进来，整栋房子嘎吱乱响。"你必须马上住手！"她说，"你不明白你这样做有多么危险！"

"噢？我不明白吗？"菲格把斧头举过头顶，又砍了下去。

这一回，斧头没有砍到树。

斧头在树的上方停住了。只见一只苍白枯瘦的手拦住了斧头。

那只手是从树洞里伸出来的。

菲格赶紧撒手。斧子纹丝不动，被鬼爪举在半空。

"这，这，这是什么？"斯塔布斯朝菲格走近几步。

"邪恶的东西。"莫莉说着，猛地朝最后几股绳子锯了几刀，还差一点儿就可以割断了。

一时间，整个房间内风声呼啸，皱巴巴的本票被刮到了半空。菲格和斯塔布斯紧紧抱着彼此。"我们还是逃吧！"斯塔布斯颤抖着说。

菲格点点头："你说得对！"

然而一切都晚了。他们的身体被钉在了原地，一动也不能动，连目光都没法移开。他们只能眼睁睁地看着另一只鬼爪伸出，抓住了树洞的边缘，接着，暗夜园丁的躯体蜿蜒盘旋着从树洞中缓缓升起，直到站在众人面前，才完全展露身形。他摇晃了几下，像是在回忆如何站立。一道黏稠的黑色液体顺着他的脖子流了下来。他凝视着手里握着的仍旧滴着树液的斧头。

此时，莫莉已经割断了身上最后几股绳子，她拔腿朝门口跑去。

"不行，等等！"斯塔布斯大喊着跟在莫莉身后。

莫莉"砰"地关上了门，然后将钥匙插进锁孔拧断。"开门！打开！"斯塔布斯在里面拼命撞门。一股风将房门吹得剧烈摇晃起来，房间内传出一声巨响，接着是几声尖叫。莫莉拿着匕首，一路狂奔下楼，惨叫声从她身后传来。

"莫莉！"佩妮大喊。

莫莉飞奔到楼下，差点儿摔倒。"我就说她会回来的！"基

普说。莫莉迅速将捆住基普的绳子割开。

又一股大风刮起，整栋房子都被刮得颤动起来。莫莉好像听到有什么东西重重地摔在了地板上。"那扇门坚持不了多久，我们得赶快跑，他就要来追我们了！"她说。

基普揉了揉手腕。"我有个主意，你留在这儿帮忙，我想方设法拖住他，直到所有人都离开。"他撑住身后的墙，试着站起来，但没能成功，"我现在跑不动……需要有人帮帮我。"

"我来帮你！"身后传来一个沉稳的声音。

莫莉和基普转过了身体，发现说话的是阿利斯泰尔。"你？"莫莉无法掩饰自己的惊讶。

全家人都盯着阿利斯泰尔。但他却只看着基普，"我跟你去！"他说。

温莎夫人坐起来，抓起丈夫的手按在自己胸口。"阿南，你不能让他去。告诉他不许去……"

房子又晃动了一下。莫莉听到一声凄厉的号叫，随即楼上的房间陷入了死寂。

菲格和斯塔布斯完蛋了。

莫莉跑到阿利斯泰尔身边，割断绑着他脚踝和手腕的绳子。"你没必要这么做！"她说。

"我知道！"他站得笔挺，"但是我想这么做。"他走到基普身旁，扶起了他。

屋内又刮起一股大风，绿色的门挣脱了铰链，飞下楼梯，砸在温莎一家人面前。

温莎老爷抓起妻子的手。"是他……"

"是黑夜人!"佩妮悄悄地说。

温莎一家人惊恐地看着暗夜园丁出现在走廊里。

暗夜园丁手里握着斧头,站在楼梯顶层。他的斗篷表面湿乎乎地糊了一层深色的东西,显得很光滑。

阿利斯泰尔快步走向敞开的大门,基普靠在他的肩上。"你说他不喜欢你们伤害那棵树?"阿利斯泰尔问。

"是!"莫莉回答。

阿利斯泰尔抓住身旁一根穿墙而入的粗大树枝。"那么他一定很讨厌这个。"他使尽全身力气将树枝往下压。树枝"嘎吱"一声从墙缝断了下来。

暗夜园丁连连后退,扔下了手里的斧头,捂住胸口痛苦地哀号着。

"来抓我们呀!"阿利斯泰尔一边喊着,一边扶着基普消失在了门外。

48. 捉 迷 藏

　　基普将胳膊搭在阿利斯泰尔的肩上，蹒跚着走过砂石铺的马道。他拼命地加快步伐。"我们得把他引到小岛那头的树林里去。"他说，"在那里我们会很安全。"他知道一个巨树的树根没有侵入的地方，也就是暗夜园丁无法到达的地方。他们只要跑到那里就安全了。

　　一阵暴怒的狂风扫过马道，基普差点儿摔倒。

　　"他的速度太快了。"基普气喘吁吁地说，"我们跑不过他。"

　　"我们没必要跑过他。"阿利斯泰尔拐了个弯，下了马道，跑到了草地上。他松开手，基普倒在了草地上。"我们在树林里碰头。"说完，他便消失在旁边的小土丘后面。

　　天空中挂着一轮满月，照得周围明亮如昼。基普仰躺在草地上，回忆起当初在草地捉迷藏的情景。只是这次有些不一样。这次要是被抓住了，就真的会没命。他闭上了眼，此刻多么希望"勇气"在手里啊！

　　这时，身后传来了一阵咆哮，他从小土丘的顶上望去，发现暗夜园丁正站在前门四处张望。基普连忙将身体贴在草地上，缓缓地抬起一只手，支撑着身体向前一点点挪着，渐渐地挪到了另一座小土丘背后，离目的地更近了。

　　这样的匍匐前行，对基普来说异常辛苦。但他想到要是自已不能这样坚持，莫莉和温莎一家就没救了。基普仔细聆听着周围，试图通过风声分辨出暗夜园丁的位置。

一片阴影掠过他的身体，他不禁打了个寒战。一抬头，看到暗夜园丁就在他身边，黑洞洞的眼睛正扫视着树的轮廓。基普盯着他，不敢动，也不敢喘气——

"噗"的一声，一颗石头击中了暗夜园丁的后背，他咆哮着从基普身旁跑开。

"我在这里！"阿利斯泰尔的身影出现在旁边的小土丘上。暗夜园丁朝他扑了过去，瞬间卷起一把枯叶。

基普听见暗夜园丁搜寻的声音。他抓住身旁一块岩石，勉强撑起身体，然后拼尽全力扔了出去——

噗！

干得漂亮！暗夜园丁的帽子被石头击了下来。基普得意地大笑了几声，又卧倒在地。等暗夜园丁赶来时，基普早已不在原地了。

噗！

噗！

噗！

噗！

两个男孩子一路扔着石头，暗夜园丁在小土丘之间东奔西走，暴跳如雷，却毫无办法。基普咧嘴笑着，第一次体会到这种激动和紧张。他和阿利斯泰尔就像一个团队，合力完成一件单凭一个人无法完成的事情。

眼前是一排沐浴在月光下的树木，基普已经完成了看似不可能完成的任务，他成功地来到了树林附近！咆哮和怒吼声传来，一股狂风将他掀倒在地。他在地上打了个滚，发现暗夜园丁正朝自己追来。暗夜园丁破烂的衣衫在风中飞舞，枯叶在他周围愤怒地打着旋。"阿利斯泰尔？"基普大喊着想要站起来，却没能成功。

"跑啊！"阿利斯泰尔大吼着抓住基普的胳膊，拖着他拼命向前跑，两人跌跌撞撞地跑进了树林里。

49. 灯　油

风在屋里盘旋打转，空中飞舞着枯叶。风暴中，菲格和斯塔布斯带来的马匹早就跑了，伽利略却没动，等着主人的指示。"你真是一匹忠心的马！"莫莉说着，在马肚子上拍了拍。马儿紧张地打了一个响鼻，蹄子在地上刨来刨去。

莫莉来到佩妮面前。小女孩没有受伤，却吓坏了，紧紧搂着莫莉的脖子。莫莉把她举上马车的货斗。"小心脚！"说着，她把小女孩稳稳地放到了车斗的木头底座上。

佩妮抓住莫莉的手。"基普和阿利斯泰尔不会有事吧？黑夜人会伤害他们吗？"

莫莉看着佩妮，不禁有些心疼。她想给小女孩讲个故事，让她好过一点儿，勇敢一点儿。然而，总有一些事情是故事无法办到的。"事实上，佩妮小姐，我不知道。"她轻轻拍了拍小女孩的手，"但不用担心，小伙子们调皮得很，相信他们会有办法的。"

"没错！"佩妮机灵地点点头。

一股狂风刮过，差点儿把伽利略掀翻。"不怕不怕，马儿乖！"莫莉一边紧紧拽着它的挽具，一边拂开盖在眼睛上的头发，然后朝树林的方向望了望。她知道，基普就在那片树林里，暗夜园丁也在。有一瞬间，她似乎听到弟弟的喊叫声在风中回荡。她希望是自己听错了，她希望弟弟平安无事。

"有我在呢，亲爱的！再走几步就到了……"温莎老爷出现在门口，怀里抱着温莎夫人。女主人环抱着温莎老爷的脖子，脑袋靠着他的胸口。她睁着眼睛，虚弱而痛苦。"有我在！"温莎老爷喃喃地说，"有我在。"

莫莉把油罐都推到了旁边，腾出位置给温莎夫人。

"很抱歉，夫人！这不是一辆四匹马拉的马车。"温莎老爷把妻子轻轻放了下来，就像把一只纸船放到水面上一样。

莫莉关上门。"咱们把温莎夫人和佩妮带到安全的地方，然后在大路上等基普和阿利斯泰尔。"她示意男主人上车。

温莎老爷点了点头，但没有动。他的眼睛紧紧盯着树林，发现一团黑色的东西在月光下奔跑。"那个东西在追他们……"他说。

"他们不会有事的！"她安慰着温莎老爷，同时也在安慰自己，"上一次鬼园丁就没有追到基普。他知道一个特别的地方，那个怪物进不去。"

"但是他们有可能到不了那个安全的地方。"温莎老爷突然厉声说，"你弟弟是个瘸子，阿利斯泰尔还是个孩子……"他将发抖的手插进了头发，像是在胡乱猜测着自己唯一的儿子在黑暗中孤立无援的样子，又像是在回忆许多年前也是在这样一个夜晚，自己的父母面临绝境时的情景。

一阵沉闷的咆哮响彻山谷。"别再胡思乱想了，先生！基普和阿利斯泰尔为我们争取了时间，我们也得抓紧时间。"

"但是，如果我们可以帮到他们呢？你说过，唯一能阻止暗夜园丁的，就是让这棵树死掉……"温莎老爷看着莫莉。

莫莉摇了摇头："我也不确定！"

温莎老爷从车斗侧板边抓起一桶油，说："那我们就试试烧死这棵树！"

50. 月　　光

　　"去那边！"基普指着远处的一小团光亮喊道。月光下，他和阿利斯泰尔在树林里快速地穿行。他们向小岛边那片古老的花园跑去，那是暗夜园丁不会去的地方。"如果能跑到那里，我们就安全了。"

　　"一定能跑到！"阿利斯泰尔调整了一下姿势，尽量让基普的身体重心偏向自己。基普无意中瞥了一眼阿利斯泰尔，只见他神色坚毅。

　　暗夜园丁的号叫在身后紧紧跟随，狂风击打在基普的背上，把他扑倒在地，他痛得叫出了声。树枝嘎吱作响，暗夜园丁猛地出现在了他们的身后，他不再像之前那样步伐缓慢，月光下，只见他奔跑着，面孔白得吓人。

　　"快起来！"阿利斯泰尔从地上拉起了基普。他们跌跌撞撞地跑着，他们知道只要还能看到那些光亮，就有逃生的希望。基普寻思着姐姐莫莉和其他人都应该上了马车，基本算是安全了。想到这儿，他加快了速度，眼睛紧紧盯着那座发光的花园，近了，更近了，还有不到一百英尺的距离。

　　周围的风突然停了，暗夜园丁似乎放慢了脚步。基普回头望去，发现暗夜园丁正呆呆地站着，双手箕张。接着，暗夜园丁发出一声低沉的呻吟，那声音听起来不像是人类发出来的。

"他怎么停下来了？"阿利斯泰尔气喘吁吁地问。

暗夜园丁的叫声更大了，风向也跟着变了，风似乎更活跃了。阴冷的薄雾从地面升起，越来越高，穿过树梢融入夜空，而树梢似乎冷得颤抖了起来。基普觉得凉意从背后袭来。

基普透过月色下的树枝抬头望去。"看天！"他说，"变天了……"

只见薄雾在树顶上盘旋凝聚，形成一层不透光的浓雾，把月光星光全都遮住了，光线迅速黯淡下来。基普回头看了看暗夜园丁，只见他脸上露出一丝僵硬而扭曲的笑容。

随后，整个树林陷入了黑暗。

"我们快走——快！"基普抓紧阿利斯泰尔的胳膊，可是当他向花园的方向望去时，却什么也没看见，只是漆黑一片。

"走哪边？"阿利斯泰尔惊慌地问道。

基普在黑暗中仔细搜寻，想要找出能够指引方向的光亮，想要找到那个安全的地方。

但是，月亮被挡住了。

他们唯一的希望也随之破灭。

51. 英雄与少女

　　莫莉并不完全赞同温莎老爷提出的这个建议。以前也有很多人想砍掉这棵树，但都没成功，甚至在他们还没砍到这棵树时，就被暗夜园丁杀害了。不过，她和温莎老爷有一种比斧头和锯子更厉害、更有效的东西——这要谢谢基普，他收集了足以烧毁世界的燃油。

　　温莎老爷先去巨树下做准备工作，莫莉则负责把马车驾到安全的地方。她叫佩妮跟自己一起坐到驾驶座的长凳上，小姑娘必须学习如何驾驭马车。马车过了桥，到达对岸的小路后，莫莉停了下来。"轮到你驾马车了，佩妮小姐！"她把缰绳递给了小女孩。佩妮紧紧地抓着缰绳，直到抓得关节发白。"现在，要是发生了意外，比如火太大，或是暗夜园丁出来了，你必须把缰绳这样'啪'地抖一下。"她一边说一边示范给佩妮看，"就像这样！"

　　佩妮点点头。

　　"你要不停地抖动缰绳，在感到胳膊酸痛得要掉下来前一刻都不要停。你能做到吗？"

　　佩妮把一只手放在胸口，坚定地说："妈妈现在就是那个需要英雄来拯救的落难少女，我会用我的生命来保护她！"

　　莫莉赞叹地说道："看呀，我们的小公主变成大英雄了！"

她紧紧握着佩妮的双手，暗暗对自己说，这不是离别。接着，便从长凳上跳了下来。

"谢谢你！"耳边传来温莎夫人微弱的声音，"感谢你所做的一切。"她挣扎着坐了起来，瘦弱的肩膀上裹着一条毯子。

莫莉摇了摇头，说："不用谢我，夫人！最危险的事情都被基普和阿利斯泰尔做了。"

"不是为这个。"温莎夫人温柔地笑着说，"是因为你影响了他。"她的视线越过小桥，望向了大宅方向。远远地，只见温莎老爷将一大桶汽油洒在黑色的树根上。温莎夫人看着脱下外套、挽起袖子的丈夫，喃喃地说："这么久以来，我第一次觉得……似乎我的丈夫又回来了。"

昏暗的光线中，莫莉看见了一个与平时完全不同的温莎老爷——一个强壮而果决的男子汉，一个多年前曾令温莎夫人深深爱恋的男人。这时，一声咆哮从森林中传来，接着，厚重的乌云挡住了月亮，将他们笼罩在了黑暗中。

"我们必须赶快行动！"莫莉从车斗里拿出一盒火柴，朝大宅跑去。她赶到巨树下时，温莎老爷正晃动着一个罐子，他倒出了最后几滴油，然后将罐子扔到了草地上。

"这是最后一罐了。"他擦着手说。

"那就开始吧！"莫莉从马道上捡起一块石头，连着那盒火柴一起递给温莎老爷。

温莎老爷打开火柴盒，取出一根火柴，说："我的手在发抖！"

莫莉抬头看着巨树。黑色的枝叶在没有月亮的夜空中蔓延，就像往天空注射的一剂毒药。

"手发抖就对了！"她说。

温莎老爷做了个深呼吸。火柴从石头上划过，燃了起来。他把这团小小的火焰举到树根上方——

然后松开手，火柴掉了下去。

52. 勇　气

基普和阿利斯泰尔互相搀扶着在黑暗中跌跌撞撞地穿行。两个人都已不再抱希望。基普甚至连温莎庄园在哪个方向都分不清了，而暗夜园丁带着风声的嗓音却一直在耳边咆哮。月亮消失了，他们无法找到那个安全的地方了，感觉无论朝哪个方向跑，暗夜园丁都在那里等着他们。树枝在周围"嘎吱"作响。基普气喘吁吁地说："我不知道怎么走了。"

这时又传来了狂风声，两人同时后退了一步，阿利斯泰尔颤声问道："他干吗不直接出来？"

"他在和我们玩猫捉老鼠的游戏呢！"基普一边说一边寻找着出路，他的心怦怦直跳，"那边！"他发现几束光亮透过树的缝隙射了过来。两人踩着石块和荆棘跑了过去，冲进了一片林间空地。

"等等！"阿利斯泰尔大喊着把基普拉了回来。

基普低头一看，才发现自己差点儿冲下一个小断崖，断崖下面是漆黑湍急的河水。

基普听到树枝折断的声音，他一转身，便发现暗夜园丁正站在他们身后不远处。暗夜园丁的脸上露着一抹冷笑。"我们被困住了！"基普说，"要么被他抓，要么跳下河。"

暗夜园丁又朝他们逼近了一步，黑洞洞的眼睛格外吓人。

只听到一声雷鸣般的咆哮响彻夜空，暗夜园丁怒吼着往后跟跄了一步，使劲拍打自己的衣服，随后轰然倒地。火苗舔舐着他的脚底，很快就蹿上了他的斗篷。大风在他身边呼啸，而火焰却并未熄灭。

"他……他怎么了？"阿利斯泰尔问道，"他身上怎么着火了呢？"

基普的目光越过暗夜园丁，朝温莎庄园的方向望去。他看到远处橘红色的火光照亮了夜空。基普说，"是巨树——他们打算烧死巨树！"

暗夜园丁猛然转身，朝着庄园的方向咆哮。

阿利斯泰尔抓住基普的胳膊："要是在他赶回去之前巨树还没有死，他会把他们通通活埋。我们必须阻止他！"

基普咽了咽口水，他需要为莫莉争取更多的时间。他环顾了一下黑暗的四周，希望能找到武器，用来阻止鬼园丁。

烈火的喧嚣声没有掩盖住基普身后黑色河水奔流的声音。他从阿利斯泰尔身边挤了过去，一把抓住暗夜园丁正在燃烧的斗篷。"大家都知道你不喜欢火，那么我们再试试你是否怕水！"

他拽着暗夜园丁朝断崖冲去，双双坠入河中。

53. 大　　火

温莎庄园在烈火中"噼啪"作响，仿佛在进行一场盛大的火葬。炙热的空气中，莫莉掩面看着温莎老爷。火焰吞没了整座庄园，浓烟直冲天际。即使在这么猛烈的大火里，巨树居然完好无损。冰凉的阴风在树枝间穿梭，火势还没蔓延就被击退了。

"根本没有效果！"噼里啪啦的燃烧声中，传来了温莎老爷的喊声。

屋里有什么东西烧塌了，火星和燃烧的残片从前门飞溅出来，吓得莫莉连连后退。"不好！"她说，"这场大火可能会烧很多天，而这棵树却没有一点儿事。"

她看着狂风肆虐的树林，担心着基普的安全。温莎老爷把一只手轻轻地放在她的肩上。"我们得赶快跑！"他说，"我们已经尽力了，但是现在没有时间了！"

莫莉愤怒地瞪着巨树，它一定有致命的弱点，就像人身上的软肋、盔甲上的缝隙一样，一定有办法可以伤到这棵树。她的目光落在了三楼的那扇小窗上。"我有办法了！"说完，她转身朝燃烧的庄园跑去，手里紧紧握着火柴盒。

靠近庄园，火势更加凶猛。莫莉感觉眼睛都睁不开了，甚至都无法呼吸。这时，温莎老爷抓住了莫莉的胳膊，怒吼道："我不能让你一个人进去！"

"我没有请求您的同意！您还有一大家子人要照顾，您要尽到做父亲的责任。"

听了莫莉的话，温莎老爷沉默了。"要是那个园丁回来了，我来拖住他！"他说。

莫莉转身冲了进去。大火吞噬了墙壁，沿着房橡和地板蹿行。空气中浓烟弥漫，刺痛了莫莉的双眼。她捂住嘴，沿着一根倒塌的横梁走到楼梯，快速地上了楼。

莫莉跑到了楼顶，冲进了树屋。这里的温度没那么高，烟雾也没那么浓。和庄园里其他房间相比，这里似乎还算平静。本票燃烧后剩下的灰烬在地上铺了厚厚一层。零星的纸灰在空中轻柔地回旋飞舞，如同雪花一般。莫莉在角落里发现了两个人形的东西，那一定是菲格和斯塔布斯二位先生的遗骸。她转过身，盯着树洞，它就像一张血盆大口等在那里。

莫莉攥着火柴盒的手已经汗湿了。她打开火柴盒，取出一根火柴。"嘴巴再张开一点儿！"她一边说着，一边划燃火柴，举到树洞口。

噗！突然一阵风把火柴从她手里吹了出去。火柴掉在了地上，隐没到灰烬中。

莫莉取出第二根火柴，划燃——

噗！又来了一股风。这一次风势更大。

她从烧得支离破碎的窗口望去，只见暗夜园丁出现在树林边，正踉跄着朝这边走来。他的身上挂着破烂的斗篷，像一层湿透的皮。火光反射到他不断滴水的脸上，他看起来愤怒而暴躁。

暗夜园丁挥了挥手，一阵大风刮得房子摇晃了起来。幸亏扶着墙，莫莉才没摔倒。她听到楼下传来撞击声，有人在痛苦地大叫着。她跑到过道上，只见温莎老爷仰面倒在门厅的地板上。他挣扎着爬了起来，擦掉脸上的鲜血。"不管你在上面做什么，"他对莫莉大声吼道，"我建议赶快干完！"他抓起身边的斧头，再次冲了出去。

莫莉在走廊里寻找着对付暗夜园丁的武器。她抓起一根燃烧的楼梯栏杆，再次冲回了树屋——

噗！这一次，狂风如巨浪般袭来，莫莉被重重地撞到了墙上。她尖叫着把快要熄灭的栏杆朝树洞扔去。然而，根本扔不进去，巨树不让任何东西通过它的树洞。

房间里烟雾弥漫，浓烟刺痛了莫莉的双眼，她盯着树洞，泪水汹涌而出。她试图杀死一只怪物，却让它占了上风。一片黑色的纸灰从她身边飘过——这是一张本票的余烬。她苦涩地笑了笑，心中不由得想，美梦化作一场空所用的时间可真短呀。那片小小的纸灰打着旋飘飞，然后"嗖"地没入了树洞中。莫莉猛然坐起来，眨巴着眼睛——

那片本票的余烬飞进树洞里了。

"这不是本票，"莫莉喃喃自语，"是巨树发出的礼物。"突然她明白了，只有从树洞里出来的东西才可以进入树洞。

熊熊的火焰在莫莉四周蔓延，狂风仍在屋子里穿梭。她听到了楼下传来的撞击声，同时伴随着暴怒的咆哮。她知道，暗夜园丁来了。

莫莉匍匐在地上，寻找着树洞发出的本票。但是，她翻遍了满地的纸灰，连一片本票的边角都没找到。她再次尖叫起来，抓起一把纸灰朝墙上撒去。本票全都烧光了，巨树发出的礼物全都没有了。

这时，莫莉想起了一样东西。

还有一样礼物好好地保存着。

她把手伸进了口袋，心怦怦地跳着。她摸到了静静躺在口袋里等待着的——

那些信件。

54. 灰　　烬

滚滚浓烟从过道上涌进房间，刺激着莫莉的双眼。她把那沓信封已经磨破了的信件从口袋里掏了出来，看着信封上面的字迹——莫莉。

她紧紧握着这些信，眼泪夺眶而出。

四面的墙壁已经爬满了火焰。信件一挨近火舌，立刻就燃烧起来。随着火舌的蔓延，纸张不断卷曲炭化。她用颤抖的双手举起燃烧的信封，朝树洞走去。

"永别了！"说完，她松开了手，燃烧的信件掉入了树洞，渐渐消失在漆黑的深渊里——

下沉……

下沉……

下沉……

火焰进到了巨树的深处，莫莉听到有爆裂声传来。这声音越来越大，黑沉沉的树洞里不时闪烁出橘红色的光，这光亮越来越盛，炽烈的火焰终于从洞口升起，吞噬了巨树。

莫莉的耳边传来粗重的喘气声，她转过身，看见暗夜园丁出现在了走廊。只见他苍白的皮肤开始焦黑开裂，帽子也不见了，破烂的衣衫上袅袅升起一缕黑烟。他咧着嘴，冲着莫莉发出嘶嘶声。

莫莉被困在了树屋，四面都是熊熊的火焰。她后退着，想要离暗夜园丁远一点儿。暗夜园丁却朝她冲了过来——

"咔嚓"一声，暗夜园丁发出了一声号叫，他的脚掌从腿上断裂下来。他紧紧抓着门廊，死死盯着莫莉，双眼充满了怒火。他的衣服上、嘴里，以及每个毛孔里都冒着黑烟。他陡然站直，朝莫莉扑了过去——

"咔嚓！"

他的另一条腿齐膝而断，化为灰烬。他号叫着，拖着残破的身躯爬向莫莉，朝她伸出一只不停颤抖的手。

"咔嚓！"

他的手指碎裂成灰渣，撒到了地板上。随着最后一声号叫，暗夜园丁轰然瓦解，变成了一堆灰烬。

莫莉用手捂着狂跳不已的心脏，死死盯着暗夜园丁的遗骸。

他们终于战胜了怪物。

莫莉愣了好一会儿，才意识到树屋马上就要坍塌。这时，一块天花板掉了下来，掀起大片火星。她一边咳嗽一边遮住头脸，冲向破碎的窗户，爬了出去，迅速地爬上了屋顶。

屋顶的火势更加凶猛，燃烧的声音听起来像大海在咆哮。莫莉眺望着，地面在高温炙烤下似乎不断扭曲变形。远远地，莫莉听到了温莎老爷在大喊着她的名字，同时她好像听到了爸妈的声音从更远处传来。

透过热浪，莫莉看见温莎老爷拖着妻子的床垫跨过草地，身后留下了一串羽毛。他将床垫放到莫莉的正下方。莫莉瞅准床垫，跳了下来。

她重重地摔到床垫上，随后滚下了草地，紧紧地捏着自己的脚踝，似乎扭伤了。当她睁开眼时，看到温莎老爷正蹲在她身边。他抓住莫莉的肩膀，扶她站起来，然后拖着她就往草地跑，嘴里大喊着："房子！房子！"

猛然，一阵惊人的轰鸣声传来。莫莉回头一看，巨树与温莎庄园一起，裹入了滔天的大火中，轰然倒塌。莫莉看着火海，泪水模糊了双眼。"都结束了！"她声音嘶哑地说。

温莎老爷搂着她的肩说："都结束了！"

他们紧紧拥抱在一起。

火势渐渐小了，烈火的咆哮声被燃烧物细微的断裂声所取代。在这一片噼噼啪啪的声音中，传来了佩妮的声音："爸爸！莫莉！快来呀！"

莫莉转过头，看到佩妮正挥舞着双臂朝他们跑来。

"怎么了？"温莎老爷问。

"你弟弟出事了！"只见阿利斯泰尔拖着基普跌跌撞撞地走了过来。

"基普！"莫莉踉跄着跑了过去。

阿利斯泰尔跪在地上，把基普的身体放平。"我很抱歉！"他气喘吁吁地说，"他跳到河里去了……他救了我们……"

莫莉看着一动不动的基普，他的嘴巴半张着，却听不到呼吸的声音。莫莉悲痛欲绝，呜咽着："不，不，不，不……不是基普！不是他！"

她将基普湿漉漉的身体搂进了怀里。"你不能这样！"她的声音很轻，很绝望，像一首不成调的挽歌，"你不能死……不能死……不能死……"莫莉把脸埋进基普湿漉漉的头发里，闭上了双眼。她试图组织语言说一些什么，说一些让他活过来的话。黑暗中，她想出了这些词句——

很久……很久……以前……

莫莉咽了咽口水，大声说了出来："很久很久以前，有一个小男孩，名字叫基普。"她顿了顿，强忍泪水，"他是一个非常特别的小男孩，跟其他人都不同。他像爸爸一样，有一头火红的头发；像妈妈一样，有一双碧绿的眼睛。他总是斗志昂扬，是个不折不扣的小淘气包。但最最重要的是……他有一个很爱他的姐姐，姐姐爱他胜过爱世上的一切。"她抿了抿双唇，"但是有一天，他的姐姐犯了一个错误……他需要姐姐的照顾，姐姐理应把他照顾好，然而姐姐没有做到。姐姐甚至没有对他说实话……"她闭上双眼，无法继续讲下去。"对不起！"她对着弟弟的耳朵轻声说，随即放开他，"对不起！"

基普一动不动地躺在地上，火光映得他的脸庞发亮。忽然他浑身一抖，咳嗽起来。他猛地把脑袋向前支起，大口喘气，水从他的嘴里喷涌而出，然后顺着下巴和脖子流淌下来。

莫莉惊愕不已，身体不由自主地向后仰了仰。"基普！"她弯下腰看着弟弟，甚至都不敢伸手去摸他，生怕这一切只是一场梦。

　　基普气喘吁吁，浑身乱抖。做了几次吞咽的动作后，他终于缓过了气。"后……"他的目光找寻着莫莉，嘴角绽放出虚弱的微笑，"后来呢？"

55. 后　　来

天快亮时，大火终于熄灭了。曾经矗立的巨树和温莎庄园，如今只剩下一堆黑色的废墟和灰烬，雾气蒙蒙的晨光中，飘散着袅袅余烟。山谷中的生灵已经开始登陆这座颓败了多年的小岛，莫莉听到了周围叽叽喳喳的鸟叫声和嗡嗡嘤嘤的虫鸣声。

大火已经惊扰了附近的村民。天刚亮，几个大胆的村民就过来探看。看到眼前的场景，他们惊讶万分，即便他们并不了解巨树的真相，也能清楚地从现场看出酸木林的诅咒已经破除了。消息在地窖谷里传得飞快，不一会儿大家都出现在了这条荒芜已久的小路上，他们有些人是为了看一眼大火后的废墟，但更多的人是过来给温莎一家送食品和衣物的。

温莎一家，除了性命还在，什么都没有了。因此，村民们的礼物令他们分外感激。

莫莉在沾满露珠的草地上漫步，享受着暖暖的烟气。这是新生的气息。她又看了看一旁的佩妮和阿利斯泰尔，两个小家伙正在小土丘上玩闹。她不禁笑了起来。

"快看！"阿利斯泰尔指着一只不知是蚱蜢还是蝴蝶的东西大叫，"仙子要逃掉啦！"

"我来抓！我抓！我抓！"佩妮尖声叫着，双手在空中胡乱扑打。

莫莉知道，阿利斯泰尔已经是大小伙子了，不再爱抓虫子，更别提仙子精灵之类的东西了。他只是为了逗妹妹开心才假装相信有仙子。这一招很管用，佩妮在小土丘间蹦来蹦去，开心极了，小脸也有了血色，红扑扑的。有人也许会认为让小孩子在逝者安息的地方玩闹是对故人的不敬，但是莫莉却不这样想。她知道佩妮和阿利斯泰尔的爷爷和奶奶就在某个小土丘里安息。她甚至能想象出两个老人躺在地下，听到孙子孙女的笑声、玩闹声和奔跑声时安详的样子。

温莎夫人来到莫莉身边。女主人病体未愈，看起来依然单薄瘦弱，但已经可以自行活动了。"你听，他们玩得多开心！"她带着一丝惊讶说，"真像是音乐。"她看着莫莉，笑得眼睛眯成了一条缝，"我们应该感谢你！"

"我只是帮了一点点忙，夫人！"莫莉说。

温莎夫人大笑起来。相处了这么久，莫莉第一次听到温莎夫人发自肺腑的笑声。温莎夫人贪婪地深吸了一口气，环顾周围，说："这一次，一切都变得不一样了，变得更好了！"

"很高兴听您这么说，"莫莉回答，"我猜你们会搬回城里去吧？"

女主人摇了摇头。"我们会留下来。村里有人家答应收留我们一段时间，直到我们把房子重新建好为止。温莎老爷给房子买过一些保险，虽然钱不多，但也足够了。"她转过身对莫莉说，"我们甚至可以把房子修得大一些，多住一些人……不是指仆人，你懂的，是一家人。"她握住莫莉的手，指间传来的热度令莫莉惊讶不已。

莫莉的眼泪夺眶而出："夫人，我……我不知道该说些什么！"她很想答应永远留在这里，永远住在这个新家，但她知道，温莎一家需要时间来重建家园，也需要时间重新找到一家人的感觉。莫莉明白，外人最好不要打扰他们一家的团聚。"谢谢您的好意，夫人，真的很感激。不过我和基普属于另一个地方……我必须要找到那个地方。"

女主人慈祥地微笑着，莫莉知道她了解了自己的心意。

"看看我找到了谁？"树林里传来了一声大喊。莫莉一转身，看见温莎老爷牵着伽利略过来了。它在大火之夜跑掉了，现在满身都是荆棘果和泥巴。

温莎老爷上气不接下气快步走来，笑容满面。"我是在河边发现它的，当时它正在大口吃着这些东西。"说着，他从背后抽出一束鲜花，献宝一样捧到妻子面前。这些花不是那些夜间开放有着神奇光芒的花，它们只是开在春天的普通野花，看上去可爱极了。

温莎夫人接过花，闻了闻。"噢！伯特南……"她把那束花紧紧地贴在胸前，仿佛在她眼里，这些野花比世界上所有的钻石都珍贵。

莫莉看着他俩，忽然觉得自己好像不应该再继续待在这儿。她的感觉是对的，她刚刚牵着伽利略离开，温莎老爷就搂过妻子，在光天化日之下亲吻起来。

莫莉牵着马儿去找基普，此时，基普正站在房子的废墟旁边。

"几乎可以算是很美的画面。"莫莉站在基普身边说。

基普点点头。"我一直在想这些事情，巨树、坟墓、暗夜园丁——"他说。

"他再也伤害不到我们了。"莫莉说。

"我知道，只是……"基普摇摇头，"他曾经也是一个普通的园丁，就像我一样。树林里那些花是他种的，他也曾经精心地照料过。后来有了那棵树，他也同样精心地照料。他犯了什么错？只是许了个愿？想要得到本来不应获得的东西？"基普眨了眨眼，"他跟我没有区别，为什么我就能活着？"

莫莉把手放在基普的肩头说："我们永远也不知道，也许这才是最好的结局。只有那些不吸引人的故事才会把所有道理都交代清楚，一点儿悬念也没有。"

基普向后蹦了蹦，看着莫莉说："我觉得他有一个地方和我不同。他没有一个可以保护他的姐姐！"

莫莉紧紧咬住嘴唇，差点儿感动得哭出来。"那你就等着吧！我总有法子把咱们两个都害死！"她一边开着玩笑，一边揉乱弟弟的头发，然后带着他朝马车走去。基普不禁挽住了莫莉的手臂，他已经把姐姐当成拐杖了。

温莎一家在马道旁送别莫莉和基普。温莎老爷在马车后斗里装了很多食物，还放了一些毯子和衣服。莫莉客气地点点头，接受了他的好意。

"你们为什么一定要走呢？"正当他们把最后一点儿行李搬上马车时，佩妮突然问道。她皱着一张小脸，紧握着两只小拳头。莫莉知道，佩妮正在生他们的气。

莫莉蹲下来说："噢，佩妮小姐！"她轻轻抚摩着小女孩的头发，发现小女孩硬邦邦的黑发变得柔软多了，而且泛出了一抹红褐色，在阳光下闪闪发亮，"你已经长大了，可以自己照顾自己了！再说，基普和我还有我们的路要走，但我保证，我们还会见面的。"

"你们会不会……"小女孩用力吸了一口气，激动地说，"你们会常来看我们吗？"

"这我可说不准！"莫莉微笑着说，"不过要是我来了，希望你能好好哄我睡一次觉。同意吗？"莫莉在胸口画了个十字，表示自己是认真的，一定会兑现诺言。

佩妮也学着莫莉在胸口画了一个十字。"同意！"她双手搂住莫莉的脖子，紧紧抱住她，力气大得惊人。

拥抱，别离，泪水，就是这天的主旋律。

莫莉甚至看见阿利斯泰尔扭扭捏捏地走到马车旁边，把一根树枝做成的粗糙拐杖递给基普。那是他亲手做的，也取名为"勇气"。莫莉欣慰地看到基普接过拐杖，挥手道别。最后，姐弟俩爬上马车长凳，一甩缰绳，马车"哒哒"地驶过小桥，朝山谷走去。

56. 十字路口讲故事的人

莫莉和基普都没有说话，他们各自回想着这段时间的经历。来到当初那个十字路口，基普勒住了缰绳，问道："走哪边？"

莫莉眯起眼睛看了一眼太阳，面前的大路有三条分支，朝着不同方向延伸。"我也不知道！"她把手伸进了口袋，嘴角绽放出一抹微笑。

"什么东西？"基普问。

莫莉掏出之前海斯特留下的那个油布小包。"她说这是很特别的东西。可能是我们所盼望的东西。"

基普靠了过来："你觉得我们可以打开它吗？"

"我认为现在应该是合适的时机了！"莫莉小心地展开油布，摸索着里面。但是什么也没摸到，她不由得失望地说，"里面是空的。"

"不，不对！"基普把包裹翻了过来，放到两人之间的长凳上，然后抹平褶皱，这才发现里面的油纸上用淡蓝色的线条描绘着路径、山川、河流和海洋。

"是一幅地图。"莫莉轻声说。

"看这里！"基普指着最上面一个标着红点的地方，"你觉不觉得这里是藏宝的地方？"

莫莉摇摇头。她的手指沿着路标在包裹上移动。她想起了海斯特说过自己不是那种"可以安定下来过日子"的人。"我觉得……我认为这是一个可以安家的地方！"

"你怎么知道？"

莫莉耸了耸肩。她想起老妇人把这个包裹递给她时的眼神。"我只是有这种感觉。"莫莉微笑着说。

"安家？"基普拿起地图，盯着图上蜿蜒的小路。"看起来还有很长的路要走啊！"他说，"我们只有少得可怜的食物，和少得可怜的钱。"

莫莉望着树林的方向，她仿佛听到了从远处某个地方传来一把旧摇弦琴弹出的微弱的嗡嗡声。"我敢打赌，会有不少人愿意为了一个好听的故事给我们提供食宿。"她冲基普眨了一下眼睛，说，"我要讲的可是一个精彩绝伦的故事。"

基普握着缰绳，赶着伽利略走上了中间那条路，马车在泥泞的小路上颠簸前行。"我听说，北方的一些大湖里有龙。"他说，"要不，我们去看看？"

"噢，必须得看！"莫莉伸出一只胳膊搂住基普，"要是运气够好的话，说不定还能看到夏天才出现的飞龙！"

莫莉姐弟俩互相讲着故事。小小的马车载着他们驶出山谷，行进在一片温暖的新天地中。

作者后记

　　这个故事的创作过程本身也是一个故事。九年的时间，无数篇草稿，最终才形成了眼前这本书。我要一一感谢在这本书的创作过程中给予我重大帮助的书籍、事件和人物。

　　雷·布雷德伯里（Ray Bradbury）的著作《恶魔来了》（Something Wicked This Way Comes）是本书的灵感来源。在我十一岁时父亲为我大声朗读过这个故事，把我吓得不轻。事实上，正是在《恶魔来了》一书带给我的无数噩梦中，"暗夜园丁"这个形象第一次模糊地出现在了我的脑海里。从此以后，我就常常设想在暗先生 ① 微笑的面孔下突然浮现出暗夜园丁阴气森森的鬼脸。

　　另外一部对本书有重要影响的著作是华盛顿·欧文（Washington Irving）所著的《见闻札记》（The Sketch-Book of Geoffrey Crayon）。这部作品让我很早就体会到同时感受恐惧和幽默的独特乐趣。书中收录了很多著名的短篇，其中最为优秀的是《睡谷的传说》（The Legend of Sleepy Hollow）以及《瑞普·凡·温克尔》（Rip Van Winkle）。在创作《暗夜园丁》时，我有时会迷失在温莎庄园阴郁昏沉的魔境中，只能绝望地在欧文的

---

① 暗先生（Mr. G. M. Dark）：小说《Something Wicked This Way Comes》中的人物，是书中的大反派。

书中寻求帮助。正是在这本书里，我发现了一个形象饱满却几乎被自己抛到脑后的角色：那位漂泊四方搜集故事的杰弗里·克雷恩（Geoffrey Crayon）。在每个故事的背后都隐藏着欧文所创造的这位心地善良却又神秘莫测的故事讲述者，他带着读者安然地穿越最黑暗的山谷。正是看到这样一个角色时，我才第一次听到了海斯特·凯特尔的声音，她提出了一个重要的问题：故事与谎言的区别究竟在哪里？

　　除此之外，还有一部著名的作品和一篇颇具影响力的演讲帮助我更好地理解了莫莉和基普。这部作品是弗朗西斯·霍吉森·伯内特（Frances Hodgson Burnett）的《秘密花园》（The Secret Garden），书中每个角色都栩栩如生。而令我深受启迪的是巴里 ① 的演讲稿《勇气》。《勇气》是 1922 年他在圣安德鲁斯大学为学生们所作的一篇演讲。这篇演讲充满智慧，发人深省，不愧出自一位写出了《彼得·潘》的伟大作家。《勇气》讲述了一根手杖和一位专门讲故事的名叫麦克康纳奇（M'Connachie）的人之间的故事，寓意是要为了和平而抗争。最重要的是，这篇演讲中讨论了当成年人无法提供帮助和照顾时，年轻人该做些什么。为《暗夜园丁》提供灵感来源的远远不止以上这些作品，但以上列出的都为我完成这个故事做出了不可或缺的贡献。

　　史实史料也在《暗夜园丁》的故事中占据了很重要的位置。

---

① 巴里（James Matthew Barrie）：英国剧作家、小说家，代表作有童话剧《彼得·潘》（Peter Pan），又称《不愿长大的男孩》（The Boy Who Wouldn't Grow Up）。

我的夫人是一位专注于研究维多利亚时代历史的学者，因此我花了很多时间来了解19世纪的趣事——所谓的"趣事"实际上都是一些令人毛骨悚然的事。其中最令人惊骇的是爱尔兰大饥荒。那场饥荒给爱尔兰人民带来了巨大的灾难。在1845至1852年间，据估计有上百万爱尔兰男女老幼死于饥饿和疾病。关键问题在于，他们并非没有粮食作物出产，而是优质的食粮都被运到了英格兰，只把劣质的土豆留给了当地的农家。

莫莉一家与千千万万爱尔兰人一样，被迫背井离乡，第一站就是英格兰，下一站则是北美。详细人数已经无法统计，很少有船会保留乘客名单。我们只知道，这些船都毫无保障，十分危险。每一艘开往美洲的船上，大约五分之一的人会因疾病和饥饿在茫茫大海上死去，因此这些船被称为"棺材船"。这还只是危险之一。仅仅在1850年一年之中，便有超过十二艘船在横跨大西洋和爱尔兰海的途中遭遇风暴而失事。而那些侥幸抵达目的地的人，例如莫莉和基普，则成为人们嘲弄和蔑视的对象。

爱尔兰的困局一直持续。到1850年时，英格兰进入了大繁荣时代。帝国的扩张，中产阶级的兴起，工业的大发展，共同成就了维多利亚时代惊人的财富积累。在这背后，无数的人被遗忘了。最底层的民众对待贫困毫无办法，尤其在城市里，乞丐泛滥成灾。即使是中产阶级也无法安枕，不少像温莎老爷这样的人欠债累累，甚至家破人亡。

维多利亚时代也许是西方历史上最后一段神魔与科学并存

的时期。随着人们对科学和自然界的了解不断加深，对魔法、魂灵、仙精鬼怪的故事也愈发痴迷，1882 年，英格兰科学家联合成立了"心灵学研究会"，致力于探索超自然现象。拥有卓越理性思维的人，如哲学家威廉·詹姆斯 [①]（《螺丝在拧紧》一书的作者亨利·詹姆斯之兄）和阿瑟·柯南·道尔爵士 [②] 晚年都致力于研究鬼怪和魂灵。大家可以想象一下克劳奇医生在对待这些事件时的所思所想。少年时期的我在了解到这些早期抓鬼人的事迹后，便产生了强烈的愿望，希望有朝一日创造一个自己的鬼故事。

除了上述著作之外，我还从朋友和同事那里得到了许多实质性的帮助：萨丽·亚历山大（Sally Alexander），吉姆·阿姆斯特朗（Jim Armstrong），凯瑟琳·艾尔斯（Katherine Ayres），钱德·贝克曼（Chad Beckerman），塔玛尔·巴西斯（Tamar Brazis），卡罗莱·卡尔松（Caroline Carlson），利亚姆·弗拉纳根（Liam Flanagan），马库斯·霍夫曼（Markus Hoffman），多丽丝·赫顿（Doris Hutton），琳妮·米森（Lynne Missen），约瑟夫·雷加尔（Joseph Regal），托马斯·斯威特里斯基（Thomas Sweterlitsch），凯特·韦斯（Kate Weiss），詹森·威尔斯（Jason

① 威廉·詹姆斯（William James, 1842-1910）：祖籍爱尔兰，祖父携家移民美国。被誉为美国心理学之父，美国本土第一位哲学家和心理学家，也是教育学家、实用主义的倡导者，美国机能主义心理学派创始人之一，美国最早的实验心理学家之一。"心灵学研究会"的主要创立者，此后致力于研究超心理现象、灵魂、灵媒和冥界等。

② 阿瑟·柯南·道尔爵士（Sir Arthur Conan Doyle, 1859-1930）：世界侦探小说历史上最重要的作家之一，代表作《福尔摩斯探案集》。作品涉及范围广泛，《失落的世界》更是一部划时代的科幻作品。晚年开始相信"唯灵论"，著有《唯灵论史》。

Wells），约翰·惠勒（John Wheeler），以及最应提及的玛丽·伊丽莎白·伯克（Mary Elizabeth Burke）。我要对以上诸位道一声：感谢！你们给了我超乎想象的支持和帮助。